E

Dello stesso autore nel catalogo Einaudi

Abitare il vento
Sangue e suolo
L'oro del mondo
La notte della cometa
La chimera
Marco e Mattio
Il Cigno
3012
Un infinito numero
Archeologia del presente
Amore lontano
La morte di Marx

Sebastiano Vassalli
Cuore di pietra

Einaudi

© 1996 e 1998 Giulio Einaudi editore s.p.a., Torino

Prima edizione «Supercoralli» 1996

ISBN 978-88-06-18425-4

*Ai miei lettori
inquilini consapevoli della casa del tempo*

Cuore di pietra

Gli Dei

In principio di questa storia c'è la città. La città è una città piuttosto piccola che grande, piuttosto brutta che bella, piuttosto sfortunata che fortunata e però e nonostante tutto questo che s'è appena detto, piuttosto felice che infelice. Era – ed è – collocata in una grande pianura, su una sorta di dosso formato, qualche milione di anni fa, dal moto delle maree o dai sedimenti dei fiumi di un mondo ancora inconsapevole delle nostre vicende, ancora beato dei suoi dinosauri e delle sue felci grandi come alberi; e si affaccia su un orizzonte di montagne cariche di neve come sulle quinte di un immenso palcoscenico, in un paesaggio che gli Dei hanno voluto sistemare in questo modo, perché fosse il loro teatro. Lassù sopra le nostre teste, infatti, negli spazi senza tempo che noi chiamiamo universo, di tanto in tanto gli Dei – quelli di Omero – vengono ad assistere allo spettacolo delle nostre passioni e delle nostre lotte; e un'eco delle loro risate è forse percepibile nello scroscio delle acque che in primavera straripano tutt'attorno alla città, allagando i terreni coltivati, e nel rumore del vento che, d'autunno, fa turbinare le foglie sui viali, spingendo le nuvole verso le montagne lontane. Gli Dei – già il vecchio Omero ne era consapevole – non hanno alcuna pietà delle sciagure degli uomini e hanno un senso dell'umorismo piuttosto bizzarro, perché conoscono l'esito delle nostre vicende prima ancora che siano incominciate; sanno il giorno e l'ora in cui moriremo, e in quali circostanze; e ridono fino alle lacrime vedendoci lottare per cose che non ci apparterranno, e che saranno comunque diverse da come le abbiamo immaginate. Ciò che soprattutto li diverte, però, sono i nostri progetti e i nostri sforzi per dare un senso al futuro; e la storia che si racconta in queste pagine, di una casa e degli uomini e delle donne che ci abitarono, e del sogno di un mondo piú libero e piú giusto che si sognò nella città di fronte alle montagne e nella grande pianura, li avrebbe forse fatti morire dal ridere, se gli Dei potessero morire. Era dai tempi di Omero, e della guerra di Troia, che i nostri vicini del piano di sopra non spalancavano cosí larghe le loro bocche e non facevano risuonare cosí forte le loro voci, da un capo all'altro dell'universo. Chi leggerà questa storia, se tenderà l'orecchio, potrà sentire quasi in ogni pagina un'eco affievolita di quel lontano clamore; e, ancora dopo avere chiuso il libro, di tanto in tanto gli sembrerà di riascoltare le risate degli Dei, lassú oltre l'azzurro del cielo dove loro vivono...

1.
L'Architetto

Quando gli operai tolsero le grate di canne e demolirono le impalcature, nel sole ancora caldo di una bella giornata di settembre, la nuova casa apparve finalmente com'era, troppo grande e troppo bianca rispetto al resto della città e alle casupole che la circondavano. Qualcuno, tra il non folto pubblico, applaudí; qualcuno andò a congratularsi con il proprietario, che se ne stava in disparte e guardava quella che sarebbe dovuta diventare la sua nuova abitazione facendo segno con la testa: no, no, no, come per dire che lui non aveva voluto niente del genere. Qualcuno, infine, che aveva pratica del mondo per averlo visto, se non proprio dal vero, almeno nelle immagini del «cosmorama» che arrivava tutti gli anni ad agosto, con la fiera, paragonò il nuovo, imponente edificio costruito sul viale esterno della città, dove un tempo c'erano stati i bastioni e i posti di guardia delle sentinelle, al Campidoglio di Washington e al palazzo dell'Ammiragliato di San Pietroburgo; ma, com'è naturale, si trattava di paragoni eccessivi. I piú, parlarono dell'Architetto: che non era presente a quell'inaugurazione perché abitava in un'altra città ai piedi delle grandi montagne, e perché non era in buoni rapporti con il proprietario; e anche noi dovremo parlarne. In quanto padre della nostra protagonista, cioè della casa, l'Architetto è il primo personaggio umano – per lo meno: il primo in ordine d'apparizione – di questa vicenda, ed è anche un poco il nume tutelare della nostra storia; come si vedrà nelle pagine che seguono.

L'uomo che tutti nominavano a voce bassa e quasi con timore, e che noi già abbiamo incominciato a chiamare con il nome della professione anziché con quello anagrafico: l'Architetto, era stato un ragazzo e prima ancora un bambino negli anni in cui Napoleone metteva a ferro e fuoco l'Europa, e aveva sognato, come tutti i bambini della sua epoca, di diventare un generale e un imperatore piú grande dello stesso Napoleone; poi però, crescendo, si era accorto di essere bravo a progettare edifici, e da quel momento non aveva avuto piú dubbi su ciò che avrebbe fatto nella vita. Sarebbe diventato il Napoleone dei progettisti, e il principe degli architetti! (Le opere dei condottieri passano, quelle degli architetti rimangono). Aveva studiato in tre città: Torino, Milano e Roma, e dappertutto aveva stupito i suoi professori con la grandiosità dei progetti («Chi li paga?») e con l'audacia delle soluzioni tecniche. Il suo aspetto fisico – cosí come ce lo tramandano i ritratti di famiglia – era quello di un giovane allampanato con il viso lungo e un po' smorto, gli occhi chiari e la bocca larga e sottile, quasi priva di labbra. Diventato Architetto, il nostro personaggio aveva chiesto e ottenuto di mettersi sotto la protezione del suo piú grande Collega, cioè dell'Architetto dell'Universo: che lo aveva accolto in una società, allora potentissima, detta dei «liberi muratori». Era stato nominato Architetto di corte, e aveva proposto al Re che regnava sulle montagne e su una parte della grande pianura, di costruirgli una nuova reggia e una nuova capitale; ma quel Re – che pure aveva fama di essere molto ambizioso – quando aveva visto i suoi primi disegni si era spaventato, e aveva ordinato di restituirli all'autore. «Sono il Re di un piccolo Stato di montagna, – aveva detto a chi glieli stava mostrando. – I miei sudditi mi si rivolterebbero contro e gli altri sovrani d'Europa riderebbero di me, se mi facessi costruire una residenza come questa che mi viene proposta, e che per la sua mole e le altre sue caratteristiche sarebbe forse piú adatta ad essere abitata dai Faraoni d'Egitto».

L'ARCHITETTO

L'Architetto, naturalmente, era rimasto deluso; ma non era uomo da sprecare il tempo in faccende di scarso rilievo, e cosí, per mettere a profitto la sua arte mentre attendeva che qualcuno gli commissionasse un'opera davvero degna di lui, pensò di dedicarsi ad abbellire una piccola città. La città di fronte alle montagne era cresciuta nei secoli disordinatamente, senza un progetto d'insieme e senza aspirazioni di grandezza; assecondando le vicende dei suoi abitanti, aveva finito per rifletterne l'indole terragna e la scarsa propensione per le cose dell'arte, se non addirittura il cattivo gusto. Il nostro progettista ci arrivò con le credenziali di un Re a cui non pareva vero di liberarsene in quel modo, e con quelle del suo piú grande Collega; e incominciò a studiare le mappe e gli edifici ma soprattutto incominciò a studiare i suoi interlocutori, cioè gli uomini che avrebbero dovuto approvare i suoi progetti e trovare i soldi per realizzarli. Gli sembrarono, tutti fino all'ultimo, personaggi mediocri: aristocratici senza cervello e senza spina dorsale, dediti al gioco d'azzardo e a stupidissime storie d'alcova, o grassi borghesi che avevano riposto tutti i loro affetti nella borsa e nel ventre. Trafficavano con grembiulini e compassi, in gran segreto, perché cosí volevano i tempi e la loro condizione sociale, ma la luce e la grazia del sommo Artefice non erano mai arrivate nemmeno a sfiorarli. Li trattò con distacco; loro, invece, si incantarono ascoltando le sue promesse e i suoi discorsi forbiti, e furono ben contenti che un artista come lui, addirittura l'Architetto del Re!, fosse venuto ad alleviargli la noia della vita in provincia. Riconobbero di buon grado che la città dove vivevano era misera e brutta, e si dichiararono disposti a qualche sacrificio per migliorarne l'aspetto: seguendo il desiderio del loro amato sovrano, la volontà dell'Artefice dell'Universo e i progetti dell'Architetto, in cui – dissero – riponevano la loro piena fiducia...

È cosí che incomincia la nostra storia. Il nostro primo personaggio, avendo avuto l'autorizzazione per fare tutto quello che voleva, o poco di meno, purché non toccasse gli interessi dei privati e le loro case, mise mano al duomo e alla basilica del Santo: che erano – e sono ancora oggi – i due luoghi di culto piú importanti dell'intera città. Il vecchio duomo era una chiesa medioevale, un poco malandata per il trascorrere dei secoli e bisognosa di qualche restauro. L'Architetto ordinò di demolirla e la ricostruí dalle fondamenta in stile neoclassico, con una quantità e una varietà di colonne da far sfigurare, al confronto, qualsiasi tempio dell'antica Grecia. La basilica, invece, era un edificio molto piú recente, ed era solida; ma aveva bisogno – dissero gli amministratori del Comune – di una cupola che la completasse nella parte superiore. Una cupola senza pretese, bassa e larga; perché il loro Santo era un Santo di provincia, che non aveva mai compiuto miracoli clamorosi e che, nei suoi quattordici secoli di onorata sepoltura, non aveva mostrato in nessuna occasione di prediligere lo sfarzo e la monumentalità. Venne finanziato un primo progetto, di una cupola proporzionata con il resto dell'edificio; i lavori, però, non diedero alcun risultato, perché i soldi che dovevano servire per fare la cupola furono spesi fino all'ultimo centesimo per rinforzare le fondamenta e i muri laterali della basilica, come se sulla testa del Santo si fosse dovuta costruire una piramide, e non una semplice volta, un poco piú alta di un soffitto normale... La chiesa rimase scoperchiata e i reggitori della nostra città, dopo essersi consultati tra loro, incominciarono a dare segni di sconforto: non avevano piú soldi! Non potevano terminare i lavori! Corsero a esporre le loro ragioni all'Architetto, che li ascoltò come si ascoltano i bambini, senza dare peso a ciò che dicevano. I problemi di denaro – gli spiegò quando finalmente lo lasciarono parlare – non erano di sua competenza; lui aveva fatto eseguire a regola d'arte le opere necessarie per sostenere la cupola, che si erano rivelate piú costose del previsto a causa della struttura dell'edificio. Ora le basi erano solide. Se gli amministratori volevano, in pochi mesi si poteva fare la cupola; se no, bisognava lasciare tutto cosí com'era, in attesa di nuovi finanziamenti...

Raschiando soldi qua e là su varie voci di bilancio, i notabili riuscirono a stanziare una nuova somma ancora piú grossa della prima, che venne utilizzata per costruire sul tetto della basilica un doppio colonnato pensile non previsto nel progetto iniziale, e non incluso in nessun capitolo di spesa. I lavori tornarono a fermarsi e anche gli amministratori, a questo punto, dovettero arrendersi. Se avessero avuto a che fare con un altro architetto, si sarebbero rivolti a un tribunale per citarlo in giudizio; ma il nostro primo personaggio non era un architetto qualsiasi, e i suoi protettori – cioè il Re, innanzitutto, e poi anche il suo sommo Collega – non avrebbero permesso che lo si condannasse. La basilica rimase aperta nella parte superiore, con un portico a due piani sopra il tetto che nessuno al mondo sapeva a cosa dovesse servire. Il grand'uomo fu chiamato da altri clienti in altri luoghi, dove costruí colonnati corinzi in mezzo ai boschi, ville-palazzo in cima alle colline e castelli in aria, mandando in rovina, uno dopo l'altro, tutti quelli che avevano avuto l'infelice idea di rivolgersi a lui; e se le vicende umane fossero determinate dalla ragione, e non dalla follia, nessuno piú tra gli abitanti della nostra città avrebbe dovuto interpellarlo, e i reggitori della cosa pubblica lo avrebbero dovuto evitare come si evitano le catastrofi, facendo scongiuri ogni volta che ne sentivano il nome. Le cose, invece, andarono in tutt'altro modo: perché gli amministratori cittadini, di lí a qualche decennio, richiamarono l'Architetto e gli diedero nuove somme di denaro, supplicandolo di finire la loro cupola, e perché anche i committenti privati continuarono a rivolgersi a lui; spinti, forse, da quella stessa attrazione che induce gli uomini a rovinarsi scommettendo al tavolo da gioco, o impazzendo per i begli occhi di una ballerina, o in un'altra maniera ugualmente ridicola...

La cupola del Santo restò ferma a settantacinque metri d'altezza; e anche noi, arrivati a questo punto della storia, dobbiamo fermarci per introdurre il secondo in ordine d'apparizione dei nostri personaggi, cioè il proprietario della casa. Il conte Basilio Pignatelli era un aristocratico napoletano: un gran signore, venuto – come lui stesso amava ripetere – a mettere la sua spada al servizio dell'unico Re italiano disposto a sacrificare la vita e il regno per quell'unità nazionale, che, negli anni di cui ci stiamo occupando, era ancora un sogno di pochi. Sul patriottismo del conte Pignatelli, sottufficiale e poi ufficiale del piccolo Re, non c'erano dubbi; ma alcune voci che lo avevano seguito nel suo viaggio da Napoli attribuivano il suo esilio a una storia di donne, misteriosa e terribile come quella che aveva causato, tanti secoli prima, l'allontanamento del poeta Ovidio dalla Roma di Augusto. Dopo un periodo di tirocinio nella capitale, il conte era stato incaricato di comandare un reggimento nella città di fronte alle montagne, e aveva comperato una casa per venire ad abitarci: una grande casa sul viale dei bastioni, che aveva bisogno urgente di molti restauri. Il primo incontro tra i nostri due personaggi avvenne a una festa di corte, e non fu particolarmente cordiale. L'Architetto, come i grandi artisti del Rinascimento italiano, aveva l'abitudine di giudicare le persone secondo il loro aspetto fisico: i belli – a suo modo di vedere – erano anche buoni e pieni di virtú, mentre i brutti dovevano per forza essere inetti e malvagi. Quando gli presentarono il conte Pignatelli, basso, scuro e con il viso grinzoso, gli sembrò una scimmia vestita da ufficiale; e, invece di stringere la mano che la scimmia gli stava porgendo, si limitò a concederle, a malincuore, due dita delle sue. Don Basilio, che non aveva mai sospettato d'essere brutto, cercò di approfittare dell'occasione per parlare al famoso Architetto della sua nuova casa e dei lavori che si sarebbero dovuti fare per renderla abitabile; ne ebbe una risposta sgarbata, che non lo scoraggiò. «Non mi occupo di questioni professionali fuori del mio studio, – gli disse il grand'uomo. – Se volete che vi ascolti, venite a trovarmi tra le quattro e le sei del pomeriggio di un qualsiasi giorno feriale». Fu, quello, l'inizio di un calvario che sarebbe durato piú di tre anni e che avrebbe portato il nostro aristocratico napoletano a un passo dalla bancarotta e dalla tomba. L'Architetto, infatti, accettò di rimodernare la sua casa soltanto perché si rese conto che quell'edificio, alto sui bastioni della città e sulla grande pianura, si sarebbe visto da molto lontano e avrebbe formato un tutt'uno con la cupola del Santo: la sua cupola, quando finalmente fosse stata finita, invece di alzarsi su un indistinto ammasso di tetti e di casupole sarebbe stata collegata, per un'illusione di prospettiva, alla casa dell'uomo scimmia! Le demolizioni vennero eseguite a tempo di record, e non salvarono niente: i muri – disse il progettista – erano fradici d'acqua per un'infiltrazione sotterranea, e l'intero complesso era pericolante. Bisognava abbatterlo; scavare nuove cantine e fare un pozzo, anzi addirittura due pozzi, per raccogliere le acque piovane e quelle sorgive; rinforzare le fondazioni e cambiare l'orientamento della facciata, perché tutte le finestre potessero aprirsi su quel grande orizzonte che gli stava davanti, come palchi a teatro... Quando il conte Basilio Pignatelli vide che la sua casa non c'era piú, e che si stava scavando una voragine là dove avrebbero dovuto essere sistemate le nuove cantine, incominciò a parlare da solo, a balbettare, a essere scosso dai tic. Una volta alla settimana, generalmente il martedí, andava a cercare l'Architetto: che, di solito, non lo riceveva. Gli faceva dire dall'uno o dall'altro dei suoi collaboratori di essere impegnato in altre faccende e di non avere niente di nuovo da comunicargli; tutto procedeva a gonfie vele, nel cantiere, e se si fossero verificati fatti tali da rendere necessaria la sua presenza, si sarebbe provveduto a chiamarlo! Le parole erano rassicuranti; la realtà, invece, non lo era per niente, e sfuggiva a qualsiasi controllo. Finite le demolizioni, la casa incominciò a crescere in un certo modo che nessuno di quelli che avevano visto il progetto si sarebbe aspettato, e meno di tutti il nostro povero conte. I muri erano enormi, i soffitti altissimi, lo scalone centrale si era allargato di un metro...

Quando arrivarono le grandi colonne di pietra per l'ingresso e per il cortile piú piccolo, don Basilio, che già era sulla sessantina, fu sul punto di rendere l'anima: ebbe un principio d'infarto, ma fortunatamente si riprese dopo pochi giorni e pensò che, cosí, non poteva piú andare avanti. Bisognava che si tirasse fuori da quell'incubo; e, quindi, bisognava che si liberasse, nel piú breve tempo possibile, di quell'uomo prepotente e villano che gli stava succhiando tutte le sue sostanze e che sembrava agire con un unico scopo, quello di rovinarlo! Citò in giudizio l'Architetto. Il tribunale nominò un collegio di periti, che diedero ragione al loro collega, e condannò il conte Pignatelli – il «conte Macaco», come lo aveva soprannominato il suo aguzzino e come ormai lo chiamavano tutti quelli che lavoravano per lui, perfino i muratori e i loro garzoni – a pagare anche le spese del processo. Il nostro aristocratico credette di dover perdere il senno; ma era un nobile d'antica prosapia e un militare, e aveva ancora un modo per venire a capo di quella faccenda. Una mattina, l'Architetto era appena uscito di casa e stava dirigendosi a piedi verso l'Accademia di Belle Arti, quando fu salutato e interpellato da due sconosciuti vestiti di scuro, che gli chiesero se fosse l'architetto Tal dei Tali e si presentarono come «ufficiali in pensione del Regio Esercito». Il grand'uomo, con aria infastidita, fece il gesto di dargli una monetina; ma l'ufficiale che gli era piú vicino la respinse con sdegno, e gli intimò di ascoltare ciò che dovevano comunicargli. Si erano permessi di fermarlo per strada – gli disse – seguendo le regole del codice cavalleresco e per incarico del capitano Basilio Pignatelli, conte di Villafiorita, che lo sfidava a duello. Gli consegnò anche un biglietto da visita dello sfidante – il «cartello di sfida» – sul cui retro don Basilio aveva scritto di suo pugno il seguente messaggio: «Voi – seguivano nome e cognome del destinatario – siete una lurida sanguisuga e un verme schifoso, in-

L'ARCHITETTO

degno di continuare a vivere». L'Architetto ascoltò senza battere ciglio. Lasciò cadere a terra il biglietto da visita e poi guardò con severità i due che gli stavano davanti, gli parlò come avrebbe parlato a dei ragazzini che gli avessero posto un quesito privo di senso. «Io non mi interesso di queste sciocchezze, – gli rispose. – Grazie al cielo, ho ben altre opere a cui dedicarmi! L'unica cosa che so, è che ci si batte soltanto con i propri pari, e mai con esseri di gran lunga inferiori...»

Quello dei due ufficiali che fino ad allora era rimasto in silenzio, spalancò gli occhi per lo stupore. Lo ammonì: «Signore, badate a ciò che dite! Noi non avremmo mai accettato di rappresentare un vostro inferiore. Il capitano Pignatelli è un ufficiale dell'esercito di Sua Maestà, e appartiene alla migliore nobiltà del regno di Napoli. Avrebbe potuto farvi bastonare dai suoi servi: in fondo, anche voi siete un suo dipendente, sia pure di un genere un po' particolare...»

«Io sono un architetto, – gli rispose il grand'uomo senza scomporsi. – Non riconosco altri titoli che quelli dell'ingegno e dell'arte, e non mi abbasso a contendere con chi ne è sprovvisto, come il vostro rappresentato e come voi stessi. Potrei battermi con un altro architetto: le mie uniche armi, però, sarebbero la matita, la squadra e il compasso...»

«Si parlerà di voi, in città, come di un vigliacco, – disse il piú anziano dei due padrini. – Diventerete un famoso vigliacco: è questo che volete?»

L'Architetto guardò l'orologio, confermò: «Il mondo intero parlerà delle mie opere e si dimenticherà di voi e delle vostre sciocchezze, piú presto di quanto possiate pensare! E adesso, signori, se volete scusarmi...»

2.

La città e la casa

L'anno nuovo che incominciò, pochi mesi dopo la nascita della nostra protagonista, non fu un anno come quelli che l'avevano preceduto: fu un anno speciale, per lo meno in Italia, perché quasi tutti i piccoli Stati che formavano la cosiddetta nazione finirono per unirsi dopo un pandemonio di guerre perse, guerre vinte, invasioni, rivoluzioni e chiacchiere: soprattutto chiacchiere. Improvvisamente ci si rese conto che l'Italia era fatta, secondo le parole – destinate a diventare famose – di uno dei protagonisti di quell'impresa, e che per compiere l'opera sarebbe bastato spiegare ai suoi abitanti che erano diventati italiani. Una cosa da nulla! Anche nella città di fronte alle montagne, come dappertutto, si inaugurarono monumenti e si portarono corone ai caduti, e in ognuna di quelle occasioni c'era sempre un oratore che ripeteva: abbiamo vinto! Siamo un unico popolo e una grande nazione dove non ci sono piú i napoletani e i siciliani, i lombardi e i piemontesi e i toscani, ma soltanto gli italiani, e nessuno straniero oserà piú invaderci! Eravamo deboli e siamo diventati forti, eravamo divisi e ora finalmente siamo uniti, eravamo vecchi e siamo diventati giovani...

Gli abitanti della nostra città: gli impiegati, le casalinghe, gli operai, ascoltavano e scuotevano la testa. Ancora due anni prima – pensavano – nelle loro piazze erano sventolate le bandiere dei «crucchi», come nella parlata locale si chiamavano gli austriaci e, in generale, i tedeschi; e adesso tutto era finito! Qualcuno, piú diffidente degli altri, mormorava: «Tutto è finito finché non ricomincia!» Qualcun altro allargava le braccia, diceva ad alta voce: «Secondo me, il peggio deve ancora venire! Chi vivrà, vedrà!»

Il trasloco della famiglia Pignatelli, dalla città capitale del regno alla nuova casa, si fece nel mese di maggio: in un giorno in cui i pollini dei pioppi erano cosí fitti da sembrare neve, e il cielo sopra le montagne era blu come l'acqua dei fontanili e dei canali in cui si rispecchiava. Arrivarono sul viale dei bastioni tre grandi carri della «Impresa di Sgomberi e Traslochi G.ppe Pautasso & Figli», e con le loro sonagliere fecero accorrere tutti i monelli della città alta; e poi anche arrivarono dopo quasi un'ora, e andarono a fermarsi nel cortile piú interno della casa, alcune carrozze chiuse e bianche di polvere, da cui scesero, insieme ai padroni e ai loro servitori, certi bambini vestiti da marinaretti che i monelli avrebbero preso subito a sassate, se non fossero stati troppo lontani e se non ci fossero stati, lí attorno, tutti quegli adulti! Ma prima di introdurre i nostri nuovi personaggi e di parlare di loro, bisognerà dare una breve descrizione della protagonista di questa storia: che era – ed è – una villa-palazzo di tre piani in stile neoclassico, con la facciata impreziosita da tre ordini di colonne doriche e sormontata da un frontone triangolare, in cui si apre, con una vetrata, la terrazza dell'attico. La grande casa dell'Architetto – già abbiamo avuto modo di dirlo – era un edificio che si alzava sulle casupole circostanti come la dimora di un principe, e che sembrava essere stato costruito con il proposito, nemmeno tanto nascosto, di umiliare i nobili della città di fronte alle montagne, che non avevano palazzi altrettanto vistosi. Don Basilio Pignatelli, il suo proprietario, avrebbe rinunciato volentieri a quello sfoggio di magnificenza che non dipendeva da lui e che – se ne rendeva conto benissimo – gli avrebbe portato soltanto inimicizie; ma non poteva farci piú niente. Gli piacesse o no, quella ormai era la sua nuova abitazione, per cui aveva speso quasi tutto il suo patrimonio; e non era il caso di andare a vivere altrove, soltanto per evitare le chiacchiere e i dispetti degli aristocratici! Tanto piú – si diceva il nostro personaggio – che quelle manifestazioni di ostilità ci sarebbero state comunque. In qualsiasi parte del mondo, chi si trasferisce in un paese dov'è forestiero sa che dovrà sopportare molti pettegolezzi e molte cattiverie, soprattutto nei primi tempi e soprattutto se è un nobile; e pensava che il disagio di quella situazione sarebbe pesato in modo particolare sulle donne della sua famiglia, cioè su sua moglie Maria Avvocata, sulle mogli dei figli e sulla signorina Orsola sua figlia. Erano loro che piú avrebbero sofferto di vedersi escludere dalla buona società del luogo: di non avere incarichi ufficiali nei suoi noiosissimi comitati di beneficenza, di non essere invitate ai suoi ricevimenti e di non partecipare ai suoi balli... In quanto a lui, aveva già messo tutto in conto, le chiacchiere e anche i dispetti, anche le cattiverie; e sapeva che sarebbe sopravvissuto, senza troppe sofferenze e senza troppi sforzi...

Una descrizione particolareggiata della grande casa: del suo scalone centrale, dei suoi appartamenti e di tutti i suoi ambienti, occuperebbe chissà quante pagine e sarebbe certamente noiosa. Ci limiteremo a dire, per orientare il lettore, che gli alloggi della servitú – poco meno comodi e spaziosi di quelli dei padroni – si trovavano al di là del cortile piú interno, e che ci si arrivava attraverso due scale secondarie. Il pianoterra era il piano delle cucine, delle scuderie e delle lavanderie; ma c'erano anche alcuni saloni, molto grandi, che si affacciavano sul giardino e che avrebbero dovuto essere utilizzati, durante la buona stagione, per i ricevimenti all'aperto. (Don Basilio, entrandoci, aveva scosso la testa: «Quanto spazio sprecato!»). Le cantine, immense, erano destinate a diventare il regno dei fuochisti, che, d'inverno, avrebbero tenuta accesa la fornace per il riscaldamento ad aria calda dei piani superiori. Laggiú nel sottosuolo c'erano anche i depositi di legna e di carbone, progettati in modo tale da poter essere riforniti direttamente dalla strada; c'erano i sostegni in muratura per le botti del vino, i pozzi per la raccolta delle acque e i locali dove sarebbero finiti gli oggetti diventati inutili: i mobili fuori moda, i vecchi giocattoli, le tante cianfrusaglie che si ammucchiano in una casa e che nessuno ha il coraggio di buttare via... C'era perfino un passaggio segreto, chiuso da una grata di ferro, che da sotto il viale dei bastioni comunicava con la grande pianura. Anche la parte alta dell'edificio era cosí vasta, che dava l'impressione di potercisi perdere come in un labirinto. Il terzo piano era suddiviso in tre appartamenti – un attico e due soffitte – ed era composto da un numero imprecisato di locali che seguivano i dislivelli del tetto: dove il tetto era alto c'erano i saloni, e attorno ai saloni c'erano le stanze e gli abbaini e gli stanzini con i soffitti inclinati, sempre piú bassi e sempre piú piccoli... Da lassú, nelle giornate di cielo limpido e nelle notti serene, si vedevano l'immensa pianura, le montagne e il cielo pieno di stelle; ma sarebbe dovuto trascorrere ancora molto tempo, un'epoca intera!, prima che a qualcuno dei nostri personaggi venisse in mente di andare a vivere in quelle stanze sotto le stelle, cosí fredde d'inverno e cosí calde d'estate, da essere quasi inabitabili per gran parte dell'anno...

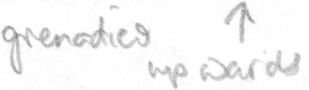

I nuovi proprietari, dunque, presero possesso della casa, dopo aver visitato tutti insieme il giardino e le rimesse, e dopo essere saliti e scesi dallo scalone centrale e dalle scale di servizio, per assegnare gli appartamenti ai domestici. Don Basilio decise che si sarebbe stabilito al piano nobile, cioè al primo piano; e la signora Maria Avvocata sua consorte pronosticò che lei e il marito avrebbero trascorso una parte del loro tempo, finché fossero vissuti, cercandosi di salone in salone e di stanza in stanza, ogni volta che avessero avuto qualcosa da dirsi. I due figli maschi si spartirono il secondo piano, che era grande come il piano nobile e però aveva i soffitti un poco piú bassi e senza scene mitologiche, con molti ornati floreali e molti puttini. Raffaele Pignatelli, il figlio primogenito, era un ufficiale dei granatieri alto e massiccio, con due grandi baffi voltati all'insú; sua moglie, donna Assunta, era un'aristocratica veneziana, e i loro due bambini, Giacomo e Maria Gabriella, al momento di entrare nella nuova casa avevano, rispettivamente, quattro e due anni. Il secondogenito Alfonso, invece, era un procuratore legale ancora a corto di cause, che aveva sposato da soli due mesi una sartina di nome Lucia, conosciuta mentre era studente, e che progettava di entrare in politica. La sua giovane moglie – lo si vide quando lui l'aiutò a scendere dalla carrozza – era già incinta di un bambino (il «figlio dell'amore» o, a seconda dei punti di vista, «della colpa»), che sarebbe poi nato durante l'estate e che, essendo risultato femmina, si sarebbe chiamato Maria Maddalena: forse in omaggio alla peccatrice dei Vangeli, o per un'altra ragione destinata a sfuggirci...

La terza figlia dei conti Pignatelli, la signorina Orsola, si stabilí al piano nobile insieme ai genitori, in due stanze indipendenti che si affacciavano su un salone comune. Orsola Pignatelli aveva allora ventitre anni; era bassa di statura e bruttina di viso – tutti le dicevano, da bambina, che assomigliava a suo padre, e, purtroppo per lei, avevano ragione – ma soprattutto era convinta di essere infelice: la ragazza piú infelice del mondo! Nella primavera dell'anno precedente si era innamorata di un pittore che era stato incaricato di farle il ritratto e che, oltre a corteggiare a sua insaputa la cameriera di sua cognata Assunta, aveva fatto la corte anche a lei: ottenendo un risultato immediato e superiore a ogni aspettativa. Il pittore era un uomo di mezza età, non particolarmente bello né famoso né ricco, che diceva a ogni donna in cui gli capitava di imbattersi di vedere incarnato in lei l'eterno femminino: soltanto tu – le giurava – sarai la mia ispiratrice ideale e la mia Musa; per merito tuo io diventerò un grandissimo artista, e cosí via. Molte delle donne a cui il pittore raccontava le sue fandonie si facevano beffe di lui, qualcuna finiva per assecondarlo; ma nessuna mai lo aveva preso sul serio, nemmeno sua moglie. Nessuna a eccezione di Orsola: a cui, però, bisogna riconoscere come scusanti la giovane età e la totale inesperienza in questo genere di faccende. Quando l'inseguitore dell'eterno femminino, dopo un certo numero di incontri, cercò di liberarsi di lei, Orsola Pignatelli mostrò di essere un personaggio ben diverso rispetto alle donne che l'avevano preceduta nel ruolo di Musa e di ispiratrice ideale. «Se non mi amerai per sempre come mi avevi promesso, – disse al suo pittore, – sarai responsabile della mia morte». Andò a buttarsi dall'alto di un ponte, nel fiume che attraversa la città dove allora abitava: ma era il mese di luglio, e il fiume era affollato di bagnanti che con poche bracciate la riportarono a riva. Da allora, Orsola non aveva piú tentato di uccidersi e si era limitata a perseguitare il suo ex innamorato, appostandosi nei luoghi dove sapeva di poterlo incontrare e facendogli delle terribili scenate, senza badare alle persone che c'erano attorno. Si era anche presentata a casa sua all'ora di pranzo, un giorno che il seguace delle Muse era a tavola con la famiglia come un borghese qualsiasi, e aveva minacciato di ammazzare la «donnaccia» che gli stava a fianco – cioè la moglie – se lui non si fosse deciso ad abbandonarla. («Quella donnaccia non ti merita! Io l'ammazzo!»).

Anche i domestici e le famiglie dei domestici – a cui appartenevano i bambini vestiti alla marinara che abbiamo visto scendere dalle carrozze, al momento dell'arrivo – si sistemarono nei loro appartamenti al piano terreno o sulle scale di là dal cortile, seguendo le indicazioni dei padroni e le necessità del servizio. La grande casa incominciò a vivere con i suoi nuovi abitanti e a riflettere l'azzurro del cielo nei vetri delle sue finestre, mentre la città alle sue spalle si rassegnava, oltre che alla sua presenza, ai tempi nuovi e al cosiddetto progresso: che già prima d'allora si era manifestato con tante cose straordinarie, per esempio con la ferrovia e con l'illuminazione a gas delle strade del centro, e che tornò a manifestarsi qualche settimana dopo la venuta della famiglia Pignatelli, con l'apertura dei bagni pubblici. Una mattina di giugno, chi si trovava a passare in una piazza che nei secoli precedenti era stata famosa perché vi si sentivano le grida e i gemiti dei prigionieri del tribunale dell'Inquisizione, vide un'insegna che prima non c'era: *Bagni pubblici*, e si fermò a leggere l'elenco dei prezzi e delle prestazioni fornite (doccia, vasca con sapone e senza sapone, con asciugamano e senza asciugamano...) Qualcuno piú audace degli altri entrò per sperimentare di persona quella gran novità; e quando poi uscí, fragrante di borotalco e profumato di rose o di violette, venne circondato da una piccola folla di curiosi che volevano sapere cosa gli era successo. Per tutto il resto della giornata, nella piazza che era stata la sede del Sant'Uffizio continuò a esserci un movimento insolito, di persone che venivano a guardare l'insegna dei bagni pubblici e a fare i loro commenti. C'era chi lodava il progresso e chi, invece, rievocava con parole commosse i propri antenati: che – diceva – si erano sempre mantenuti pulitissimi (ma non era vero...) lavandosi d'estate nelle acque sorgive della grande pianura, e facendo a meno di lavarsi durante l'inverno. Anche nei giorni successivi si continuò a parlare di quell'argomento. Il giornale locale, «La Gazzetta», che si vendeva per strada due volte alla settimana, il giovedí e la domenica, dedicò all'apertura dei bagni – chiamati pomposamente «terme» – un'intera pagina di divagazioni storico-mitologiche e di statistiche sulla diffusione dei servizi igienici nei principali paesi europei. L'opinione pubblica si divise, e restò divisa per parecchio tempo. Nei caffè, quando qualcuno accennava alla nuova abitudine che si stava diffondendo in ogni categoria di persone e perfino tra la gente del popolo, di lavarsi almeno una volta al mese, c'era sempre chi affermava, in tono perentorio, che i bagni caldi sono un lusso delle nazioni corrotte, e c'era chi gli rispondeva che è meglio vivere corrotti e puliti, che integri e sporchi...

Le sorprese, però, non erano ancora finite. All'inizio di settembre di quello stesso anno, nella nostra città, il progresso portò un'altra istituzione, destinata a suscitare entusiasmi molto piú forti e discussioni ancora piú accese di quelle che c'erano state per i bagni pubblici. Si aprí la «casa di tolleranza», cioè il casino, in quel nuovo quartiere che stava crescendo disordinatamente tra la cinta dei bastioni e la strada ferrata e che aveva preso, nell'uso popolare, la denominazione fin troppo altisonante di «quartiere dei ladri e degli assassini»: mentre invece era soprattutto il quartiere degli operai e delle lavandaie. Il casino non espose cartelli per strada con l'elenco dei servizi forniti e delle relative tariffe, ma incominciò a essere frequentato, e a fare affari, al di là delle previsioni piú rosee di chi ci aveva investito i suoi soldi; e la faccenda, a ben vedere, sarebbe quasi priva di interesse per la nostra storia, se non avesse fatto venire alla luce certe nostalgie e certi desideri inconfessabili del conte Pignatelli, che fino a quel momento erano stati tenuti nascosti sotto un atteggiamento di indifferenza e di apparente rassegnazione. Don Basilio non aveva piú rapporti – come dire?, intimi – con la sua austera consorte, la contessa Maria Avvocata, da molti anni; e anche con le donne della servitú le cose non andavano piú bene come un tempo, per una serie di motivi e di situazioni specifiche che sarebbe troppo lungo indagare. L'esistenza, in città, di un posto dove ci si potevano togliere certe voglie nel piú semplice e nel piú economico dei modi, senza complicazioni sentimentali e senza malattie, diventò per il nostro povero conte un'ossessione, che non lo lasciava dormire la notte. Lui, naturalmente, data la sua posizione sociale, non si sarebbe mai mescolato agli operai e ai soldati di truppa che frequentavano la casa di tolleranza; ma il pensiero era sempre là, non voleva andarsene; e a tenercelo cosí fisso c'erano anche i volti e i corpi di quelle sciagurate signorine, che il conte Pignatelli, come tanti altri abitanti della città alta, aveva avuto modo di vedere e di apprezzare durante i tè della signora Pompilia... Una vera tortura, per il nostro personaggio e anche un po' per noi, che come al solito dobbiamo spiegare tutta la faccenda in pochissime parole! Diciamo dunque che ogni quindici giorni, nel casino, c'era il cambio delle ragazze; e che la cosiddetta *maîtresse* – cioè, appunto, la signora Pompilia – conduceva le nuove arrivate a prendere il tè nel caffè dell'Orologio sotto la torre civica, per mostrarle ai futuri clienti. Don Basilio era un frequentatore abituale del caffè dell'Orologio e quei tè, come si può immaginare, lo turbavano; in piú, era quasi sempre in compagnia di un collega, il maggiore Lo Ferro, scapolo e di origine plebea, che conosceva quasi tutte le ragazze dei casini della grande pianura, e ne illustrava le virtú all'amico silenzioso con certe immagini poetiche che sembravano studiate apposta per farlo soffrire. Diceva di una ragazza, per esempio: «È una gazzella», «È una rosellina appena sbocciata», «Ha due tettine lisce e fresche come due albicocche», e poi si voltava verso don Basilio, lo esortava: «Metti da parte i pregiudizi! Si vive una volta sola!»

«Sí, sí, – sbuffava il conte Pignatelli. – Lo so anch'io! Non è il caso che me lo ricordi!» Ogni tanto, però, la sua resistenza cedeva. «Prova a dire a quella tua rosellina, – sussurrava al maggiore, – che se viene a trovarmi a casa uno di questi giorni, all'ora che la contessa esce per la passeggiata, le darò dieci lire... venti lire... Insomma, dimmi tu quanto devo darle! L'importante è che sia lei a venire da me, perché io, da lei, non posso andarci: è inutile che insisti!»

3.
Il garibaldino e la Giblon

Per accogliere i visitatori, e per impedire che si introducessero nella casa persone non desiderate, c'era bisogno di un portinaio. Venne messo un cartello sulla strada («Cercasi custode») e si presentarono molti uomini, vecchi e giovani, che cercavano un lavoro e un'abitazione e che si sarebbero presi volentieri l'incarico di vegliare sulla nostra protagonista e sui suoi abitanti; ma don Basilio, per un motivo o per l'altro, non trovava nessuno che gli andasse a genio. Alcuni tra gli aspiranti portinai, infatti, avevano precedenti penali, e non era il caso di fidarsene; alcuni erano disoccupati che cambiavano continuamente lavoro perché non andavano d'accordo con i padroni, si ubriacavano o avevano altri vizi che gli impedivano di rimanere a lungo nello stesso posto; alcuni, infine, che sembravano essere delle persone perbene, s'aspettavano di ricevere chissà quale stipendio in cambio di un lavoro che – sosteneva don Basilio – in fondo in fondo non era nemmeno un lavoro! («È una cosa da niente, un passatempo, – ripeteva a tutti quelli che si presentavano. – Te ne stai lí tutto il giorno dietro a una vetrina, a controllare la gente che entra...»). L'avarizia del nostro conte era ben nota ai suoi familiari e soprattutto alle persone della servitú, che lo sentivano brontolare per ogni centesimo; ma chi saliva lo scalone perché aveva letto il cartello con l'offerta d'impiego, e poi si trovava a dover ascoltare quei discorsi sui lavori che non sono lavori, di solito si rimetteva in testa il berretto e se ne andava, senza nemmeno salutare. «Se vuole un uomo in portineria e non vuole pagarlo, – brontolava, – ci si metta lui stesso!»

Tra i tanti che si presentarono per essere assunti come custodi, ci fu anche un personaggio che, in quegli anni e nella città di fronte alle montagne, godeva di una certa popolarità: un tale Luigi, che diceva di essere l'uomo piú forte del mondo e si guadagnava da vivere trasportando mobili e pianoforti ai piani alti delle case, e facendo scommesse sulla propria forza. La sua specialità era piegare sbarre di ferro e spezzare catene, ma sapeva anche compiere qualche prodezza di quelle che si vedono nelle fiere: per esempio, era capace di sputare fuoco e di mangiare vetro... L'uomo piú forte del mondo, dunque, venne a offrire i suoi servizi al conte Pignatelli, che non lo conosceva; e, per dimostrargli di cosa era capace, sollevò un armadio pieno di libri e lo portò in giro per la stanza. Si vantò poi di poter trangugiare specchi e bicchieri come se fossero biscotti, e di sopportare con il torace il peso di una grossa carrozza. Si denudò le braccia muscolose per mostrargli i bicipiti:

«Se mi assumerete come vostro portinaio, – gli promise, – nessuno al mondo oserà mettere piede in casa vostra senza il vostro permesso!»

Il vecchio conte era stupito e anche un po' spaventato, e pensò che non fosse il caso di contrariare un simile energumeno dicendogli che lui cercava un portinaio, e non un fenomeno da baraccone! «Prenderò in esame la vostra offerta, – gli promise; – e, se deciderò di accettarla, vi manderò a chiamare». Scrisse il nome dell'energumeno su un foglio, e poi, quando quello finalmente se ne fu andato, lo buttò nel cestino...

La stanza del portinaio, a pianoterra, continuava a rimanere vuota, e l'annuncio per strada era quasi completamente sbiadito a causa della pioggia e del sole. Una mattina, il conte Pignatelli aveva appena finito di bere il caffè e il cameriere gli fece entrare nello studio un giovane dall'aria spavalda, con baffi e pizzo «alla moschettiera» e un fazzoletto rosso legato intorno al collo, che dopo averlo salutato sbattendo i tacchi, in perfetto stile militare, gli disse: «Io sono il portinaio che state cercando».

«Come fate a esserne cosí sicuro? – chiese il conte. – Non vi sembra che dovrei essere io a decidere in merito?»

Il giovane, allora, gli raccontò la sua storia. Si chiamava Costantino Perotti ed era originario di un paese della grande pianura, di cui fece il nome, dov'era vissuto fino all'età di ventitre anni. Se fosse rimasto al suo paese – disse a don Basilio – avrebbe fatto l'orologiaio, perché quello era il mestiere della sua famiglia da almeno tre generazioni, ed era anche il suo mestiere. Avrebbe aggiustato orologi di ogni tipo e di ogni grandezza: orologi da campanile, orologi da tavolo, orologi da tasca... Una vita intera per gli orologi! Il destino, però, aveva voluto che le cose andassero in un altro modo e lo aveva fatto litigare, due anni prima, con il figlio di un proprietario terriero: un tipo violento, che credeva di poter sempre fare quello che voleva lui, e di essere il padrone di tutto e di tutti. Si era trovato in mano un coltello; il prepotente era caduto per terra e lui era scappato, perché pensava di averlo ucciso. Era andato a Genova a imbarcarsi per l'America, e aveva trovato in città uno strano movimento: c'erano guardie da tutte le parti, e giovanotti con un fazzoletto rosso intorno al collo o addirittura con la camicia rossa, che si riunivano nei caffè della zona del porto e parlavano di uguaglianza per tutti gli uomini, di indipendenza per i popoli, di giustizia... Costantino, incuriosito, gli si era avvicinato per chiedergli chi fossero e dopo un paio di giorni era andato con loro in Sicilia, sulla stessa nave dove c'era anche il generale Giuseppe Garibaldi. Aveva combattuto a Palermo, a Catania, a Napoli; aveva visto cadere il regno dei Borboni e nascere, al suo posto, un regno piú grande, il regno d'Italia! Quando poi tutto era finito, era tornato nella città di fronte alle montagne e aveva scoperto che nessuno piú lo cercava. L'uomo che credeva di avere ucciso era piú vivo e prepotente di prima e la sua condanna era stata cancellata da un'amnistia, sicché lui avrebbe potuto ricominciare la sua vita al suo paese, come se non fosse accaduto niente; ma, per qualche motivo che non sapeva spiegarsi, quella prospettiva non gli era piaciuta. Aveva riflettuto per tre giorni e tre notti, finché aveva visto un cartello: «Cercasi custode», e aveva capito che voleva rimanere in città. Se il signor conte lo avesse preso al suo servizio – disse il giovane – si sarebbe accontentato di una paga modesta: venti lire alla settimana, non un soldo di piú, perché contava di lavorare come orologiaio in portineria, e di arrotondare lo stipendio in quel modo. Gli bastava avere garantita l'abitazione, e quei pochi spiccioli...

«Forse ci siamo», pensò don Basilio. Il suo vecchio cuore di patriota, e di patriota napoletano, non poteva rimanere insensibile di fronte a un reduce della spedizione dei Mille; ma l'argomento decisivo era quello dei soldi, e della doppia attività che Costantino contava di svolgere, di portinaio e di orologiaio. Un doppio lavoro, ecco la soluzione del problema! Come aveva fatto a non pensarci lui stesso? Pur avendo già deciso, in cuor suo, che avrebbe preso al suo servizio quel giovane cosí volenteroso, il conte finse di essere ancora incerto. «Venti lire van bene, – rifletté ad alta voce. – Ma chi mi assicura che, se ti assumo come portinaio, non dovrò pentirmene? In fondo, tu sei un pregiudicato...»

«Non ve ne pentirete», disse Costantino. Alzò una mano, come se avesse dovuto pronunciare un giuramento. «Io non sono un attaccabrighe, – garantí, – e in questi anni ho imparato a conoscermi. Il mio maggiore difetto è che non sopporto l'ingiustizia. Se subisco un torto, o se vedo qualcuno che fa torto a un altro, mi ribello e sono anche disposto a farmi uccidere, ma a parte questo sono la persona piú tranquilla del mondo, e non ho nemmeno altri vizi: non gioco a carte, non fumo e non bevo vino fuori dei pasti...»

Fu cosí che la grande casa ebbe finalmente un custode. Il giovane con il fazzoletto rosso si sistemò – e sistemò la sua attrezzatura per aggiustare gli orologi – in quella guardiola di fianco all'ingresso dove di tanto in tanto anche don Basilio veniva a sedersi, per leggere ad alta voce i titoli dei giornali e per scambiare qualche parola con una persona che non fosse il maggiore Lo Ferro. Da quando aveva smesso il servizio attivo nell'esercito, il conte Pignatelli si annoiava; inoltre – ed è questo, forse, il vero motivo che lo induceva a fare quelle soste in portineria – gli piaceva parlare con qualcuno piú giovane di lui, che potesse spiegargli ciò che lui non riusciva piú a capire a causa dell'età... Tutt'a un tratto – diceva, allargando le braccia come per scusarsi – il mondo che era rimasto fermo per quasi mezzo secolo si era rimesso in movimento: treni e piroscafi arrivavano dappertutto in poche ore, al massimo in pochi giorni, e le attività umane erano diventate frenetiche. Anche nella città di fronte alle montagne. Si facevano venire macchinari dall'estero; s'impiantavano industrie, si aprivano negozi, si costruivano case dappertutto, tra la città alta e la ferrovia... E poi, c'era la politica. In un paio d'anni erano successe tante cose, e di tale portata, che lui, Basilio Pignatelli, non credeva potessero succedere in un secolo! Domandava al suo portinaio, che era stato uno dei protagonisti di quei cambiamenti: «Com'è, davvero, il generale Garibaldi? Come avete fatto a entrare in Palermo senza prima assediarla?»

Dalle risposte di Costantino, però, don Basilio si rendeva conto che nella sua memoria non c'era niente che potesse spiegare l'inspiegabile, soltanto brandelli di ricordi e sensazioni che talvolta affioravano nelle parole con una forza straordinaria: voci, volti, immagini di una battaglia o di un paesaggio... Soprattutto, e sopra tutte le altre presenze, c'era quella dell'Eroe che passava alto sopra il suo cavallo e si rivolgeva alla folla per dirgli quelle poche parole, che dette da lui andavano diritte al cuore di chi le ascoltava, e dette da un altro non avrebbero significato niente, o quasi niente...

«E a Napoli, cos'è successo? – domandava il conte. – Come si è comportata l'aristocrazia napoletana, quando Garibaldi è entrato in città? E quella battaglia del Volturno di cui si è parlato tanto, è stata davvero cosí importante come si vuole far credere?»

Costantino, al solito, raccontava i piccoli episodi che erano la sua esperienza personale di quei grandi avvenimenti, e don Basilio, invece di ascoltarlo, seguiva il corso dei propri pensieri. Si diceva: «Averlo saputo prima, che tutto era cosí facile!»; e poi tornava con la memoria agli anni della sua giovinezza. Ricordava il clima cupo, la polizia onnipresente, l'oscura colpa per cui lui, Basilio Pignatelli, aveva dovuto andarsene dalla sua città piena di sole e di traffici, per finire in quel borgo di provincia dove non aveva altri amici che gli ufficiali del suo reggimento, e dove i nobili lo ignoravano... Pensava che il destino gli era stato nemico due volte. La prima volta, perché lo aveva costretto a vivere in un tempo bloccato, dopo gli entusiasmi dell'inizio del secolo: in un'epoca in cui tutte le vite erano state piccole e grige, quelle degli oppressori non meno di quelle degli oppressi. E poi, il destino gli era stato nemico una seconda volta, perché lo condannava, ora che era vecchio, a vedere realizzate a beneficio di altri le cose per cui era vissuto, e a morire in quell'Italia unificata dal suo portinaio, e in quella casa, troppo grandi e troppo diverse da come avrebbe voluto che fossero...

In autunno, ci fu una novità. Gli abitanti della casa bianca sui bastioni vennero a sapere dalle chiacchiere della gente che il loro portinaio Costantino si era fidanzato con una tale Giblon di professione pescivendola, considerata «una poco di buono», e che intendeva sposarla. La notizia, sentita al mercato dalla signora Ester, cioè dalla cuoca, circolò prima tra le persone di servizio e poi arrivò all'orecchio dei signori Pignatelli; don Basilio l'accolse con un'alzata di spalle, mentre la contessa si mostrò subito preoccupata. («Una donnaccia! In casa nostra! Io lo sapevo, che quel giovanotto con i suoi fazzoletti rossi e i suoi discorsi da anarchico, presto o tardi ci avrebbe messi nei guai! Lo dice anche il proverbio, che chi nasce quadrato non può morire rotondo!»). Furono raccolte altre informazioni sulla donna chiamata Giblon e si scoprí che, nella città di fronte alle montagne, era un personaggio molto noto: ancora piú noto, se possibile, del facchino Luigi, «l'uomo piú forte del mondo», o dell'anarchico Tramontana di cui parleremo in un prossimo capitolo. Era la ragazza dello scandalo, con cui tutti i maschi dai quindici agli ottant'anni sognavano di avere un'avventura o di averla già avuta, e che però nessuno al mondo avrebbe potuto sposare senza coprirsi di ridicolo. Anche i clienti dei caffè della città alta, e quelli delle osterie del quartiere «dei ladri e degli assassini», quando si sparse la voce che la Giblon era fidanzata, incominciarono a rievocarne la leggenda: era scappata a tredici anni – raccontavano – con un saltimbanco venuto per la fiera, e ne aveva fatte, da allora, «piú che Carlo in Francia»...

«Vuoi scommettere, – si chiedevano scandalizzati, – che si sposerà vestita di bianco, come le ragazze perbene?»

Qualche sfaccendato della città alta e qualche buontempone, incuriositi da quelle chiacchiere, andarono a gironzolare intorno al banco del pesce al mercato, per vedere cosa ci fosse di nuovo e di strano nel comportamento della ragazza che tutti conoscevano col soprannome di Giblon, e che nessuno, in realtà, sapeva come si chiamasse; ma non c'era niente di nuovo. La Giblon era sempre la Giblon: una giovane donna dai capelli rossi e dal seno prorompente, che quando annunciava la sua merce riusciva a farsi sentire da un capo all'altro della grande piazza, e che certamente doveva una parte almeno della sua cattiva fama all'aspetto fisico, perché era un tipo che si faceva notare. Sua cugina Ilaria, la padrona del banco, se ne stava seduta alla cassa con la testa coperta da uno scialle e biascicava preghiere, mentre lei faceva il lavoro della pescivendola, da sola: spostava i barili delle aringhe salate e i pesanti rotoli degli stoccafissi senza bisogno che nessuno la aiutasse, andava a prendere l'acqua alla fontana, badava ai clienti. All'epoca della nostra storia, nel mercato della città di fronte alle montagne come in tutti gli altri mercati della grande pianura, si vendevano due soli tipi di pesce: il pesce secco o conservato sotto sale, cioè il pesce di mare, e il pesce fresco di fiume. Buona parte della merce era ancora viva. C'erano le tinche che si pigiavano, boccheggiando, dentro i secchi di legno, cosí fitte che facevano fatica a tirare fuori la bocca dall'acqua; c'erano le anguille nelle tinozze, che si aggrovigliavano in gomitoli mostruosi e guizzavano in tutte le direzioni, cercando di sfuggire al loro destino; c'erano i gamberi d'acqua dolce, lunghi e grigi, che muovevano ancora le antenne e la coda; c'erano, nella buona stagione, i grandi sacchi di iuta pieni di rane verdi, che non potevano piú scappare perché gli erano state rotte le gambe e che venivano giustiziate, cioè «pulite», al momento dell'acquisto: la Giblon gli tagliava la testa con le forbici, poi le apriva e gli sfilava la pelle di dosso, come una camicia...

Trascorsero alcune settimane. All'inizio di novembre, vennero affisse in municipio le «pubblicazioni» delle prossime nozze tra Costantino Perotti, di anni venticinque e di professione orologiaio, e la ragazza soprannominata Giblon: di cui si seppe per la prima volta in quella circostanza che si chiamava Maria Giuseppa Stangalini e che aveva due anni piú del marito, cioè ventisette. Chi si aspettava di vedere la sposa in abito bianco rimase deluso, perché il matrimonio si celebrò soltanto con il rito civile, e perché gli sposi si presentarono nell'ufficio del sindaco vestiti con abiti decorosi, ma assolutamente normali. Era allora sindaco della nostra città un omino con i capelli candidi e un fiocco nero al posto della cravatta, che tutti chiamavano rispettosamente «l'Avvocato» e che aveva fama di essere il gran maestro di una delle due logge massoniche locali. (Il suo predecessore e avversario politico, «l'Ingegnere», secondo la voce pubblica era il gran maestro dell'altra loggia). L'o-

IL GARIBALDINO E LA GIBLON 31

mino, dunque, pronunciò la formula del matrimonio e poi si rivolse allo sposo: mezz'ora prima – gli disse, mostrandogli un foglio di carta azzurrina che aveva tirato fuori dalla tasca della giubba, e che maneggiava come se si fosse trattato di un oggetto fragile e prezioso – era arrivato in municipio un telegramma del generale Giuseppe Garibaldi, spedito dall'ufficio postale dell'isola di Caprera e indirizzato a lui personalmente. («Al signor sindaco»). Con quel telegramma – che il destinatario lesse ad alta voce, interpretandone e rafforzandone ogni parola con i gesti – il generale pregava il sindaco della città di fronte alle montagne di trasmettere «al patriota Costantino Perotti, volontario della spedizione dei Mille, e alla sua sposa», le sue piú vive felicitazioni; e augurava a entrambi, e ai loro figli, uno straordinario futuro. La Giblon, commossa, si mise subito a piangere; e, trovandosi sprovvista di fazzoletto, non esitò ad asciugarsi le lacrime con il bordo della gonna, scoprendo due gambe ben tornite fin sopra le ginocchia, e una sottoveste rosa di tulle. Anche Costantino, che non si aspettava assolutamente quel messaggio di auguri, ne fu sorpreso e turbato. Quando il sindaco gli porse il telegramma dell'Eroe perché lo vedesse con i suoi occhi e lo toccasse («Purtroppo s'è dovuto protocollarlo e resterà nell'archivio del Comune, ma ve ne faremo una copia»), lui lo rigirò a lungo tra le mani e poi disse con voce resa incerta dalla commozione, anzi: giurò, che il primo figlio maschio che gli fosse nato, l'avrebbe chiamato Giuseppe Garibaldi. Tutti i presenti, sindaco compreso, lo applaudirono; e cosí, dunque, finí quella cerimonia per cui in città si erano fatti tanti pettegolezzi e tante chiacchiere, al grido di «Viva gli sposi! Viva Garibaldi! Viva l'Italia!»

4.
«La città balla»

Le stagioni continuarono ad alternarsi sulla grande pianura; le nuvole si dispersero e si riaggregarono, come sempre, e il tempo continuò a trascorrere senza produrre cambiamenti degni di essere raccontati, mentre nella città di fronte alle montagne, e nella casa, si compivano gli impercettibili destini di alcuni nostri personaggi. Riuscí a morire la signorina Orsola: quella che si era innamorata di un uomo che non sapeva cosa farsene di lei, anzi la sfuggiva come la peste. Dopo aver fatto ogni genere di pazzie per il suo pittore, e aver minacciato di uccidergli la moglie se lui non l'abbandonava, un bel giorno Orsola smise di correre a cercarlo; si quietò, e i suoi genitori pensarono che fosse finalmente guarita. «Forse, – dissero, – si è resa conto di aver avuto a che fare con un mascalzone, e ha deciso di dimenticarlo». Invece lei stava progettando, e portando a termine, il piú elaborato dei suicidi. Si scoprí poi che per settimane, e forse per mesi, si era coricata ogni sera indossando una camicia da notte inzuppata d'acqua, e che con quell'espediente era riuscita a procurarsi la malattia che le sarebbe stata fatale. Sette giorni di febbre e due giorni d'agonia, e la signorina Orsola se ne andò da questa affollata anticamera che è il mondo dei vivi, per trasferirsi nell'unico mondo durevole e reale: quello dei personaggi di romanzo. Pochi mesi dopo la sua morte, all'improvviso, morí anche il conte Basilio; e nessuno tra i lettori della nostra storia, e nemmeno l'autore, saprà mai se il decesso si verificò durante uno di quei convegni galanti che gli organizzava il maggiore Lo

«LA CITTÀ BALLA» 33

Ferro, come poi si disse nel caffè dell'Orologio, o se la comare con la falce arrivò sola, e lo trovò nudo in camera da letto. L'unica cosa certa di tutta la faccenda, infatti, è che il corpo del conte fu trovato alle due del pomeriggio dal suo cameriere, e che aveva indosso soltanto i calzini. Infine, morí l'«uomo piú forte del mondo»: quel tale Luigi, che si era presentato in casa Pignatelli offrendosi di fare il portinaio, e che mandava in visibilio gli abitanti della città di fronte alle montagne, soprattutto i ragazzini, con le sue prove di forza. Il Luigi morí d'estate, nei giorni cosiddetti «della fiera d'agosto»: quando la piazza davanti al castello, e il cortile e i portici del nuovo palazzo del Mercato, e perfino i viali dei bastioni diventavano un variopinto caravanserraglio di tende e di banchetti, e la città traboccava di gente venuta da ogni parte della grande pianura per vendere e per comperare ogni genere di merci. In quei giorni, da tempo immemorabile, nelle strade della città alta si esibivano giocolieri, domatori di orsi, donne cannone e donne pelose, nani e mostri; e tra i saltimbanchi di quell'anno c'era anche un uomo forzuto, un tale Ercole che aveva scritto a caratteri cubitali sul suo carro: «Ercole C. – L'uomo piú forte del mondo». Chi aveva assistito allo spettacolo dell'uomo forzuto, diceva che piegava sbarre di ferro e spezzava catene, proprio come il Luigi, e che poi sfidava gli spettatori battendosi i pugni sul petto, gli gridava: «Se qualcuno crede di essere piú forte di me, venga a dimostrarlo!»

La notizia che in città c'era un altro uomo piú forte del mondo fece il giro dei bastioni in un batter d'occhi e arrivò nel nuovo quartiere di fianco alla ferrovia, il quartiere «dei ladri e degli assassini» dove abitava il facchino Luigi. Il nostro personaggio, spalleggiato dai compagni di bevute e da un folto gruppo di ammiratori e di curiosi, andò a incontrare il suo usurpatore verso sera, nell'ora in cui tutti i saltimbanchi e i ciarlatani erano per strada e facevano i loro spettacoli. Lo trovò che stava giocando con una vecchia palla di cannone come se fosse stata una palla di gomma: la lanciava per aria e poi ne fermava la caduta con i muscoli della spalla e del collo, in un certo modo che sembrava gli cadesse in testa... Una cosa da ridere! Spazientito, il Luigi saltò sulla pedana per sfidare l'intruso. «Anch'io, – disse, – sono in grado di fermare con la testa una palla di cannone, come hai fatto tu. Dammela e ti faccio vedere».

Allungò una mano per prendere la palla di ferro, ma l'usurpatore non gliela diede. «Potresti farti del male, – lo avvertí. – Queste palle di cannone pesano otto chili l'una».

Il facchino incominciò ad arrabbiarsi. «Quante storie! Cosa vuoi che mi facciano, otto chili... Tu credi di essere l'uomo piú forte del mondo, – disse all'altro, – ma hai sbagliato città. Dammi quella palla e te lo faccio vedere io, chi è l'uomo piú forte del mondo!»

«Dàgli la palla! – gridavano gli amici del Luigi. – Non avere paura che si faccia male: ha la testa dura!» Anche la gente che era lí per assistere allo spettacolo incominciò a incitare il campione locale: «Dài Luigi! Fagli vedere che sei tu l'uomo piú forte del mondo! Dàgli una lezione!»

Ercole C., allora, si rivolse direttamente alla folla che acclamava il suo rivale. Alzò il braccio perché tutti potessero vedere la palla di cannone. Domandò alla folla: «Volete davvero che il vostro uomo si prenda in testa questa palla di ferro? Ne siete proprio sicuri?»

Tutte le bocche si aprirono in un solo grido: «Sí! Sí! Dagliela!»

Lo sfidante prese in mano la palla. La fece sobbalzare due o tre volte sul palmo per saggiarne il peso, e in piazza, subito, si fece silenzio; soltanto i venditori di frittelle e di zucchero filato continuarono a gridare i loro richiami. Poi la lanciò per aria, molto piú in alto di quanto l'avesse lanciata Ercole C., e rimase ad aspettarla tenendo la testa inclinata in avanti e un po' di sbieco, per essere ben certo di trovarsi sulla traiettoria del proiettile. La palla si abbatté su quella parte di cranio che nelle tavole anatomiche è indicata con il nome di occipite, e produsse lo stesso rumore, un po' piú forte, che si sente quando si rompe una noce con uno schiaccianoci. Il nostro uomo crollò in avanti e sbatté a terra, senza nemmeno un lamento; si inarcò, diede un ultimo guizzo e rimase assolutamente immobile, mentre la gente lo guardava stupita. Soltanto allora alcune bocche si aprirono, e alcuni occhi si dilatarono per lo spavento. Una donna strillò: «Chiamate un dottore! Fate in fretta! Il Luigi sta male!»

Arrivò un tale che passava proprio in quel momento davanti al palazzo del Mercato e che aveva in mano una borsa da chirurgo. Si piegò sul corpo del Luigi e lo toccò, prima al polso e poi al collo. Alzò gli occhi sulla gente lí attorno. «Quest'uomo, – disse, – non ha piú bisogno di dottori. È morto stecchito».

L'inverno successivo fece molto freddo. Ristagnò per mesi sulla pianura uno strato di nebbia che toglieva forma agli oggetti anche vicinissimi, si insinuava fin dentro i cortili e dentro le case, se si aprivano le finestre, ed era cosí densa da causare incidenti: i pedoni si scontravano tra loro, soprattutto se camminavano in fretta, o finivano sotto le carrozze; i carri uscivano di strada, si rompevano le ruote e qualche volta, di notte, piombavano dentro i fossi. In primavera, poi, la nebbia scomparve; le giornate diventarono lunghe e le sere si fecero straordinariamente languide, con il sole che andava a tramontare dietro le montagne, incendiando le nuvole e spegnendosi pian piano, come brace; mentre la pianura sottostante la casa, e la città, e la cupola del Santo ancora ferma ai due giri di colonne sopra il tetto della basilica, si riempivano di ombre. Incominciarono a circolare certe voci, di una nuova guerra che si sarebbe dovuta combattere contro i nostri nemici di sempre, cioè contro i crucchi; e gli abitanti della città, quando le ascoltavano, alzavano gli occhi al cielo allargando le braccia, con un gesto che voleva dire: «Che possiamo farci?» Da secoli, infatti, si erano abituati a considerare la guerra un male specifico della loro regione; come altri paesi hanno i vulcani, o i terremoti, o le bufere di vento, loro avevano le guerre. (Non s'era mai capito cosa le attirasse. Forse – diceva qualcuno – era la natura del terreno, quel suo essere una sorta di palcoscenico circondato dalle montagne; forse c'era qualcosa nel sottosuolo, oppure nell'aria...) Ogni cinque, ogni dieci, o, al massimo, ogni vent'anni, nella grande pianura arrivavano soldati da tutte le parti del mondo: soprattutto crucchi ma anche francesi, svizzeri, spagnoli, russi, polacchi, cosacchi... Era addirittura nato un proverbio che diceva, a ogni ricorrere di guerre: «La città balla». Seguendo quel proverbio, la città aveva ballato ancora pochi anni prima, quando per fermare l'esercito dei crucchi e tutto lo sconquasso che di tanto in tanto, immancabilmente, si abbatteva su di lei come un castigo di Dio, s'erano aperte le chiuse dei canali e le dighe dei fiumi, e la pianura si era trasformata in un mare. Tutto, allora, era andato sott'acqua: le strade, i campi, le ferrovie, i centri abitati... Ora che la guerra era di nuovo nell'aria, e anzi si attendeva da un momento all'altro, c'erano due opinioni contrapposte nei discorsi della gente: quella di chi pensava che, se anche i confini si erano spostati, la città avrebbe continuato a ballare come sempre, perché tale era il suo destino; e l'altra, di chi riteneva che finalmente si sarebbe combattuto (e ballato) da qualche altra parte...

Quando la guerra incominciò, nel mese di giugno, il portinaio Costantino Perotti corse ad arruolarsi con le camicie rosse di Garibaldi; tornò all'inizio dell'autunno, con un braccio al collo e profondamente indignato per quello che gli era successo e che aveva visto. L'Italia – disse – non funzionava. I suoi generali sapevano combattere una sola guerra: quella tra di loro per le loro carriere! Garibaldi era stato costretto a comandare, anziché un corpo di volontari, un esercito di reclute; e lui, Costantino, non solo non aveva potuto ringraziarlo del telegramma, come si riprometteva di fare, ma non era nemmeno riuscito a vederlo. Era stato ferito da un colpo di fucile, sparato probabilmente da un italiano... Insomma: uno schifo!

«I giornali, – obiettava la Giblon, – dicono che abbiamo vinto, e che adesso l'Austria dovrà restituirci la città di Venezia...»

Costantino scuoteva la testa: «L'Austria ha perso la guerra, ma noi abbiamo perso la fiducia in chi ci governa, e anche in noi stessi... Se questo è il prezzo della vittoria, era meglio essere sconfitti!»

Il giardino e i cortili di casa Pignatelli risuonavano ormai, a tutte le ore del giorno, dei giochi dei ragazzi e dei bambini piú piccoli: di cui non si è voluto rendere conto a mano a mano che nascevano perché la protagonista di questa storia è solo lei, la grande casa alta sui bastioni della nostra città, e le vicende degli uomini ci interessano soltanto in quanto fanno vivere quell'insieme di saloni e di stanze e di corridoi, di scale e di terrazze, che altrimenti rimarrebbe silenzioso e deserto. Al secondo piano erano nati il terzo figlio del conte Raffaele, Costanzo, e la seconda e la terza figlia dell'avvocato Alfonso: a cui erano stati imposti i nomi di Maria Avvocata e di Orsola in memoria, rispettivamente, della nonna paterna e della zia, morte a pochi mesi di distanza l'una dall'altra. Anche la Giblon, mentre suo marito era in guerra, aveva messo al mondo due gemelli, entrambi maschi e straordinariamente vitali, a giudicare dagli urli che avevano lanciato quando erano stati costretti a venire alla luce. I gemelli Perotti, a cui venne risparmiata la cerimonia del battesimo, ritenuta inutile e pericolosa per la loro salute, furono registrati all'anagrafe con i nomi di Giuseppe Garibaldi e di Giuseppe Mazzini; ma per brevità e per evitare confusioni finirono per chiamarsi, semplicemente, «Garibaldi» e «Mazzini». Anche sulle scale di servizio, al primo piano, erano nati altri figli al cocchiere Giuseppe e alla cameriera Albina, che di figli, quando erano venuti ad abitare nella casa, ne avevano già due; ed era nata, al secondo piano, Maria Rosa, figlia del fuochista (e giardiniere) Gaudenzio e di sua moglie Ester. C'erano state anche delle discussioni, tra i padroni di casa, a proposito dei giochi dei ragazzi. Il conte Raffaele, forse a causa dell'ambiente militare in cui era sempre vissuto, sentiva piú forte il vincolo di casta e di classe, e non avrebbe voluto che i suoi figli e le sue nipoti si mescolassero con i figli della servitú, nemmeno nei giochi; l'avvocato Alfonso, invece, si atteggiava a democratico, ed era riuscito a convincere il fratello e la cognata a lasciare che i ragazzi di casa giocassero tutti insieme, nel cortile piú grande e negli altri spazi comuni. «Certe divisioni, – gli aveva detto, – sono odiose per se stesse, e sono anche un segno di debolezza. Chi è sicuro di sé e della sua classe sociale deve comportarsi come si comportavano i nobili dell'antica Roma, che mandavano i loro figli a giocare per strada insieme ai monelli, perché gli si rafforzasse il carattere... Anche i Grandi di Spagna, quando ancora la Spagna dominava il mondo, facevano lo stesso! Poi i ragazzi crescevano e il nobile tornava a vivere con i suoi pari, ma non era piú quel giovane ingenuo che si sarebbe potuto credere, perché, oltre ai soliti precettori, aveva avuto una maestra di cui nessuno, nella vita, può fare a meno: la strada! Soltanto le aristocrazie decadenti, Raffaele, sentono il bisogno di isolarsi, per evitare il contatto col popolo...»

L'avvocato Alfonso Pignatelli parlava spesso dell'aristocrazia, del suo avvenire, del suo ruolo nella società; ma, di fatto, si comportava e viveva come si comportavano e vivevano, nella città di fronte alle montagne, i nuovi padroni delle fornaci, degli empori, dei cantieri e delle industrie tessili, che erano quasi tutti suoi clienti e suoi amici, e che di lí a qualche anno lo avrebbero mandato nella capitale, per rappresentare i loro interessi al Parlamento del regno. Anche il suo aspetto e il suo modo di vestire erano quelli di un borghese di provincia. Portava, infatti, i capelli a zàzzera lunghi fin quasi sulle spalle, e certi gilè sotto la marsina, verdi e rossi o viola e gialli, che facevano rabbrividire, in tribunale, i suoi colleghi vestiti di grigio... Raffaele, invece, era molto piú tradizionalista. Quando parlava di politica e di progresso con il fratello avvocato, continuava a tormentarsi con le dita le punte dei baffi e cercava di non contraddirlo apertamente, gli diceva: «Sí, Alfonso, hai ragione tu, ma bisogna stare attenti, bisogna distinguere... Il progresso scientifico e anche quello tecnico sono due cose bellissime, che serviranno a ridurre le differenze sociali: senza la macchina a vapore, l'America non avrebbe mai abolito la schiavitú, su questo non ci sono dubbi! E anche l'aspirazione del popolo al benessere è certamente legittima, finché rimane dentro le leggi e dentro l'ordine costituito... Perché vedi, Alfonso: una cosa sono gli ideali astratti, di uguaglianza e di giustizia per tutti gli uomini, su cui, almeno in un certo senso, non si può che essere d'accordo; e un'altra cosa è la politica reale, dove tutti mirano al loro interesse e dove tutto è lecito, come in guerra, pur di costringere l'avversario ad arrendersi. Si sentono certi discorsi, al giorno d'oggi, e si leggono certe cose nei giornali e nei libri, che fanno venire la pelle d'oca: la proprietà è un furto, il trono e l'altare sono due ostacoli sulla via del progresso, e devono essere tolti di mezzo... Dove andremo a finire?»

L'avvocato Alfonso rideva di cuore: «Senti, senti...» Si passava il fazzoletto sulla fronte che aveva sempre un po' sudata. Rispondeva: «Non andremo a finire da nessuna parte! Andremo avanti, perché cosí vuole il nostro destino di uomini civilizzati, e non ci sono chiacchiere che possano fermarlo». Scuoteva la testa continuando a sorridere. «Bisogna liberarsi di queste paure... Ma davvero, – disse una volta al fratello, – anche tu credi a ciò che affermano i ciarlatani, che i poveri vogliono abolire la proprietà privata? I poveri, Raffaele, darebbero l'anima e la vita per averla, la proprietà privata; e noi dobbiamo incoraggiarli in questa loro aspirazione, che ce li rende alleati. Sissignore: il loro vero, unico sogno è quello di diventare ricchi... Non lasciamoci spaventare dalle chiacchiere, per l'amor del cielo, e non lasciamoci spaventare dai sogni! La politica non è l'arte di far andare avanti le cose reali, come credono gli ingenui: perché le cose reali vanno avanti da sole. La politica è l'arte di dirigere i sogni degli uomini, come si dirige un'orchestra». Alzò le braccia e fece il gesto di impugnare con la mano destra una bacchetta invisibile. Indicò qualcosa alla sua sinistra. «Ecco, li vedi? Laggiú ci sono i sogni tempestosi, di nazione e di rivoluzione... Sono le trombe e i tromboni della nostra politica, e sono anche le percussioni: le grancasse, i tamburi, i piatti. Dalla parte opposta ci sono i sogni gravi e solenni di una società immutabile, basata sul privilegio dei pochi e sull'obbedienza dei molti. Corrispondono, tra gli strumenti musicali, ai grandi strumenti ad aria, come gli organi. In mezzo a sinistra abbiamo i sogni di progresso graduale: i clarinetti, gli oboe, le zampogne... Infine, qui nel centro, ci sono i sogni di chi è abbastanza contento della sua condizione, e non è disposto a correre avventure per seguire chi gliene promette una migliore. Questi, fortunatamente, sono i sogni dei piú, e ci permettono di vivere senza troppe scosse in un paese quieto e prevedibile com'è, in fondo, il nostro. Corrispondono agli strumenti a corda di un'orchestra: ai violini, alle chitarre, alle viole, ai contrabbassi, ai mandolini, alle arpe...»

5.
Il circo Progresso

Un giorno d'estate, il sole non era ancora sceso tra i vapori dell'immensa pianura come faceva ogni sera, e arrivarono in città i cavallerizzi e i tamburi di un circo che nessuno mai aveva sentito nominare: il circo Progresso! Dopo aver stamburato in lungo e in largo davanti alla stazione ferroviaria e lungo il Corso, i cavallerizzi si fermarono nella piazza del municipio e si disposero in cerchio attorno a un uomo vestito con una marsina blu trapunta di stelle, che muoveva il bastone da passeggio come se fosse stato uno scettro, e aveva in testa un cappello a cilindro di colore rosso vivo. Monelli e passanti applaudirono quelle giravolte e l'uomo, allora, si tolse di testa il cilindro e si inchinò in varie direzioni. «Permettete che mi presenti, – disse al pubblico. – Voi mi avete già conosciuto in tanti luoghi e in tante circostanze, ma non mi avevate mai visto di persona e non pensavate, forse, di poter ascoltare la mia voce. Io sono il signore del vostro tempo, chiamato Progresso. Sono io che faccio correre le vostre locomotive a duecento chilometri all'ora, e che vi permetto di volare, con i gas, sopra le montagne piú alte del mondo! Sono io che metto in comunicazione con il telegrafo i paesi lontani, e che vi libero dalle febbri malariche! La ragione per cui mi trovo ora nella vostra città, è che vi ho portato il mio circo; un circo senza acrobati e senza pagliacci, che vi mostrerà, grazie alla magia di uno strumento chiamato teatro ottico, il piú straordinario e istruttivo degli spettacoli: lo spettacolo dell'evoluzione dell'uomo e della mia nascita!»

I tamburi rullarono. L'uomo dalla marsina trapunta di stelle si rivolse verso le finestre delle case, che erano tutte aperte a causa del caldo. «Nobili cittadini e gentili signore! – gridò alle persone affacciate alle finestre. – Voi che avete avuto dalla sorte questa immensa fortuna, di essere nati nella mia epoca, non lasciatevela sfuggire! Non rimanete indietro rispetto al tempo in cui vivete! A partire da martedí della prossima settimana e per pochissimi giorni, nella piazza davanti al castello della vostra città, il circo Progresso vi mostrerà l'avventura della Terra e dell'uomo: chi siamo, da dove veniamo e dove andiamo! Accorrete numerosi e portate con voi anche i vostri figli piú piccoli, quelli che dovranno vivere nel secolo ventesimo: il nostro circo gliene darà un'anticipazione! A martedí prossimo!»

La mattina del giorno successivo, era domenica e la carovana del circo Progresso, con i suoi carri blu e rossi dipinti di stelle si materializzò sui bastioni della nostra città, piú o meno nell'ora in cui i sacerdoti di tutte le chiese gridavano ai fedeli riuniti per la messa domenicale che il Papa personalmente aveva definito il progresso «il nuovo Satana, che si nasconde dietro le lusinghe di un benessere soltanto materiale», e che attira gli uomini verso la perdizione! Il materialismo, il liberalismo, il socialismo e tutte le forme del libero pensiero – gridavano i sacerdoti – erano state dichiarate eretiche, cosí come la massoneria che le aveva prodotte e che ora mandava in giro per l'Italia questa carovana di scomunicati e di impostori chiamata circo Progresso, per negare Dio e la sua opera piú eccelsa, cioè la creazione, in nome di una fumosa teoria pseudoscientifica detta evoluzionismo! Alcuni parroci, un po' meno scalmanati degli altri, si limitarono a proibire ai loro parrocchiani, minacciandoli con l'Inferno e con il fuoco eterno, di avvicinarsi alla tenda del circo e di assistere allo spettacolo che era stato annunciato. Altri si spinsero piú oltre e incitarono i fedeli a «fare scudo con i loro petti» e a vigilare perché la comunità dei credenti non venisse dispersa dall'assalto degli «ismi», che elencarono puntualmente: l'anticlericalismo, l'anarchismo, il nichilismo, il darwinismo, l'edonismo, il comunismo... Quale aspetto avessero gli ismi, e cosa fossero, non fu specificato; ma ci fu in città chi dovette prendere abbastanza sul serio l'ipotesi che qualcuno volesse affrontarli e sterminarli, perché nella piazza davanti al castello, fino dalle prime ore del pomeriggio, si videro guardie regie e carabinieri, che passeggiavano avanti e indietro e osservavano gli operai intenti all'allestimento del tendone del circo, come se si fossero trovati per caso a passare di lí. Lunedí, pian piano, la grande cupola di tela prese forma, e si vide che era composta di due parti: un padiglione centrale rotondo, alto una quindicina di metri, e un altro padiglione piú basso che gli girava tutt'attorno come una ciambella. Cartelloni e manifesti a stampa del circo Progresso furono affissi agli incroci delle principali strade e davanti alla stazione ferroviaria, e tutti fino all'ultimo vennero imbrattati durante la notte con scritte in vernice bianca che dicevano: «Dio c'è» e «Abbasso il progresso». Ricomparvero i cavallerizzi in tutte le piazze, e l'uomo con la marsina a stelle ripeté il suo discorsetto in varie parti della città, dovunque c'erano dei curiosi che si fermavano ad ascoltarlo. Martedí alle sette di sera, un'ora prima che il circo aprisse i battenti, la grande piazza incominciò a riempirsi di persone che agitavano crocifissi o immagini benedette e che si rifiutavano di obbedire all'ordine del delegato di pubblica sicurezza, di disperdersi perché la loro manifestazione non era stata autorizzata. Volevano vedere in faccia – dissero – gli adoratori del nuovo Satana, e volevano pregare per loro. Quale legge gli vietava di pregare in pubblico? Dopo molte esortazioni, molte chiacchiere e qualche minaccia abbastanza esplicita di ricorrere alla forza, il delegato si rassegnò a lasciarli dov'erano, perché non aveva altre possibilità: con le buone non se ne andavano, e non era il caso, almeno per il momento, di spargli addosso...

Arrivarono i primi spettatori e tra essi l'avvocato Alfonso Pignatelli, che sull'angolo della piazza improvvisò un breve discorso – cosí appassionato da potersi definire un'invettiva – contro quelli che lui stesso definí «i nuovi crociati dell'oscurantismo». «Io mi considero un buon cristiano come e piú di voi, – disse l'avvocato agli uomini e alle donne con le croci: – e do retta ai preti quando mi spiegano il Vangelo; ma mi rifiuto di credere che la scienza sia in contrasto con la religione, e che la nostra ragione sia in contrasto con il suo creatore, cioè con Dio. Sono passati piú di duecent'anni dai tempi di Galileo e della caccia alle streghe, e sarebbe ora che anche la Chiesa si decidesse ad ammettere i suoi errori, invece di continuare a lanciare anatemi, come fa, contro tutto ciò che non può sapere e che non riesce a capire...» Alcune persone che erano ferme davanti al botteghino dei biglietti, applaudirono le sue parole e le commentarono ad alta voce: «Bene! Bravo! È cosí che si parla! Non se ne può piú di questa invadenza dei preti! Una cosa è la religione, e un'altra cosa è la scienza!» L'avvocato teneva per mano due bambini che erano la sua primogenita Maria Maddalena e l'ultimo figlio del conte Raffaele, Costanzo; l'intero gruppo, però, era composto di cinque persone, perché insieme a loro c'erano anche i due fratelli maggiori di Costanzo, la piccola Maria Gabriella di dieci anni e il contino Giacomo di dodici. Un po' piú avanti dell'avvocato e dei suoi figli e nipoti, nella fila che si stava formando davanti all'ingresso del circo, c'erano altri due abitanti della nostra casa, il portinaio Costantino e sua moglie Giblon: che per venire allo spettacolo avevano dovuto lasciare in custodia i loro gemelli alla signora Ester. Il cartello al botteghino diceva: «Ingresso 20 centesimi. Operai e bambini 15 centesimi», e Costantino fu colto da un dubbio. «I bambini è facile riconoscerli, almeno fino a una certa età, – disse al cassiere. – Ma come si fa a riconoscere gli operai? Devono mettersi il grembiule di tela anche quando vanno a divertirsi, per poter pagare un soldo in meno dei loro padroni?»

L'uomo alla cassa lo guardò da sopra gli occhiali. Scosse il capo: «Il progresso è fiducia. Se tu mi dici: sono un operaio, io ti stacco un biglietto da quindici centesimi, anche se ti presenti vestito con il frac e hai in bocca un sigaro da una lira. Perché non dovrei crederti?»

«Siamo due operai, – disse Costantino, indicando se stesso e la moglie. – Lei lavora al mercato, e io aggiusto gli orologi».

La galleria tutt'attorno al padiglione centrale era dedicata – secondo ciò che diceva una scritta – ai «nuovi mondi» e ai loro abitanti, ed era divisa in quattro settori: America, Africa, Asia e Oceania. In ogni settore c'erano scenari dipinti con i paesaggi caratteristici di ciascuno dei continenti sopra nominati, e manichini di cartapesta a grandezza naturale che rappresentavano gli uomini e gli animali di quella parte del mondo. Gli spettatori passavano da un emisfero all'altro del nostro pianeta con la stessa facilità con cui sarebbero passati dal salotto alla cucina di casa loro, e manifestavano la loro meraviglia quasi a ogni passo, con i gesti e con le esclamazioni. Si dicevano, per esempio: «Ecco il coyote! Chi lo sapeva che i bisonti erano cosí grandi? Quello deve essere il serpente a sonagli»; e cosí di seguito. Nel settore dell'America, a destra di chi entrava, c'erano delle montagne cariche di neve (forse, le Montagne Rocciose), molto simili a quelle che si vedono dai bastioni della nostra città nelle giornate di sole. C'erano, inoltre: uno sceriffo a cavallo, con la famosa rivoltella Colt appesa alla cintura e con il fucile Winchester a tracolla; un bisonte; un *cow-boy* con il *lazo*; un cercatore d'oro inginocchiato vicino a un ruscello, che teneva in una mano il setaccio, e nell'altra mano una pepita piú grande di una noce. A sinistra, invece, c'era un deserto roccioso; nel deserto c'erano un pellerossa a cavallo, con in testa il tradizionale emblema di piume d'aquila e il *tomahawk* tra le mani; un coyote; un indio sotto un cactus, avvolto nel *poncho* e con il viso nascosto dal *sombrero*. Il settore, però, che fece piú impressione sul piccolo

Giacomo fu quello dell'Africa, per la bellezza degli scenari ma soprattutto per il numero e la varietà degli animali selvatici. La prima cosa che vi si vedeva, entrando, era un cielo infuocato nell'ora del tramonto, dietro le sagome scure dei baobab e degli altri alberi tropicali. Gli esseri umani si notavano in un secondo momento ed erano, sulla destra, un indigeno di pelle nera che teneva in mano una lancia e si riparava dietro uno scudo, e, sulla sinistra, un nomade del deserto, un po' meno nero dell'indigeno e infagottato in un enorme mantello. Dalla parte opposta a quella del tramonto erano dipinti gli animali che si nutrono d'erba: le zebre, le giraffe, le antilopi, le gazzelle, e a poca distanza da loro c'erano i loro nemici naturali, cioè i carnivori, che sembravano aver fiutato le prede. Tra le erbe alte della savana, quasi in gruppo, si vedevano il leone, il leopardo, lo sciacallo, il licaone, la iena... In basso, in mezzo al pubblico, un ippopotamo e un rinoceronte di cartapesta, immensi e neri, impaurivano i bambini con la loro mole; e c'era anche un elefante che sollevando la proboscide arrivava a toccare il cielo, cioè la tenda. Il contino Giacomo rimase incantato a guardarlo e l'avvocato Alfonso, dopo aver chiamato due volte il nipote, dovette tornare indietro a prenderlo per mano. Gli chiese, in tono di rimprovero: «Perché non rispondevi? Cosa c'era, laggiú, di cosí interessante?»

«Io, da grande, voglio fare l'esploratore, – disse Giacomo. – Voglio andare in Africa!»

Suo zio sorrise e gli strinse una guancia tra le dita. «Sí, sí, certo, – rispose. – È una cosa possibile. Però, intanto, devi continuare a studiare...»

Stretti pigiati tra la folla che via via s'ingrossava, i nostri personaggi attraversarono il settore dell'Asia, con il vulcano Fujiama, le tigri della Malesia, i cobra, i maragià e i monaci tibetani; e poi quello dell'Oceania, con i canguri, gli struzzi, gli antropofagi e gli atolli, che sono vulcani sommersi e trasformati in isole. Finalmente, dopo aver compiuto il giro del mondo, arrivarono nel padiglione centrale: dove c'erano tre macchinari, le «lanterne magiche», collocati su altrettanti piedestalli davanti a un grande lenzuolo. La gente si sedette sulle panche attorno al lenzuolo, le luci si abbassarono e le lanterne incominciarono a proiettare le loro immagini dissolventi, che si integravano e si avvicendavano cosí rapidamente da creare, a tratti, l'illusione del movimento. L'uomo con la marsina blu trapunta di stelle – il Progresso in persona! – incominciò a spiegare agli spettatori, aiutandosi con il suo solito bastone, ciò che vedevano nelle immagini: la Terra, le acque, il Sole, la nascita della vita, mentre un musicista eseguiva al pianoforte alcuni brani, che dovevano dare la percezione fisica dello scorrere del tempo. I piccoli Costanzo, Maria Maddalena e Maria Gabriella non capivano niente; e, siccome si annoiavano, incominciarono a darsi pizzicotti e a tirarsi calci, costringendo l'avvocato a sgridarli. Il contino Giacomo capí qualcosa, ma non molto, di un processo di trasformazione degli organismi viventi, che partendo dalle alghe del mare e dai molluschi aveva dato vita ad animali sempre piú evoluti, prima a sangue freddo e poi a sangue caldo, e finalmente era arrivato a produrre il suo capolavoro, cioè l'animale uomo! L'uomo – disse il Progresso, e il pianoforte accompagnò le sue parole con una serie di note alte e solenni – rappresenta il culmine dell'evoluzione ed è l'unico animale dotato di intelletto esistente nel nostro pianeta, ma non certo nell'universo... Poi le immagini ripresero a scorrere. Si videro i nostri progenitori, cioè le scimmie, in atteggiamenti quasi umani: uno scimpanzé seduto a tavola stava mangiando una banana con forchetta e coltello; un orango componeva tra loro alcune lettere dell'alfabeto fino a formare una parola, in risposta a una domanda dell'istruttore; infine, una femmina di gorilla, spaventosa per la mole e per l'aspetto animalesco, si teneva accanto il suo piccolo e lo sgridava quando lui si allontanava dal branco, proprio come avrebbe fatto una donna... «Molti scienziati, – disse il Progresso, – sono persuasi che sia esistito in passato, e che forse esista ancora in qualche parte del mondo, un essere intermedio tra la scimmia e l'uomo; e anche alcuni esploratori, ai giorni nostri, si sono impegnati a cercare questa superscimmia, che è l'anello mancante nella catena dell'evoluzione; ma non sono riusciti a trovarla». Mentre il Progresso parlava, i bambini che costituivano una parte notevole del pubblico gridavano e si rincorrevano tra le panche e le rovesciavano, disturbando lo spettacolo e costringendo i genitori ad alzarsi, dopo che tutti i rimproveri si erano dimostrati inutili, per accompagnarli fuori della tenda. Alcuni uomini che erano venuti al circo incuriositi dall'anatema dei preti, perché pensavano di vedere chissà cosa – forse donne nude... – approfittarono del trambusto per svignarsela senza essere notati; e la baraonda era tale che il Progresso, a un certo punto, fece fermare le immagini e restò in attesa di poter riprendere la sua spiegazione. Ci fu anche chi protestò: «Basta! Smettetela! Lasciateci capire qualcosa!» Soltanto quando tutti i disturbatori furono usciti, lo spettacolo del teatro ottico poté continuare. Comparvero i villaggi della preistoria e poi, pian piano, si assistette al sorgere della civiltà, con i nostri antenati che incominciavano a fondere i metalli, a navigare, a sfruttare la forza dell'acqua e quella del fuoco. Si videro le grandi realizzazioni del mondo antico, le piramidi, gli acquedotti, gli anfiteatri, le fortificazioni, le strade; si assistette alla scoperta dei nuovi continenti e alla nascita delle nuove macchine a vapore capaci di macinare, di tessere, di segare, di viaggiare, di stampare, di sollevare pesi e di fare tutto ciò che per millenni era stato fatto con la forza degli animali o dell'uomo stesso, e anche ciò che non era mai stato fatto perché si pensava che fosse impossibile. Arrivò il secolo decimonono: l'epoca della scienza, della tecnica e del trionfo della ragione su ogni genere di ostacoli. La musica, a questo punto, crebbe d'intensità; ci fu il finale travolgente e poi si riaccesero le luci. Il Progresso si tolse il cappello e si inchinò, e gli spettatori superstiti, dopo averlo applaudito senza troppo entusiasmo, si alzarono e si diressero verso l'uscita, commentando ad alta voce ciò che avevano visto. Alcuni erano soddisfatti, ma i piú affermavano di non essersi mai annoiati tanto in vita loro, o confessavano la loro delusione. Tra questi ultimi c'era la Giblon. «Sí, lo so, – fu sentita dire al marito mentre uscivano dal circo, – che la storia di Adamo ed Eva e del paradiso terrestre è una favola inventata dai preti, e io non ci credo; ma non credo nemmeno a quest'altra storia che mi fa discendere dalle rane e dai pesci. Com'è possibile che da una rana venga fuori una donna? Io ci passo le mie mattine, dietro il banco al mercato, a pelare rane e a guardare le tinche che boccheggiano dentro ai loro secchi, e l'idea che noi siamo i loro discendenti mi sembra proprio cretina...»

Anche Giacomo si era annoiato, come i suoi fratelli e cugini; e per vincere la monotonia delle immagini che scorrevano sul lenzuolo senza mai fermarsi, aveva ripensato al paesaggio dell'Africa, con il tramonto che incendiava il cielo sopra la savana e le belve acquattate nell'erba... C'era qualcosa, in quei colori violenti e in quella natura ancora in parte sconosciuta, che esercitava su di lui un'attrazione strana e forse inspiegabile, ma certamente forte. E poi, lo aveva indotto a fantasticare anche quell'enigma di cui aveva parlato il Progresso, dell'animale metà scimmia e metà uomo, che non si trovava da nessuna parte. «L'uomo-scimmia è certamente in Africa, – si era detto; – e sarò forse io, un giorno, quello che arriverà a scoprirlo!»

6.

Banca e manicomio

Trascorsero altre stagioni. Nella città di fronte alle montagne gli uomini nascevano e morivano, si lavavano ai bagni pubblici e andavano al casino: ma ancora sentivano di non poter essere pienamente felici, perché non avevano una banca per metterci i loro soldi e nemmeno un manicomio per chiuderci i loro matti. La ricchezza e la pazzia, infatti, erano cresciute in modo straordinario nella nostra città, che un tempo era stata povera e saggia; ed erano – diceva la gente – la naturale conseguenza del progresso, rappresentavano le due facce di uno stesso fenomeno: la modernità! I soldi facevano girare il mondo sempre piú in fretta, e la fretta faceva impazzire gli uomini. Tutto ciò era naturale, anzi normale; ma bisognava avere l'accortezza di tenere i soldi e i matti separati tra loro, perché non si intralciassero. I soldi in banca, e i matti in manicomio; ogni cosa al suo posto!

Come avessero fatto i soldi a moltiplicarsi, a dire il vero, era un quesito che anche il conte Basilio Pignatelli si era posto molte volte, nei suoi ultimi anni di vita, ma che non era riuscito a risolvere. All'improvviso e senza una ragione apparente, la città aveva incominciato a espandersi attorno ai vecchi bastioni, nei prati dove le lavandaie avevano steso ad asciugare, per secoli, la biancheria e i lenzuoli dei signori, e lungo le strade che si inoltravano nella grande pianura: a nord, a sud, a est e a ovest. La campagna si era riempita di case a due piani, di villette, di officine, di tettoie, di magazzini, di edifici che prima non c'erano e che tutt'a un tratto erano diventati indispensabili, chissà mai perché!; e quella febbre di costruire e di arricchirsi aveva contagiato anche la città alta, che pure era costituita in gran parte di palazzi semivuoti abitati da nobili, e di conventi di religiosi. Dappertutto si aprivano nuovi negozi, nuovi uffici, nuovi alberghi e nuove trattorie per clienti che in passato non esistevano, e che ora facevano la fila per entrarci; le facciate delle case si coprivano di *réclames* e le strade si riempivano di carrozze, di carri, di gente che correva da un negozio all'altro o da un ufficio all'altro, o che veniva da chissà dove a scaricare e a caricare chissà quali merci. Mentre la nobiltà decadeva e si estingueva (c'era un muro di un convento, nella nostra città, dove si affiggevano gli annunci mortuari degli aristocratici, e un bello spirito una notte ebbe il coraggio di scriverci: «Cimitero degli elefanti»), tutto, ormai, sembrava essere in mano a un piccolo gruppo di affaristi: i nuovi ricchi, che non si sapeva come avessero potuto fare fortuna cosí rapidamente e che venivano da famiglie, se non proprio povere, certamente non illustri. Alcuni di quei nuovi ricchi, addirittura, si chiamavano con i cognomi che fino a pochi anni prima erano stati dati ai bambini del San Michele, cioè dell'ospizio dei trovatelli, e che erano tratti dalla botanica (per esempio: Cipolla, Erba, Geranio) oppure dalla mineralogia (Diamante, Granito, Zolfo)... Una mattina di un giorno di marzo, al primo piano della nostra casa e piú precisamente nello studio dell'avvocato Alfonso Pignatelli, si riuní un gruppo di notabili. C'erano il marchese Ermini sindaco della città, l'imprenditore edile Cipresso, il signor Baracchi proprietario delle Fornaci Baracchi, il conte Torri, il notaio Mazza, e insieme di comune accordo stilarono un manifesto con cui invitavano i loro concittadini ad acquistare una o piú azioni di una banca, che si sarebbe chiamata «popolare» perché – scrissero – i suoi proprietari sarebbero stati i suoi stessi clienti. Era, quella, la prima volta che due rappresentanti di primo piano della nobiltà locale, come il marchese Ermini e il conte Torri, mettevano piede in casa Pignatelli; e l'avvocato

Alfonso volle solennizzare l'avvenimento. Quando tutti ebbero approvato e sottoscritto l'atto di nascita della nuova banca, fece portare dello champagne; ma anziché brindare, come i suoi ospiti, «alla nostra città» e «alla nostra banca», lui alzò il bicchiere verso il ritratto a olio di suo padre, il conte Basilio Pignatelli, che l'aristocrazia della città alta aveva ignorato per tanti anni. Gli fece un cenno d'intesa:
«Ai tempi nuovi!»

Il manicomio sorse in quello stesso periodo, per fare fronte a una nuova forma di pazzia, del tutto sconosciuta nelle epoche precedenti, che nasceva dalla povertà e che sembrava trasmettersi per contagio da un soggetto all'altro, come la rabbia nei cani. I poveri impazzivano. Chi non era capace di impadronirsi di un rivoletto almeno di quel fiume di soldi che stava trasformando la città anche nel suo aspetto esteriore, diventava lunatico, litigioso, rabbioso; si inventava diritti che non aveva mai avuto e farneticava di essere vittima di chissà quali ingiustizie; abbandonava la famiglia e il lavoro, si abbrutiva con l'alcool e poi, come se tutto ciò non fosse ancora sufficiente, rifiutava di farsi soccorrere da quegli enti di assistenza che erano stati creati apposta per lui e per gli altri poveri come lui, e che erano tutti intitolati a un nobile scomparso. Da quasi un secolo, infatti, le grandi famiglie dell'aristocrazia, prima di estinguersi, legavano i loro nomi a opere di misericordia che avrebbero dovuto perpetuarne la memoria nei secoli – cosí, almeno, pensavano i benefattori – grazie alla riconoscenza dei beneficati. C'erano enti per soccorrere i poveri infermi, per esempio i tubercolotici, o i paralitici, o i malati incurabili; altri, invece, che dovevano provvedere all'istruzione dei bambini bisognosi, o alla rieducazione dei carcerati, o al recupero degli alcolizzati. C'era chi aveva come suo compito specifico quello di prestare assistenza a domicilio, e chi agiva soltanto all'interno della propria sede; chi si occupava delle zitelle e chi delle vedove; chi doveva insegnare a leggere e a scrivere agli analfabeti adulti, e chi si riprometteva di dare da mangiare agli affamati nelle cosiddette «cucine economiche»: dove si consumavano pasti completi – senza vino – per soli dieci centesimi. C'erano l'asilo notturno per i vagabondi, il ricovero per le donne traviate, l'ospizio per i vecchi e tante altre istituzioni, che sarebbe troppo lungo elencare. I benefattori erano diventati cosí numerosi che in città non c'era quasi piú spazio per le loro opere, e una parte consistente della popolazione avrebbe potuto vivere senza fare nulla, se si fosse adattata a seguire le infinite prescrizioni, regole e rinunce che davano accesso alle loro elemosine; ma, per quanto la cosa possa sembrare strana, le persone disposte a farsi beneficare erano poche, e creavano un'infinità di problemi. I poveri, dopo essere stati poveri per secoli senza che nessuno si occupasse di loro, ora che tutti volevano soccorrerli rifiutavano di farsi aiutare: non si adattavano a mangiare e a dormire a ore fisse, e a recitare ad alta voce le preghiere per i loro benefattori; andavano in giro con in tasca il coltello, si ubriacavano, e, se erano donne, preferivano «battere» sui viali, anziché rassegnarsi alla vita quieta e ordinata di un istituto dove comandavano le suore. Alcuni di quei disgraziati, piú sfrontati degli altri, reclamavano i benefici come cose dovute e poi, se si cercava di costringerli a fare ciò che non volevano fare, diventavano violenti; molti ingaggiavano con le opere di misericordia una elaborata partita a rimpiattino, fingendo di accettare i divieti e di sottostare alle regole, per poter aggirare meglio gli uni e le altre. Tutti sgusciavano come anguille tra le maglie dei buoni propositi dei loro soccorritori, non volevano saperne di cambiare vita e si trovavano a loro agio, come i porci nel brago, soltanto quando potevano dare sfogo ai loro istinti piú bassi. Bisognava redimerli per forza, tirandoli fuori da un ambiente dove incominciavano a circolare, tra i fumi dell'alcool, certi propositi feroci e certe idee – sull'origine della proprietà, sulla funzione della religione e su altre cose ancora – che certamente avrebbero portato il mondo alla sua rovina, se fossero riuscite a diffondersi...

Nella città di fronte alle montagne e nella grande pianura non c'erano mai stati tanti accattoni, ubriaconi e sbandati quanti ce n'erano in quegli anni di sviluppo economico e di prorompente benessere; e siccome tutta la faccenda era un controsenso, una storia da matti, si pensò che i poveri, se non si lasciavano aiutare, erano matti, e che bisognava fargli un bel manicomio. La municipalità mise a disposizione il terreno, la banca mise a disposizione i soldi e il manicomio sorse dall'altra parte del castello, poco lontano dal ricovero per i bambini abbandonati e dall'ingresso della città alta. Era un edificio imponente, e in un batter d'occhi si riempí di vecchi che non potevano rimanere negli ospizi perché litigavano con gli altri vecchi, di ubriaconi, di donne che scappavano di casa e finivano a prostituirsi, di sifilitici, di pellagrosi, di epilettici e di altri disgraziati che nelle giornate di sole si arrampicavano sulle finestre e mostravano la lingua o il sedere a chi passava di lí, e gli gridavano sconcezze. Per capire la causa dei loro comportamenti, e per arrivare a correggerli, i medici studiavano quei poveracci ad uno ad uno: li facevano camminare a piedi nudi su una linea tracciata per terra con il gesso, gli misuravano le ossa del cranio e la lunghezza degli arti e poi compilavano statistiche su statistiche, cercavano di stringere la pazzia dentro una gabbia di numeri...

Tutto si muoveva, nella città di fronte alle montagne, seguendo la logica del progresso. I quartieri bassi, sotto i bastioni, si espandevano, i capitali della banca si moltiplicavano con gli investimenti, i cittadini si davano da fare anche di notte, quando erano a letto, e la popolazione cresceva. Soltanto la cupola della basilica del Santo era rimasta ferma per vent'anni a settantacinque metri d'altezza, aspettando che qualcuno si prendesse il disturbo di finirla. Chi attraversava la vasta pianura in ferrovia, o percorrendo uno di quegli stradoni polverosi che costeggiavano i boschi e le risaie, scavalcavano i fiumi, e nelle giornate serene d'inverno o di primavera regalavano ai viaggiatori lo spettacolo delle grandi montagne cariche di neve, se volgeva gli occhi verso la città, immancabilmente domandava ai compagni di viaggio cosa fosse quello strano edificio che si vedeva sopra i tetti delle case, alto piú o meno come i campanili circostanti, e che sembrava una torre mozzata o una sputacchiera rovesciata; ma non sempre c'era qualcuno in grado di spiegarglielo. Quelli che conoscevano la storia dell'Architetto, e della cupola, si erano convinti che il grand'uomo non avrebbe fatto in tempo a finirla perché ormai era troppo vecchio, e che comunque non gliene importasse poi molto: alla sua età – dicevano – ci sono cose piú urgenti a cui pensare, che non le cupole delle basiliche! L'Architetto, invece, ritornò per invito del sindaco, e riprese in mano i disegni dell'opera interrotta, come se li avesse lasciati la sera precedente. I vecchi amministratori, con cui aveva avuto a che fare in passato, erano morti, o si erano ritirati dalla vita pubblica; al loro posto c'erano dei giovani che lui trattò con condiscendenza e distacco, guardandoli senza vederli e parlandogli senza ascoltarli: tanto, cosa mai avrebbero potuto rivelargli di cosí interessante, da meritare la sua attenzione? Alla soglia degli ottant'anni, l'Architetto era quasi arrivato a identificarsi con il suo piú antico e potente Collega, l'Artefice dell'Universo; e gli omuncoli che misuravano le sue opere in centinaia e migliaia di lire, anziché in secoli e in millenni di permanenza sulla faccia della Terra, gli apparivano sempre piú lontani e piú piccoli: dei pigmei, o, meglio ancora, delle formicuzze rosse e nere, che si affaccendavano intorno ai loro stupidi formicai e alle loro impercettibili storie finché ritornavano nel nulla da cui erano venute, senza lasciare traccia del loro passaggio. In piú, era diventato sordo, e anche la sordità lo aiutava a guardare le cose del mondo da una grande distanza. Chiese un mucchio di soldi: una cifra enorme, a caso e per vedere come avrebbero reagito quelle formicuzze, da cui dipendeva, per un capriccio del destino, il compimento di una delle sue opere piú belle. Le formicuzze trasalirono e alzarono gli occhi al cielo, ma non fecero obiezioni perché tanto, ormai, c'era la banca a garantire quel genere di spese, e perché la città era diventata ricca; e l'Architetto si rimise al lavoro.

Rifece i calcoli di trentacinque anni prima, cioè di quando aveva incominciato a lavorare per la basilica del Santo, e si accorse che la cupola non avrebbe potuto alzarsi oltre i centotrenta metri; per farla piú alta, ci sarebbe voluta una base piú solida e piú larga di quella che lui, allora, era riuscito a costruire in barba alla tirchieria degli amministratori, e che però era ancora troppo debole per sostenere un'opera veramente ciclopica! Fosse stato piú giovane, l'Architetto non avrebbe avuto esitazioni. Avrebbe ordinato di demolire quella parte dell'edificio su cui doveva alzarsi la cupola, e di ricostruire tutto; ma il suo tempo di demolire era passato, lui stesso se ne rendeva conto, e poi già stava costruendo un'altra cupola-guglia in un'altra città, non proprio alta come avrebbe voluto, ma piú alta di quella del Santo. Bisognava accontentarsi. Una mattina, il portinaio Costantino si vide comparire davanti un gruppo di persone con al centro un vecchio che – gli dissero – era l'Architetto della casa, e voleva visitare la sua opera. Inutilmente il nostro portinaio cercò di spiegare a quegli strani visitatori che i padroni erano assenti: l'avvocato Alfonso a quell'ora era in tribunale, e il colonnello Raffaele non sarebbe ritornato prima delle cinque del pomeriggio... L'Architetto fece un cenno di assenso, perché i sordi hanno il privilegio di capire sempre ciò che vogliono loro: in quella circostanza, per esempio, lui aveva capito che la sua visita era gradita, che i signori Pignatelli ne erano lusingati e chissà che altro ancora. Si voltò e imboccò la prima rampa dello scalone senza accorgersi delle proteste di Costantino, che dopo avergli gridato dietro inutilmente: «Dico a voi! Sarete anche l'Architetto, ma non siete mica il padrone di casa!», era uscito dalla guardiola e cercava di fermare i suoi accompagnatori trattenendoli per i soprabiti. Gli diceva: «Come ve lo devo spiegare che questo non è un edificio pubblico? Lasciate almeno che avverta la signora contessa!»

Salendo lo scalone, il grand'uomo si imbatté nella moglie del conte Raffaele, donna Assunta, e dopo essersi inchinato per baciarle la mano, le chiese notizie del suo antico cliente: di quell'ufficiale venuto da Napoli, il «conte Macaco», che tanti anni prima lo aveva sfidato a duello... Quando gli risposero, o per meglio dire, gli gridarono nell'unico orecchio da cui sentiva ancora qualcosa, che il conte Basilio era morto, e che dopo di lui era morta anche la contessa sua moglie, non nascose il proprio sollievo: «Meno male! Cosí mi risparmio di rivederlo... Era talmente brutto!»

In soffitta, il maestro toccò le travi del tetto, ad una ad una, con la punta del bastone da passeggio, per verificare che il legno fosse rimasto integro; poi, scendendo per il secondo piano e il piano nobile, ispezionò le scale di servizio e le condotte dell'aria calda, le prese dell'acqua e perfino il collettore delle immondizie al piano terreno, di fronte all'abitazione del portiere. Da lí discese in cantina. Camminava davanti a tutti, come un professore che guidi una scolaresca in visita a un museo; di tanto in tanto si fermava, e, facendo dei gesti con il bastoncino, illustrava ai suoi allievi e collaboratori la genialità di una soluzione tecnica o la bellezza di un particolare. Se trovava una porta chiusa, s'arrabbiava: «Che s'aspetta ad aprire qui? Dov'è il portinaio?» Cercava con gli occhi Costantino, che teneva in mano il grande mazzo delle chiavi di casa e che a sua volta si rivolgeva alla contessa per averne l'assenso. Gli diceva: «Che diamine! Sbrigatevi!» Attraversò lo studio dell'avvocato Alfonso e gli appartamenti della servitú senza degnare di un'occhiata le persone che incontrava, e che interrompevano le loro occupazioni per guardare stupefatte quello strano ospite. Tra un piano e l'altro, si fermò per consigliare alla contessa Pignatelli alcuni lavori di manutenzione ormai necessari – disse – dopo che le strutture si erano assestate, e con il viavai che c'era in quell'edificio! Ascoltando i suoi discorsi, e osservando il suo comportamento, la signora Assunta ebbe l'impressione – e la riferí poi al marito, quella sera a cena – che l'Architetto provasse fastidio a vedere utilizzate le sue opere come abitazioni umane. Non a caso – commentò – la sua specialità erano le cupole, che per loro natura sono inabitabili...

Anche in cantina l'Architetto volle vedere tutto e toccare tutto, e si arrabbiò con Costantino: «Non c'è luce! Una sola lampada non è sufficiente per rischiarare degli ambienti cosí grandi! Ce ne vorrebbero almeno due per ambiente!»

«Non sono io che decido il numero delle lampade, – rispose Costantino, seccato. – Io sono solo il portinaio. Si rivolga ai padroni».

Donna Assunta rimase in silenzio. Il comportamento dell'Architetto, però, era tale da far perdere la pazienza a chiunque; e anche lei non poté nascondere la sua irritazione quando gli vide storcere il naso e lo sentí esclamare, davanti alla grata di ferro che chiudeva il passaggio segreto tra le cantine della casa e la pianura sotto il viale dei bastioni: «Questi locali non sono mai stati puliti. C'è una puzza che ammorba!»

«Li avremmo fatti pulire e illuminare appositamente per voi, – disse la contessa: dimenticandosi che, tanto, lui non poteva sentirla a causa della sordità, – se ci aveste avvisati in anticipo della vostra venuta. I nostri ospiti, di solito, non scendono in cantina, e nemmeno noi...»

7.
L'anarchico

Finalmente, anche quella visita ebbe termine e il grand'uomo se ne andò al suo destino; ma il cattivo odore rimase, e anzi nei giorni successivi incominciò a farsi sentire nel cortile piú grande, attraverso le grate della cantina. Era un odore persistente e dolciastro, di carogna, e si pensò a un animale morto: a un topo, a un gatto e poi – visto che la puzza non se ne andava, anzi cresceva di intensità – a un cane randagio che fosse entrato chissà come nel sottosuolo della casa, per venire a morirci. Costantino aprí il cancello del passaggio segreto, ma non riuscí ad andare oltre a causa del fetore e si dovette far venire dal camposanto un certo Tersilio, di professione becchino, con l'attrezzatura necessaria per calarsi nelle tombe. Si scoprí cosí che laggiú c'erano non uno, ma due corpi in stato di avanzata decomposizione: un cane e un uomo, che gli abitanti della città di fronte alle montagne avevano conosciuto molto bene – soprattutto l'uomo – e che erano scomparsi durante l'inverno. Si scoprí anche che il defunto – un vagabondo, di cui tra poco racconteremo la storia – doveva avere abitato per qualche tempo in fondo a quel sotterraneo, perché ci aveva portato molte cianfrusaglie e alcuni effetti personali: un pagliericcio, un lume a petrolio, un fornello a combustibile solido, una sedia spagliata... Arrivarono i poliziotti, il delegato di pubblica sicurezza, il giudice per le indagini; arrivarono – la mattina del giorno successivo a quello del ritrovamento del cadavere – i giornalisti di cronaca nera dei quotidiani nazionali, e la strada tra il viale dei bastioni e la basilica del Santo si riempí di curiosi: una vera folla, di persone che stavano lí ferme o facevano la spola tra la casa e il tribunale aspettando notizie, e si scambiavano le loro opinioni. Siccome l'uomo trovato cadavere in cantina era stato un anarchico, anzi: l'anarchico, per cosí dire, ufficiale della nostra città, e siccome le circostanze della sua morte e di quella del suo cane apparivano misteriose, molte delle persone che erano in strada incominciarono a parlare di omicidio, e a domandarsene le ragioni. Si chiedevano, per esempio: perché il defunto era stato trovato proprio in quel palazzo, dove abitavano un colonnello del Regio Esercito e un avvocato – l'avvocato Alfonso – che aveva detto pochi giorni prima al giornale locale di volersi candidare alle prossime elezioni politiche? Perché il suo viso era stato sfigurato, come se l'assassino avesse voluto renderlo irriconoscibile? Alla sera, gli inviati dei quotidiani telegrafarono i loro articoli; i capiredattori, nelle rispettive sedi, si sbizzarrirono con i titoli, e la nostra protagonista balzò agli onori della cronaca di tutti i giornali italiani. Ci fu chi parlò de *I misteri di casa Pignatelli*; chi diede per certo, fino dal suo primo articolo, che l'anarchico fosse stato ucciso (*Ritrovato il corpo di un anarchico. Un delitto politico?*); chi sospettò l'avvocato Alfonso Pignatelli di aver fatto sparire un uomo scomodo, che poteva ostacolare la sua campagna elettorale rivelando chissà quali segreti (*A chi dava fastidio l'anarchico trovato morto? Quattro ipotesi*). Ci fu perfino chi intervistò l'ex garibaldino Costantino Perotti, il cui fazzoletto rosso era stato immediatamente notato dai segugi della stampa, per chiedergli cosa sapesse di quella faccenda (*Il portinaio di casa Pignatelli: «Io non so niente»*).

Il mistero della morte dell'anarchico incominciò ad avere un po' dappertutto i suoi lettori, appassionati e – giustamente – esigenti. Nei giorni che seguirono, mentre la polizia continuava a svolgere le sue indagini senza lasciar trapelare niente di quello che trovava, alcuni abitanti della città di fronte alle montagne vennero interpellati per strada o nei caffè da sconosciuti che gli chiedevano se avessero avuto a che fare, in passato, con l'uomo trovato in cantina, e se ne conoscessero la storia. Anche il cane dell'anarchico visse – se cosí si può dire di un defunto – il suo momento di celebrità; i giornali, infatti, riferirono che il suo padrone gli aveva dato il nome del papa allora in carica, Pio IX, e che quando passavano per una strada affollata si divertiva a chiamarlo: «Pio IX, non annusare il culo agli altri cani! Pio IX, non fare la pupú davanti al negozio! Pio IX, non infastidire la signora!» L'uomo, invece, si era chiamato Marzio Tramontana, perché era nato nel mese di marzo e perché il giorno che era stato raccolto sulla ruota tirava vento dalle montagne: un vento gelato, che trapassava i vestiti e faceva accapponare la pelle a chi camminava per strada. Era cresciuto nell'ospizio di San Michele fino ai diciott'anni, senza imparare altri mestieri che quello di cantare in coro durante la messa e di portare il cero ai funerali dei ricchi; quando finalmente gli era stata data una piccola somma per andarsene, lui se la era bevuta fino all'ultimo centesimo, e si era preso una tale sbronza – dicevano gli anziani – che era stato lí lí per morirne. Da allora e finché era vissuto aveva fatto soltanto il vagabondo, ma senza allontanarsi dalla città e dai suoi immediati dintorni, e aveva sviluppato soprattutto due talenti: il talento dell'ozio, che lo teneva lontano – lui diceva – dal lavoro servile e dalla schiavitú del denaro, e il talento filosofico, che lo aveva portato a diventare anarchico. Aveva sempre dormito in ricoveri di fortuna, dentro e fuori la città; uno di quei ricoveri, una grande botte per rifornire d'acqua le locomotive all'interno della stazione ferroviaria, era stata chiamata in suo onore «la botte di Diogene». Come anarchico, Marzio Tramontana amava definirsi individualista e quindi dispensato dall'obbligo di compiere imprese socialmente utili, quali sono, ad esempio, gli attentati contro le persone fisiche dei sovrani e di chi incarna l'odiato principio di autorità. A chi gli chiedeva perché non fabbricasse bombe e non sparasse, come tanti altri anarchici, rispondeva di non essere incline alla violenza e di non aver mai creduto che il destino del mondo si possa cambiare ammazzando un Re o anche tutti i Re della Terra: ci vuol altro! Per riscattare gli stupidi popoli – diceva – dalla schiavitú del denaro e dall'ossequio verso gli idoli umani, bisogna prima liberare l'individuo che c'è in ogni uomo, convincendolo a diventare anarchico: un'impresa infinita, che in un tempo infinito potrebbe forse compiersi con il ragionamento e con l'esempio, non certamente con le bombe! In conseguenza di questi principî, anche le sue gesta erano state poche e di scarso rilievo. La piú clamorosa, forse, si era verificata molti anni prima, durante i funerali del nobiluomo Amilcare Albertini Torelli, già presidente dell'orfanotrofio dove il nostro vagabondo e filosofo aveva avuto la ventura di crescere. Il giovane Marzio Tramontana, in quell'occasione, era riuscito ad arrampicarsi sui ponteggi della cupola del Santo e da lí, sporgendosi nel vuoto a circa trentacinque metri d'altezza, aveva orinato sulle spoglie mortali del Torelli e sulle personalità che le seguivano: il sindaco, il vescovo, il presidente delle Opere Pie, la vedova in gramaglie... A causa di quella bravata, Tramontana era finito in prigione e poi ci era ritornato molte altre volte, ma sempre per piccoli reati: per esempio, perché si presentava in piazza d'Armi avvolto in un gran tabarro nero e tenendo in mano una lanterna (la lanterna di Diogene), e disturbava le esercitazioni dei soldati attraversandogli la strada; oppure perché veniva sorpreso a bagnarsi, nudo come un verme, in un corso d'acqua detto Canalino che scorreva a poca distanza dai bastioni, di fronte a un convento di suore con annesso educandato per ragazze di buona famiglia. Ma la vera specialità dell'anarchico Tramontana era stata, per anni, quella di infilarsi a tradimento nelle processioni del Venerdí Santo e del Corpus Domini, sbucando con il suo mantello nero da un portone o da un vicolo e cantando a squarciagola le strofe di una sua canzonaccia, che diceva tra l'altro:

L'ANARCHICO

> La chiesa è una bottega
> i preti son mercanti
> e lor per far quattrini
> vendon Madonne e Santi...

I giornalisti venuti dalle grandi città riempivano pagine e pagine dei loro taccuini con le storie dell'anarchico; alla fine, però, storcevano il naso, perché avrebbero voluto sentirsi raccontare tutt'altro genere di imprese e interrompevano i loro interlocutori, gli chiedevano: «C'erano stati alterchi con l'avvocato Pignatelli? Il colonnello o i suoi familiari erano stati minacciati? Che legame c'era tra l'anarchico e il portinaio della casa, l'ex garibaldino con il fazzoletto rosso? Chi aveva visto Tramontana per l'ultima volta, e in quali circostanze?»

Dopo tanti racconti, tante supposizioni e tante chiacchiere, finalmente alla mattina del quinto giorno furono resi noti i risultati dell'autopsia, secondo la quale «il vagabondo Marzio Tramontana, di anni presunti 58», risultava essere defunto da circa tre mesi – cioè piú o meno dalla metà di gennaio – a causa di un arresto cardiaco, dovuto a un assideramento. Gli inviati dei quotidiani nazionali se ne andarono, perché, se l'anarchico non era stato assassinato, la sua morte non interessava nessuno e tanto meno i loro lettori; soltanto il giornale locale, la «Gazzetta», continuò a occuparsi del vagabondo trovato morto in un sotterraneo e riferí i risultati delle indagini di polizia, che spiegavano come l'uomo e il suo cane avessero potuto introdursi in casa Pignatelli e viverci per un po' di tempo, senza che i proprietari se ne accorgessero. L'anarchico Tramontana – disse la «Gazzetta» – era in possesso di una chiave che gli permetteva di aprire dall'esterno la porticina di ferro del passaggio sotto il viale dei bastioni. Nessuno sapeva come avesse potuto procurarsela; a parte questo, però, tutto il resto si spiegava da sé. Anche le ferite e le mutilazioni del cadavere che avevano fatto pensare a un omicidio, e addirittura a un tentativo di sfigurare la vittima per renderla irriconoscibile, erano opera del cane. Il povero Pio IX, rimasto intrappolato nel buio senza piú cibo né acqua, aveva cercato di sopravvivere mangiando l'uomo che era stato il suo padrone, e che gli aveva dato il nome di un papa; ma non ci era riuscito, o ci era riuscito soltanto per pochissimi giorni...

Nello stesso anno in cui si era trovato in cantina il cadavere dell'anarchico, la grande casa perse un altro abitante. Se ne andò il figlio del conte Raffaele, il contino Giacomo: che i lettori di questa storia hanno incontrato dodicenne al circo Progresso, e che, dopo aver finito gli studi liceali, aveva manifestato il desiderio di tornare nella città dei suoi avi, cioè a Napoli, per arruolarsi in Marina. A diciannove anni, Giacomo Pignatelli era un giovane di media statura, dagli occhi azzurri e dai capelli color castano chiaro, quasi biondi, che parlava poco con i parenti e sembrava non avere familiarità nemmeno con la sorella e con il fratellino piú piccolo, e nemmeno con il padre. La signora Assunta sua madre non riusciva a darsene pace. «Com'è possibile, – aveva chiesto almeno mille volte la contessa al marito, fin da quando il loro figlio primogenito era ancora un bambino, – che tu e Giacomo non vi conosciate neppure? Che le uniche occasioni di discorso, tra di voi, siano il buongiorno, la buonanotte e quelle poche frasi che si dicono a tavola?»

Il conte Raffaele, per anni, le aveva dato ragione. Ogni volta che sua moglie lo aveva rimproverato a proposito del figlio, lui le aveva promesso che, appena se ne fosse presentata l'opportunità, avrebbe cercato di parlargli e di fare amicizia; ma l'opportunità, per un motivo o per l'altro, non si era presentata e Giacomo, ormai, stava per affrontare il mondo senza quel viatico di consigli e di raccomandazioni che soltanto suo padre poteva dargli! Raffaele Pignatelli prese una decisione e la comunicò alla signora Assunta, una sera mentre si preparavano ad andare a dormire. Avrebbe accompagnato Giacomo a Napoli – le disse – e avrebbe approfittato del viaggio in treno per fargli quei discorsi che non era riuscito a fargli fino a quel momento. Padre e figlio, dunque, partirono insieme una sera d'agosto; e il nostro colonnello si era cosí immedesimato nel suo compito, che continuò a mettere a punto i singoli temi di cui intendeva trattare con il figlio, ancora durante la prima ora di treno: tanto, il viaggio sarebbe stato lungo! C'era tutta la sua esperienza di vita, in quella conferenza che stava preparando: ciò che gli anni e le vicende del mondo gli avevano fatto capire sull'onore, la politica, il gioco d'azzardo, le malattie veneree, i debiti, le donne... Purtroppo, però, a Milano erano saliti nella loro stessa carrozza due ufficiali del Genio, che vedendo la divisa e i gradi di colonnello del conte Raffaele, erano venuti a sedersi accanto al collega e lo avevano coinvolto in una discussione di grande rilievo militare e patriottico, sulla possibilità di una nuova guerra. Il nostro confine orientale – avevano detto i due ufficiali, abbassando la voce – era poco sicuro, e la situazione politica in Europa era poco chiara. I maledettissimi crucchi non pensavano certamente di dover abbandonare quei lembi d'Italia che ancora occupavano; era piú probabile, anzi, che si stessero preparando a invaderci, per riprendersi ciò che avevano perso... La chiave di volta di tutto il nostro sistema difensivo – disse uno dei due ufficiali, mentre l'altro faceva segno di sí con la testa – era una montagna, che nessuno fino a quel momento aveva pensato a fortificare e che se ne stava lassú in cima alla pianura, come un tappo su una bottiglia. Se saltava quel tappo, addio unità nazionale! In un batter d'occhi, i crucchi sarebbero arrivati chissà dove, fino alla città del loro collega colonnello e piú lontano ancora...

Il conte Raffaele sobbalzò: «Non ditelo nemmeno per scherzo! Non glielo permetteremo!»

Quando finalmente i due ufficiali discesero, a Bologna, il nostro colonnello era cosí sfinito dallo sforzo di non sfigurare nella conversazione, che si addormentò come un sasso. Riaprí gli occhi dopo un paio d'ore, nella stazione di Firenze. Lui e Giacomo erano soli nello scompartimento; ma era notte, e il proposito di recuperare gli anni perduti con il figlio, impartendogli una lezione memorabile di saggezza e di esperienza di vita, gli sembrò fuori luogo e forse anche un poco ridicolo. «Giacomo, – pensò il conte Raffaele, arrotolandosi tra i pollici e gli indici le punte dei grandi baffi a manubrio, – ha preso da solo la migliore decisione che poteva prendere, quella di diventare ufficiale. Ci penserà la Regia Marina a farlo diventare un uomo, senza bisogno dei miei consigli e delle mie raccomandazioni, che ormai sarebbero tardive. Anche la buonanima di mio padre, il conte Basilio, non mi ha insegnato mai niente in tutta la sua vita, o forse mi ha insegnato una cosa soltanto: il potere dei soldi, il giorno che mi ha dato cento lire perché ci comprassi i favori di una cameriera. Farò anch'io con mio figlio come ha fatto mio padre: gli darò dei soldi perché li spenda con le donne, e lui conserverà di me un buonissimo ricordo...»

Il contino Giacomo, per parte sua, non aveva voglia di parlare – o, forse, non aveva niente da dire – e rimase silenzioso per tutta la durata del viaggio. Lesse i giornali, guardò fuori del finestrino finché ci fu luce, ascoltò i discorsi del padre con gli ufficiali del Genio ma soprattutto pensò a se stesso: al suo passato, e al futuro a cui andava incontro. Contrariamente a quanto si potrebbe credere, non rimpiangeva niente di ciò che si lasciava alle spalle. La città di fronte alle montagne, i compagni di liceo, i suoi stessi genitori gli erano venuti a noia, e poi c'era anche una situazione da cui bisognava fuggire: una storia tra ragazzi che non avrebbe nemmeno dovuto iniziare e che invece era diventata un motivo di inquietudine e di rimorso, con sua cugina Maria Maddalena... Si sentiva liberato da un incubo. Maria Maddalena, la maggiore delle figlie dell'avvocato Alfonso, aveva quasi quindici anni; non era una gran bellezza, ma aveva una lunga treccia nera, gli occhi neri e due labbra sporgenti che davano al suo visino imbronciato un'espressione abbastanza graziosa. Giacomo aveva incominciato a baciarla un po' per gioco e un po' per imparare come si fa, perché con le altre ragazze non ne aveva il coraggio; finché un giorno si erano trovati loro due soli nella stanza di lei ed erano accadute certe cose che, passato il momento dell'eccitazione, li avevano lasciati impauriti e confusi. Da allora, niente piú era andato per il suo giusto verso, tra i cugini; tutto era diventato terribilmente serio e difficile, e Giacomo, che non sapeva cosa fare per levarsi d'impiccio, si era ridotto a trascorrere le ultime settimane chiuso in casa, aspettando il giorno della partenza come una liberazione... Al diavolo il passato! Sprofondò in un sonno senza sogni poco dopo Firenze, e si svegliò alle prime luci del giorno. Attraverso il finestrino vide il mare, immenso e calmo in quell'alba di una giornata d'estate; e ripensò ai suoi sogni di ragazzo, che erano diventati i suoi propositi di adulto. Oltre quella grande massa d'acqua – si disse – c'era il mondo, con i suoi continenti ancora in parte inesplorati. C'era l'Africa: e lui, Giacomo, ci sarebbe sbarcato con una nave della Marina militare italiana. Glielo avevano detto anche i suoi professori del liceo che la nuova Italia, entro poco tempo, avrebbe riattraversato il mare che i Romani chiamavano «nostro», e che si sarebbe ripresa un pezzo d'Africa! Si sentí pieno di entusiasmo e di voglia di vivere; e provò quasi compassione per quei suoi parenti e compagni di scuola che erano rimasti laggiú nella loro piccola città, e avrebbero continuato per tutta la vita a vedere le stesse persone e gli stessi orizzonti, mentre il mondo, attorno a loro, era tanto piú vasto...

Il conte Raffaele sbadigliò. Si aggiustò i baffi, tirò fuori dal taschino l'orologio d'argento. Disse al figlio: «Hai dormito piú di cinque ore; congratulazioni! Tra pochi minuti, – gli annunciò, – arriveremo a Napoli, la città piú grande e popolosa d'Italia. Prepariamoci a scendere».

8.
Il mostro

L'avvocato Alfonso Pignatelli venne eletto deputato al primo turno, avendo ottenuto i voti di ben trecentonovantotto elettori – quasi i due terzi degli aventi diritto – contro i centosessantaquattro del suo collega Borromini, che aveva tentato di contendergli il seggio. Tutt'e due i candidati erano uomini della Destra, cioè del partito al potere; tutt'e due avevano alla base dei loro programmi la difesa dell'ordine costituito e il mantenimento della forma di governo allora esistente, con qualche piccola modifica destinata a migliorarla; tutt'e due – stando alla voce pubblica – erano frammassoni, sicché lo scontro, se non proprio finto, sembrava destinato a essere uno scontro di caratteri e di retoriche, non certo di politiche... Questo, almeno, era ciò che pensava la gente. Le previsioni, però, vennero poi smentite dai fatti, perché nel corso della campagna elettorale gli animi finirono per infiammarsi: ci furono accuse e controaccuse tra i due candidati, e attacchi personali anche molto violenti, che nessuno si sarebbe aspettato. Borromini presentò se stesso agli elettori come l'estremo baluardo della tradizione, della legalità e della moralità, contro le tendenze libertarie, demagogiche e populiste del rivale: che arrivò a descrivere, nei suoi ultimi discorsi, come uno scriteriato inseguitore di ogni cambiamento, se non proprio come un avventuriero della politica. Pignatelli, invece, ebbe buon gioco a proporsi come l'uomo del progresso: un uomo nuovo, discendente da una famiglia che aveva lottato per liberare i popoli italiani dalle tirannie che li opprimevano, sia straniere che domestiche, e che però non considerava compiuta l'opera dei suoi avi con il raggiungimento dell'unità, perché era consapevole che il nostro giovane paese doveva ancora crescere in ogni campo, in quello economico, in quello militare e anche in quello sociale! Il progresso sociale – disse l'avvocato Pignatelli nel suo discorso conclusivo prima del voto – non era uno spauracchio che si potesse tenere a bada con le chiacchiere, come pensavano di fare i bigotti d'ogni specie e i nostalgici dell'*ancien régime* al seguito dell'avvocato Borromini; era la logica conseguenza del naturale evolversi delle cose del mondo, che in Italia aveva portato lo Statuto e l'istruzione obbligatoria, le ferrovie e la democrazia elettorale, il telegrafo e le macchine che sostituivano l'uomo nei lavori più penosi, e che si muoveva sotto il segno di una stella lontana ma non irraggiungibile, utopica ma non rivoluzionaria, innovativa ma non sovversiva: la stella del benessere e della felicità per tutti gli uomini! Fu, quello dell'avvocato Pignatelli, un discorso molto ardito per i tempi, e quasi scandaloso: che ancora pochi mesi prima avrebbe significato la sua rovina, e che ora invece lo mandò in Parlamento trionfalmente, con un numero di voti superiore a quello delle previsioni più ottimistiche. Ma l'Ottocento – già abbiamo avuto modo di dirlo – era un secolo di grandi novità e di grandi trasformazioni; e gli elettori della città di fronte alle montagne, posti di fronte al dilemma se mandare a Roma come proprio rappresentante un progressista o un reazionario, per non fare brutte figure scelsero il progressista; perché i reazionari non andavano più di moda, e perché nessuno di quanti conoscevano l'avvocato Pignatelli e lo votarono, prese sul serio le sue parole. In pratica, tutti pensarono di avere assistito a una gara di eloquenza, dove vinceva chi le sparava più grosse. Gli elettori, a quell'epoca, erano poche centinaia di persone – i cosiddetti «galantuomini» – che si incontravano tutti i giorni negli stessi luoghi, il caffè dell'Orologio, il Corso, i portici della Piazzetta; e lo scontro tra l'avvocato Pignatelli e l'avvocato Borromini fu considerato da molti, e forse fu davvero, uno scontro tra le ambizioni personali dei due candidati, e tra gli orientamenti – tradizionalmente diversi – delle due logge massoniche esistenti in città...

L'avvocato, dunque, andò a Roma; e dopo qualche mese diventò piú audace dei suoi stessi discorsi, perché si spostò dai banchi del Centro, dove si era seduto all'inizio, a quelli della Sinistra, e incominciò a parlare di abolire le tasse per i poveri, e di far votare non solo i galantuomini – come allora venivano chiamati i ricchi – ma anche chi aveva frequentato le scuole elementari, e sapeva leggere e scrivere. Gridava da lontano ai suoi elettori, quando li incontrava per strada: «Sono diventato un rivoluzionario, mi saluti ancora?» Poi però, se l'elettore si fermava ad ascoltarlo, gli diceva che non c'erano scelte: «Il progresso è una tigre, amico mio! Finché riesci a tenerti sulla sua groppa e a cavalcarla non corri pericoli, anzi lei ti trasporta piú veloce del vento. Ma se cerchi di scendere, o se cadi, la tigre ti divora!» Del resto – aggiungeva – non c'era bisogno di stare a Roma, alla Camera dei deputati, per capire che si era di fronte a un bivio, e che bisognava prendere decisioni coraggiose e adeguate alla gravità del momento: lo si capiva anche stando in provincia. Dappertutto scoppiavano bombe e si compivano attentati, dappertutto i demagoghi ripetevano, nel chiuso delle osterie e dei circoli anarchici, che tutta la ricchezza di questo mondo viene dal lavoro, e che deve essere restituita a chi la produce; e l'unico modo di difendersi dalle masse popolari – affermava il nostro avvocato – era quello di guidarne la crescita, per impedire che fossero i ciarlatani a guidarla! Strizzava l'occhio all'interlocutore. Gli diceva: «La politica è questo, amico mio! Chi ha piú cervello lo usa per portare gli altri dove vuole lui... È la vittoria della ragione sulla forza, e del progetto sul caso: non ne sei convinto anche tu?»

Quando si spargeva la voce, in città, che l'onorevole Pignatelli era ritornato, l'anticamera del suo studio si affollava di ogni genere di persone, perché lui riceveva tutti: non soltanto i suoi elettori e non soltanto i galantuomini, come aveva fatto il suo predecessore e come faceva la maggior parte dei suoi colleghi. Tra i tanti che venivano a rendergli omaggio o a chiedergli qualcosa, c'erano i furbi che lo interpellavano per avere gratis un consiglio legale; c'erano gli accattoni che non se ne andavano finché non gli si dava un po' di denaro; c'erano i perditempo che avrebbero voluto sentirsi raccontare i pettegolezzi della capitale («Che si dice laggiú?»). La maggior parte dei visitatori, però, erano poveracci che non sapevano a chi altro rivolgersi per avere una raccomandazione o una protezione, o per vedere riconosciuto un loro diritto... E c'era perfino chi aveva bisogno di un miracolo e veniva a chiederlo all'avvocato Pignatelli dopo averlo chiesto – inutilmente – ai Santi del cielo. Lui prendeva nota di tutto quello che gli veniva detto, prometteva a tutti: «Vedrò cosa posso fare. Proverò. Passi a trovarmi tra qualche settimana. Le farò sapere».

Sua moglie, la signora Lucia, qualche volta lo criticava apertamente. Gli diceva: «Non capisco perché aiuti queste persone. Che ti dànno in cambio? Se almeno votassero!»

«Voteranno, – le rispondeva l'avvocato. – Voteranno piú presto di quanto si creda, amica mia, e saranno loro a decidere anche il nostro destino, perché sono cento contro ognuno di noi...» Dopo tanti anni di matrimonio, Alfonso era ancora innamorato della sua sartina, e l'accarezzava sui capelli o sul viso, le spiegava: «Al giorno d'oggi, nessuno piú può permettersi il lusso di ignorare i bisogni e le legittime richieste della gente del popolo; e noi politici, soprattutto, abbiamo il dovere di guardare lontano, per i nostri figli...»

A sentir parlare di figli, la signora Lucia non diceva piú niente. Era preoccupata per la figlia maggiore, Maria Maddalena, che in passato non le aveva mai dato fastidi e da qualche tempo, invece, si comportava in modo strano: mangiava poco, parlava pochissimo e aveva crisi improvvise di pianto, apparentemente senza motivo. Anche i professori del ginnasio, che avevano mandato a chiamare la madre per parlarle, si erano lamentati del profitto della ragazza: spesso – dicevano – la vedevano distratta durante le loro lezioni, e quando poi la interrogavano si accorgevano che non aveva studiato. Cosa le stava succedendo? Per dare una risposta ai professori, e per cercare di capire i problemi di Maria Maddalena, la signora Lucia si rivolse al medico di famiglia. Il dottor Melchioni era un vecchio con una grande barba bianca, che obbligò la ragazza a sedersi sulle sue ginocchia, nonostante le sue proteste; le diede pizzicotti sulle gambe e sul petto, le fece le boccacce e poi, dopo averle abbassato le palpebre e averle fatto tirare fuori la lingua, prese in disparte la madre ed emise il responso. Maria Maddalena – disse il dottor Melchioni – era sana come un pesce, e il suo scarso rendimento scolastico non poteva avere altre cause che il travaglio dell'adolescenza, contro cui la medicina non possiede rimedi; non si tratta, infatti, di una malattia vera e propria, ma del naturale passaggio dell'organismo umano dall'età infantile all'età adulta. Prescrisse alla ragazza di fare del moto, molto moto, camminando o giocando a palla con le amiche fino a stancarsi; e di bere tutti i giorni, prima di pranzo, un mezzo bicchiere di olio di fegato di merluzzo, che le avrebbe dato nuovo vigore. La cura fu scrupolosamente seguita, almeno per ciò che riguardava l'olio di merluzzo, ma i risultati non si videro; al contrario, Maria Maddalena incominciò a soffrire di nausee e di emicranie, abbastanza forti da costringerla a letto, e ad avere scatti d'ira che potevano anche diventare crisi isteriche, se la signora Lucia esprimeva il desiderio di farla visitare da un dottore famoso: un professore, che si occupava esclusivamente di malattie delle donne. Ogni volta che sua madre le faceva quel discorso del medico delle donne, la ragazza andava su tutte le furie. «Devi smettere di perseguitarmi! – le gridava. – È colpa tua se sto male! Guarirò il giorno che mi lascerai in pace!» La signora Lucia, come già s'è detto, era preoccupata; ma non aveva ritenuto, fino a quel momento, di dover parlare al marito dei problemi della figlia, sostanzialmente per due ragioni. La prima, era che non le sembrava giusto di dare ad Alfonso un motivo in piú di inquietudine, con tutte le cose che già lo angustiavano da quando era stato eletto in Parlamento! L'altra ragione era che anche lei credeva, come il dottor Melchioni, che i problemi di Maria Maddalena si sarebbero risolti da soli, quando fosse finito il travaglio dell'adolescenza che li aveva prodotti...

La primavera era nell'aria. Le montagne, cariche di tutta la neve dell'inverno, scintillavano e si riflettevano negli specchi d'acqua della grande pianura, e sui terrapieni dei bastioni attorno alla città erano tornate a fiorire le viole, che i monelli dei quartieri bassi raccoglievano in piccoli mazzi e poi vendevano a un soldo al mazzetto nelle strade del centro. Una mattina, Maria Maddalena si preparò per tornare a scuola dopo un'assenza di due giorni dovuta alle sue solite emicranie; uscí di casa, ma mentre attraversava la via principale della città, quella che ancora oggi va dalla stazione ferroviaria al municipio e che tutti chiamano «il Corso», cadde a terra e fu aiutata a rialzarsi da alcuni passanti. Questi, vedendole addosso del sangue, fermarono una carrozza e la fecero portare all'ospedale. Fu mandata a chiamare la madre, che arrivò dopo circa mezz'ora e si trovò davanti quello stesso professore, specialista in malattie delle donne, a cui avrebbe voluto far visitare la figlia già nei mesi precedenti. Il professore era un uomo alto, con gli occhiali a *pince-nez* e i capelli brizzolati; nonostante l'età relativamente giovane – dimostrava, al massimo, quarantacinque anni – aveva fama di essere un luminare della medicina e un benefattore del sesso femminile, di cui conosceva ogni mistero: un suo sguardo – dicevano le donne che erano state in cura da lui – equivaleva a una diagnosi! Prese la nostra signora in disparte, come se avesse dovuto comunicarle chissà cosa, e le domandò a bassa voce, perché le infermiere non potessero ascoltare i loro discorsi, se era al corrente delle condizioni di salute della figlia.

«Sí, certo, – rispose donna Lucia. – È stata poco bene, negli ultimi tempi, ma pensavo si trattasse di disturbi dell'adolescenza. Anche il nostro medico di famiglia, il dottor Melchioni che l'ha visitata, mi ha assicurato che la ragazza è sana...»

Un lampo d'ironia passò dietro le lenti del professore. «Sí, capisco... Naturalmente, – disse poi, – io non ho alcuna ragione per non essere d'accordo con un collega piú anziano e piú autorevole di me, e, per quanto si riferisce alle condizioni generali della ragazza, le confermo quanto lui le ha già detto. Il malessere per cui è svenuta stamattina mentre camminava per strada, non è dovuto a cattiva salute ma a un'emorragia perineale, causata da un evento traumatico...» Si interruppe e guardò la donna negli occhi, come se avesse voluto leggervi ciò che sapeva. «Insomma, – le spiegò, muovendo la testa in un certo modo che poteva significare imbarazzo o disapprovazione: – come glielo devo far capire? Sua figlia ha partorito da poche ore, forse ieri sera o questa notte stessa, e lei non ne sa niente...»

Gli occhi della signora Lucia si spalancarono e anche la bocca si aprí, ma senza emettere suoni. Soltanto quando ebbe ripreso fiato, dopo la sorpresa, la signora riuscí a balbettare: «Una gravidanza... mia figlia! Ne è sicuro? Mi sembra impossibile...»

«Sí, – disse il professore. – Su questo, proprio, non ci sono dubbi». Si tolse gli occhiali e li ripose nel taschino del camice. Mise una mano sul braccio della signora Lucia, che appariva sconvolta, e le parlò adagio per tranquillizzarla. «Non è successo niente di irreparabile, – affermò. – Niente che possa pregiudicare l'avvenire della ragazza. Sono cose che accadono, che passano, che non lasciano cicatrici visibili. Lei pensi ad affrontare e a risolvere gli aspetti, come dire?, familiari di questa vicenda; e non si dia pena del resto. Io sono vincolato al segreto. Ha la mia parola; anzi, se potessi darle un consiglio da amico, le direi che le storie di questo genere dovrebbero rimanere tra tre persone: la madre, la figlia e il medico. Anche il padre è meglio che non ne sappia niente. Sono storie da dimenticare; ed è tanto piú facile dimenticarle, quanto meno si sanno...»

Nel suo lettino d'ospedale, Maria Maddalena si chiuse in un ostinato mutismo. Non rispondeva alle domande del professore e non parlava con nessuno. Rifiutava il cibo. Soltanto quando fu ritornata nella sua stanza, al secondo piano della grande casa sul viale dei bastioni, si decise a confessare alla madre che il bambino – lei, però, disse «il mostro» – uscito dal suo corpo era stato un maschio, e che aveva dovuto soffocarlo per impedirgli di piangere. Ma se anche non avesse pianto – aggiunse dopo un attimo di silenzio – lo avrebbe soffocato lo stesso. Mentre diceva queste cose, Maria Maddalena stringeva i pugni e aveva gli occhi sbarrati, senza lacrime; di tanto in tanto tremava. La morte del mostro – disse ancora, fissando la parete alle spalle della signora Lucia – non le aveva fatto né caldo né freddo, perché lei lo aveva già ammazzato con il pensiero centinaia di volte prima che nascesse, e aveva anche cercato di farlo uscire prima del tempo, percuotendosi e compiendo ogni genere di sforzi. Per mesi, si era fasciati i fianchi con delle strisce di tela cosí strette, che non poteva quasi camminare o sedersi; era riuscita a nascondere la gravidanza anche a sua madre, ma non era riuscita a liberarsi del mostro! Quanto piú lei lo odiava, tanto piú lui sembrava ingrassarsi e prosperare beato dentro al suo corpo; finché stava là dentro si sentiva sicuro, il maledetto, ma prima o poi doveva venire fuori e lei allora avrebbe saldato i conti, come appunto era successo. Lui era uscito, e lei lo aveva ammazzato...

Improvvisamente, si mise a piangere. Singhiozzava cosí forte che sembrava dovesse mancarle il respiro da un momento all'altro, e sua madre non se la sentí di sgridarla. Del resto – si chiese – a cosa mai sarebbero serviti i suoi rimproveri? Tutto era già accaduto, e niente al mondo poteva piú cambiare il corso delle cose. Si poteva solo dimenticarle, come aveva suggerito il dottore: cancellarle dalla memoria, o, se ciò non fosse stato possibile, ricordarle come si ricordano i sogni, i brutti sogni... Domandò alla figlia, facendosi il segno della croce: «Dove l'hai messo, il bambino?» E poi: «Chi è... stato?»

(Avrebbe voluto chiederle: «Chi è il padre?» Ma la parola «padre» le era sembrata cosí fuori luogo, cosí strana, che non era nemmeno riuscita a pronunciarla).

«L'ho seppellito in giardino, – disse la ragazza. – Sono scesa di notte, mentre voi tutti dormivate, e l'ho messo dietro la siepe dei ligustri, in un punto tra la siepe e il cancello dove la terra era già stata smossa dal giardiniere. Se non svenivo per strada, l'altro giorno, nessuno avrebbe saputo della sua esistenza, e lui invece è riuscito ancora a farmi soffrire... Maledetto!»

«Chi è stato?», ripeté la signora Lucia.

Maria Maddalena represse un singhiozzo. «È stato Giacomo, prima che partisse per arruolarsi in Marina...» Vide che gli occhi di sua madre diventavano sottili: due fessure, come le accadeva quando si lasciava prendere dalla collera, e fece un gesto per chiederle di ascoltare ciò che aveva ancora da dirle. «Non sa niente e io non voglio che sappia, – la prevenne. – Da quando è partito, non si è fatto vivo nemmeno una volta! Per me, è morto insieme al suo mostro... Anche lui è un mostro!»

9.
Le gite in bicicletta

Gli anni passavano, nella città di fronte alle montagne, senza scosse, ora che le guerre sembravano essersi definitivamente spostate in altre parti del mondo; le grandi novità e le grandi disgrazie accadevano altrove. Tutti i giorni, sotto i portici della Piazzetta e sui marciapiedi del Corso, gli «strilloni» gridavano notizie di fatti clamorosi, che però non influivano sulla nostra storia perché avvenivano chissà dove: guerre, paci, inondazioni, terremoti, attentati di anarchici... In città, invece, non succedeva piú niente. Gli uomini continuavano a nascere e a morire, come dappertutto, e come dappertutto impiegavano la maggior parte del tempo che intercorre tra le due date fondamentali e forse uniche della nostra esistenza, per trafficare tra di loro e per infastidirsi a vicenda; ma questa attività è assolutamente normale, in ogni epoca, e non ha mai fatto notizia. (C'è, addirittura, chi la chiama «la vita»). Tutto si ripeteva senza sorprese: le botteghe, nelle strade del centro, si aprivano e si chiudevano ogni giorno agli orari prescritti, i contadini, riconoscibili da lontano per i loro caratteristici cappelli a punta, venivano in città due volte la settimana a contrattare le bestie e le sementi sotto i portici del palazzo del Mercato, le rondini tessevano i loro voli tra la grande casa sui bastioni e la cupola del Santo, le sirene delle fabbriche, di là dalla ferrovia, annunciavano i turni del lavoro, all'alba il primo turno e a notte il secondo turno... Per scandire il tempo c'erano le stagioni. L'inverno, per esempio, arrivava ogni anno dopo che le rondini avevano abbandonato il loro pezzettino di cielo sopra alla basilica, e dopo che gli alberi erano rimasti privi di foglie. Accadeva allora a tutte le donne e a tutti gli uomini di quell'epoca, soprattutto ai poveri, che le loro mani si riempissero di certi rigonfiamenti violacei, detti «geloni»: di cui oggi, grazie ai moderni sistemi di riscaldamento e, forse, anche a una migliore alimentazione, nessuno si ricorda piú. I vetri delle finestre si coprivano di ghiaccio; la nebbia – di cui abbiamo già avuto occasione di parlare – ristagnava tra le case per giorni e addirittura per settimane, cosí densa che sembrava ovatta, e si insinuava come un incubo fin dentro i pensieri della gente; i letti erano gelati, e bisognava riscaldarli, prima di andare a dormire, mettendo un contenitore d'acqua calda o un mattone rovente sotto le coperte... Anche l'estate, pur essendo piú sopportabile dell'inverno, aveva i suoi disagi specifici, con il caldo umido che veniva su dalla pianura insieme al gracidio delle rane, e con la presenza, particolarmente fastidiosa in queste contrade, di milioni di zanzare e di altri piccoli insetti assetati di sangue. Tutto ciò, s'intende, non ha un significato suo proprio, ma faceva e fa parte della nostra storia. Gli Dei di Omero, quelli che ci guardano dall'alto e considerano la pianura dove noi viviamo come il loro teatro, hanno fatto sí che anche il clima di questi luoghi sia adatto agli spettacoli che vi si svolgono, in modo da produrre quegli effetti comici, o addirittura grotteschi, di cui s'è appena parlato: i geloni, la nebbia, le zanzare, i calori, i raffreddori... Se gli Dei avessero voluto che le nostre storie fossero diverse, ci avrebbero dato un clima tragico e gelato, come quello delle regioni del Nord, oppure un clima infuocato come quello dei paesi equatoriali; ma non hanno voluto darceli. Forse perché le storie tragiche non gli piacciono, o perché le guardano in altre parti del mondo... Chi può dirlo! L'unica cosa certa è che, da noi, gli Dei vengono per assistere alle nostre commedie, e che anche il clima di questi luoghi li fa ridere...

Una mattina di primavera – era una domenica – nella

città di fronte alle montagne e piú precisamente sul viale dei bastioni davanti alla casa comparvero quattro veicoli fatti ciascuno di due sole ruote, che venivano avanti seguendo la strada e però non erano manovrati da acrobati di mestiere, come si sarebbe potuto credere, ma da quattro stimati professionisti, ben noti agli abitanti della città alta. L'ingegner H., il notaio S., gli avvocati M. e C., vestiti come per andare a cavallo, stavano seduti in cima alle ruote dei rispettivi veicoli e facevano girare con i piedi un ingranaggio dentato che, tramite una catena, trasmetteva il movimento dalla ruota piú piccola a quella piú grande. Guardavano dall'alto i loro concittadini e gli sorridevano, mentre si spostavano in fretta: cosí in fretta, che nemmeno i monelli erano riusciti a stargli dietro correndo, e dopo qualche centinaio di metri avevano dovuto rallentare e fermarsi. Ciò che però appariva piú difficile da capire di quel nuovo mezzo di locomozione, e che infatti nessuno capí, era come facessero i conducenti a reggersi in equilibrio su un appoggio non piú largo di due dita, e per giunta instabile! La notizia si diffuse in un batter d'occhi, e molta gente che a quell'ora, come tutte le domeniche, si trovava sul Corso o sotto i portici della Piazzetta, si spostò verso i bastioni per vedere le nuove macchine. Il gruppo degli ardimentosi, dopo aver fatto un giro completo intorno alla città alta, ripassò davanti a casa Pignatelli e fu applaudito, sul viale, da una piccola folla di persone che erano uscite dalla basilica del Santo; anche alcuni abitanti della casa si erano affacciati, e un uomo, sul terrazzo del piano nobile, sventolò un fazzoletto in segno di saluto. Il giovedí successivo, la «Gazzetta» pubblicò una cronaca dell'avvenimento; a fianco della cronaca c'erano una poesia di un tale Prometeo – nome d'arte! – che riecheggiava in modo fin troppo scoperto il famoso *Inno a Satana* di Giosue Carducci, e una nota informativa sul nuovo, rivoluzionario veicolo detto «velocipede» che gli abitanti della città di fronte alle montagne avevano potuto conoscere e ammirare qualche giorno prima, grazie all'opera dei quattro pionieri. I velocipedi che si erano visti domenica sui viali – diceva la nota – erano stati fabbricati da un'officina meccanica tedesca, la famosa Opel, già conosciuta dal pubblico italiano per le sue eccellenti macchine da cucire, ed erano messi in vendita nella nostra città dalla ditta Agnesi & Giaccone con negozio sul Corso. Gli interessati alle caratteristiche tecniche, al funzionamento e naturalmente anche al prezzo dei velocipedi Opel dovevano quindi rivolgersi alla ditta sopra nominata, che gli avrebbe fatto omaggio di un elegante catalogo a stampa e gli avrebbe fornito tutte le spiegazioni richieste. La nota si concludeva con un accenno profetico (e poetico) al futuro del «cavallo d'acciaio»; destinato – secondo l'autore – a soppiantare entro breve tempo e a mandare in soffitta molti dei mezzi di trasporto che s'erano usati per secoli o addirittura per millenni, e che ora avrebbero dovuto cedere il passo alla nuova macchina: cosí semplice, da essere quasi perfetta! I cavalli di carne e ossa sarebbero diventati sempre piú rari e le diligenze e i *tramways* che collegavano la città ai paesi vicini sarebbero scomparsi, perché tutti, giovani e vecchi, uomini e donne, in un futuro non troppo lontano avrebbero viaggiato per proprio conto e dovunque, con le loro sole forze moltiplicate dal velocipede...

Il primo a introdurre il nuovo mezzo di locomozione in casa Pignatelli fu il conte Raffaele: che imparò a stare in equilibrio su due ruote nel cortile della caserma di cui era comandante, facendosi aiutare da un certo caporale Della Valle, e poi cercò di convincere i familiari a seguire il suo esempio; ma non ottenne risultati apprezzabili. Soprattutto con la consorte. Donna Assunta, nonostante le insistenze del marito e nonostante le immagini del catalogo illustrato delle officine Opel, che mostravano dame sorridenti inerpicate sui velocipedi, rifiutò con sdegno di avvicinarsi a «quel trabiccolo»: che – disse – per come è fatto, e per come si regge, non potrà mai essere montato da una vera signora! Anche il figlio minore di don Raffaele, il giovane

Costanzo, che aveva allora vent'anni ed era iscritto alla facoltà di giurisprudenza dell'università di Torino, imparò, sí, a reggersi sul cavallo d'acciaio; ma si rifiutò di usarlo per i suoi spostamenti in città, e non volle mai accompagnare suo padre in una di quelle passeggiate fuori porta di cui parleremo tra poco e che lui e sua madre disapprovavano, giudicandole sconvenienti per un aristocratico. Si è mai visto – dicevano, in ciò concordi, la contessa e lo studente universitario – un uomo che ha cavalli e carrozza a sua disposizione, avventurarsi in aperta campagna su due ruote e senza nemmeno sapere dove sta andando, soltanto per il gusto di tornare a casa sudato e impolverato come un carrettiere? «Il velocipede, – spiegava Costanzo Pignatelli a chi cercava di fargli cambiare idea, – è una macchina per poveri, una sorta di telaio a pedali che invece di tessere si sposta e che, quando incomincerà a essere prodotto in serie come tante altre macchine moderne, servirà agli operai per andare al lavoro e ai soldati per trasferirsi da un punto all'altro del fronte, senza bisogno di strade ferrate nelle retrovie. Il fatto che ora lo usino i borghesi e qualche aristocratico per andare a passeggio, è dovuto soltanto alla novità del mezzo: è l'esercizio di un antico diritto, lo *jus primae noctis*, applicato a un'invenzione anziché a una donna...»

Cosí ragionava, all'età di vent'anni, il figlio minore del conte Raffaele e di donna Assunta; e, visto che abbiamo incominciato a occuparci di lui, converrà spendere ancora qualche parola per questo giovanotto, che è destinato a diventare uno dei personaggi piú importanti della nostra storia, e che già mentre era studente liceale aveva mostrato ben poca simpatia per le idee progressiste e umanitarie di suo zio deputato. Lui, Costanzo, preferiva guardare in faccia la realtà, e non aveva inclinazioni, né interesse, per alimentare le illusioni degli altri! Tutto ciò che c'è di bello e di grande nel mondo – diceva il futuro avvocato, con un ragionamento che, in quegli anni, si sentiva ripetere abbastanza spesso nei luoghi frequentati dalle persone benestanti e istruite – è stato fatto da pochi per pochi, e se si volesse renderlo di uso comune cesserebbe di esistere. La filantropia è una bella cosa, e può essere utile, finché serve a distribuire minestre; ma deve fermarsi lí, o bisogna fermarla per forza. La filantropia come progetto politico è una follia, che se avesse libero corso porterebbe alla fine della nostra civiltà: una sorta di suicidio...

«Ci sono cose, come il velocipede, che per loro natura possono e probabilmente devono diventare di tutti, – disse una volta il giovane Costanzo parlando con l'avvocato Alfonso; – e ce ne sono altre, come la carrozza, che devono per forza rimanere di pochi. Non ci hai mai riflettuto? Nessun progresso ci potrà dare un mondo in cui tutti vanno in carrozza, per un motivo molto semplice: non ci saranno mai abbastanza rimesse, abbastanza stalle, abbastanza prati per dare fieno e biada a tutti i cavalli destinati a tirarle... E poi, le città dovrebbero avere strade larghe un chilometro, e non basterebbero ancora!»

Nelle sue gite in velocipede fuori porta il conte Raffaele era accompagnato dal caporale Della Valle e da suo nipote Ettore Pignatelli: un ragazzino di undici anni a cui i medici avevano raccomandato di fare del moto, perché era di costituzione piuttosto gracile. D'estate, poi, quando si chiudeva il Parlamento, si aggiungeva alla comitiva anche il padre di Ettore, l'onorevole Alfonso: che montava un veicolo in cui la ruota posteriore era grande come quella anteriore, e lo chiamava con una parola destinata a diventare di uso comune, sia pure soltanto nella versione femminile, «il mio biciclo». Quando il gruppo degli escursionisti era al completo, perfino i botoli piú ringhiosi esitavano ad attaccarlo e si limitavano a inseguire i velocipedi per qualche decina di metri, abbaiando come ossessi ma tenendosi a una certa distanza. In testa al gruppo c'era il conte Raffaele, impettito e con quei suoi baffi voltati all'insú che in campagna dovevano essere una cosa piuttosto rara, perché i contadini, quando lui si fermava a chiedergli un'informazione, si toglievano il cappello e lo chiamavano «eccellenza». Dietro il conte Raffaele e per sua volontà dovevano poi venire i suoi congiunti, cioè Ettore e l'avvocato; infine, per fronteggiare ogni pericolo, c'era il caporale Della Valle a chiudere il gruppo, in divisa e con la pistola d'ordinanza appesa alla cintura. Da buon militare, il conte Raffaele avrebbe voluto che tutti rimanessero nella posizione assegnata, e che il gruppo procedesse compatto; ma suo fratello Alfonso aveva il vizio di andarsene per suo conto, e sembrava anzi che si divertisse a portare scompiglio. A volte procedeva cosí adagio che il povero Della Valle non sapeva piú cosa fare, in base agli ordini ricevuti: doveva superarlo e raggiungere il gruppo, mettendosi a rapporto con il colonnello per riferirgli che l'onorevole aveva perso i contatti, o doveva continuare a stargli dietro e guardargli le spalle, qualsiasi cosa fosse successa? Spesso, poi, il deputato si fermava senza che ce ne fosse necessità, soltanto per ammirare un paesaggio o per annusare un fiore, e il colonnello, non potendo prendersela con lui, se la prendeva con l'attendente: «Della Valle! Ti avevo detto di chiudere il gruppo!»

«Io ci provo, signor colonnello, ma certe volte proprio non so cosa fare. Se l'onorevole si ferma, come devo comportarmi?»

I preparativi per quelle gite erano minuziosi, e si facevano nel cortile davanti alle rimesse. Bisognava avere dentro agli zaini un'attrezzatura sufficiente per compiere qualsiasi tipo di riparazione dei veicoli, e una cassetta del pronto soccorso rifornita di tutto ciò che poteva servire in caso di infortunio. Bisognava inoltre verificare che ci fosse il carburo nei fanali e il tè nelle borracce; infine, tutti dovevano essere sicuri di avere indosso la bussola, i fiammiferi, il bicchiere pieghevole di alluminio e il coltellino dell'esercito a otto lame, con il cacciavite, il seghetto, l'apriscatole, il cavatappi e le forbici. Durante le prime escursioni, il signor conte aveva portato con sé anche una rara attrezzatura, in dotazione delle truppe italiane in Africa, contro il morso dei serpenti; ma poi gli era stato detto da persone degne di fede che nella loro pianura non c'erano, assolutamente, serpenti velenosi, e la cassetta era stata riportata in caserma. Per uscire dalla città, gli escursionisti giravano a destra sul viale dei bastioni e poi attraversavano, scampanellando, il quartiere «dei ladri e degli assassini»; quasi sempre, però, trovavano chiusi i cancelli della ferrovia e dovevano fermarsi ad attendere il passaggio del treno. Era qui che la nostra intrepida comitiva cominciava ad affrontare i pericoli del mondo: perché i monelli del quartiere, dopo averla seguita, rimanevano a studiarla a una certa distanza; e le avrebbero anche tirato qualche pietra, se non ci fossero stati, a intimorirli, i baffi a manubrio del signor conte, e piú ancora, la divisa e la rivoltella del suo attendente. Alla fine, i cancelli venivano aperti e i nostri eroi procedevano verso l'ignoto, avventurandosi sulle strade bianche di polvere con l'aiuto di una carta topografica del Regio Istituto Geografico Militare, che il signor colonnello portava a tracolla dentro una speciale custodia e che si fermava a consultare a ogni bivio dopo aver dato l'«alt» al gruppo alzando la mano sinistra. Era in quelle occasioni che venivano interpellati anche i contadini, se ce n'erano nei dintorni; poi, per far ripartire la comitiva, il colonnello gridava «A destra!», oppure: «A sinistra!», e indicava la direzione con il braccio, come se dietro alle sue spalle ci fosse stato un esercito...

Il piccolo Ettore era entusiasta. Molte delle cose che vedeva, rappresentavano per lui delle vere e proprie scoperte; e ce n'erano anche alcune che lo spaventavano. Gli animali, per esempio: i grandi buoi con le grandi corna di cui lui già conosceva l'esistenza grazie alle illustrazioni dei libri di scuola, e che però a trovarseli davanti in carne ed ossa facevano tutt'altro effetto che a vederli disegnati; e poi i cavalli da tiro, i maiali, i cani, perfino le oche... Anche le persone che si incontravano in campagna erano vestite in modo strano e avevano abitudini strane, che non potevano non colpire l'immaginazione di un bambino. Quando Ettore vide per la prima volta le lunghe file delle donne che lavoravano e cantavano, immerse fino al ginocchio nell'acqua dove si coltiva il riso, si impressionò a tal punto che fece fermare suo zio per chiedergli chi fossero. Il conte, dopo essersi sistemato i baffi, gli rispose che erano le mondariso; ma il ragazzo ancora non appariva tranquillo, e tornò a domandare, abbassando la voce come se avesse avuto timore che l'interessato potesse sentirlo, chi era quell'uomo accanto alle mondariso che teneva in mano un lungo bastone, con la punta di ferro...

Il colonnello si mise a ridere. «Non avere paura! – gli disse. – Io non so a cosa possa servire quell'arnese, ma sicuramente non serve a torturare le donne. Le nostre leggi non permetterebbero una simile barbarie». E poi spiegò al nipote, per quel poco che ne sapeva lui stesso, cosa facevano le donne nell'acqua: «Devono piantare gli steli del riso, ad uno ad uno, e sradicare le erbacce. È un lavoro duro, ma loro ci sono abituate».

Quella volta Ettore non chiese altre spiegazioni. Qualche mese piú tardi, però, durante un'altra gita, gli accadde di ripensare alle parole di suo zio, e di riflettere sul tema dell'abitudine. Si erano imbattuti in un ometto basso e storto che trasportava, reggendolo sulle spalle, un carico di legna cosí smisurato, da ostruire tutta la strada. I nostri ciclisti avevano dovuto fermarsi ed Ettore aveva chiesto a suo padre, indicandogli l'omino: «Come fa un uomo cosí piccolo a portare un peso cosí grande?»

L'avvocato Alfonso aveva allargato le braccia: «E chi lo sa! Forse, – aveva poi detto, – ci è abituato...»

10.

«La Scintilla»

Come succedeva ai figli dei poveri, in passato, e come forse succede ancora oggi in qualche parte del mondo, Garibaldi e Mazzini Perotti dovettero crescere piú in fretta dei figli dei padroni, cioè dei signori Pignatelli; e quando si parla di crescita non ci si riferisce all'aspetto fisico, perché i nostri due giovani – che si assomigliavano tra loro al punto di non potersi quasi distinguere – erano entrambi piuttosto piccoli di statura e piuttosto mingherlini, ma alle qualità che trasformano un ragazzo in un uomo. Finite le scuole elementari con un anno di anticipo, i gemelli Perotti avevano frequentato ancora una classe: la famosa «sesta», che era l'università di chi non poteva permettersi di andare all'università, mentre già facevano i garzoni di un muratore amico del padre. A dodici anni erano apprendisti tipografi nel laboratorio del signor Paride Merlo, poco lontano dalla stazione della ferrovia, e lavoravano dalle otto di mattina alle otto di sera con un'ora di pausa per il pranzo, quando l'urgenza delle consegne gli permetteva di fare una pausa e di fare il pranzo. A diciott'anni, conoscevano alla perfezione il loro mestiere ed erano diventati i comproprietari della tipografia dove lavoravano: che aveva anche cambiato la ragione sociale e l'insegna, per aggiungere il loro cognome a quello del vecchio padrone. Il signor Merlo, infatti, non aveva parenti che potessero continuare la sua attività – il suo unico figlio aveva preferito suicidarsi per una delusione d'amore – e non era piú in grado di continuarla lui stesso. Gli occhi, pian piano, gli si erano annebbiati, le ma-

ni erano diventate tremule e, in pratica, gli erano rimaste due sole alternative: quella di chiudere bottega e di andare a vivere in un ricovero per anziani, oppure quella di prendersi un socio. Lui, di soci, ne aveva presi due: i fratelli Perotti, e almeno all'inizio ne era stato contento. «Un socio solo, – diceva per giustificarsi di quella scelta, – non avrebbe potuto mandare avanti la tipografia senza che io lo aiutassi; ma io non sono piú in grado di aiutare nessuno, e poi, se devo essere sincero, mi sono anche stancato di lavorare, dopo sessant'anni che faccio questo mestiere! Se non mi riposo un po' adesso mentre sono ancora vivo, quando mi riposerò? Il riposo dei morti, è soltanto un modo di dire...»
Aveva incominciato a fare quello che fanno i vecchi quando sono in pensione: alla mattina, se c'era il sole, andava a scaldarsi le ossa nei giardini dietro il castello, e poi passava il resto delle sue giornate all'osteria, a discutere con gli amici o a giocare a carte. I suoi soci si erano impegnati a versargli ogni settimana un terzo dei guadagni della ditta, e da quel punto di vista – diceva l'anziano tipografo – lui sapeva di poter dormire sonni tranquilli, anzi tranquillissimi, perché i Perotti erano due ragazzi come al giorno d'oggi non se ne trovano piú, laboriosi e onesti fino al centesimo! Avevano un solo difetto: erano socialisti, e quando lui li aveva lasciati soli a mandare avanti la tipografia, si erano messi a stampare certi manifesti con le falci e i martelli incrociati tra di loro, e certi altri materiali di propaganda, che sarebbe stato meglio lasciarli fare alla concorrenza... Ogni volta che parlava di queste cose, il signor Merlo sembrava sul punto di mettersi a piangere. Lui, naturalmente, avrebbe voluto impedirgli di commettere sciocchezze; ma non ne aveva piú la possibilità, e si era limitato a chiedere, anzi a pretendere, che anche quei lavori per i socialisti venissero pagati come tutti gli altri, perché una cosa sono gli ideali e un'altra cosa gli affari! I guai grossi, però, dovevano ancora iniziare. Dopo un paio d'anni che le cose andavano avanti in quel modo – raccontava il tipografo – era saltato fuori

da chissà dove un certo maestro Fantuzzi che aveva convinto i suoi soci a stampare un giornale, e mica un giornale come «La Gazzetta» o «L'Araldo» dei preti: nossignore! Uno di quei giornali rivoluzionari senza capo né coda, che minacciano sfracelli in ogni articolo; e gli affari della loro ditta erano andati definitivamente a rotoli. In tipografia, ormai, ci venivano solo gli sbirri...

Al pover'uomo tremavano la voce e le mani. «Come fanno i Perotti, – si chiedeva, – a essere cosí stupidi, da non capire in che guaio sono andati a cacciarsi? Mettersi a stampare un giornale sovversivo! Spero solo, – aggiungeva scuotendo la testa, – che non facciano pazzie ancora piú grosse di quelle che hanno fatto fino a questo momento; perché se finiscono in prigione loro, buonanotte! La tipografia si chiude, e io, dopo sessant'anni di lavoro, me ne vado all'ospizio!»

Il giornale che turbava i sonni del signor Paride Merlo, e che stava mandando in rovina la sua tipografia, era un foglio settimanale: «La Scintilla», che accampava come proprio motto una frase di un certo Carlo Marx («Proletari di tutto il mondo unitevi»), e aveva anche un piccolo disegno a fianco della testata, in cui un borghese barbuto e un operaio si stringevano la mano, su uno sfondo di ciminiere e di fabbriche. Quel disegno avrebbe dovuto rappresentare la volontà di pace e di concordia che animava il giornale; ma il primo numero della «Scintilla», un anno prima, si era aperto con un articolo dell'unico deputato socialista nel Parlamento del regno, l'onorevole Costa, che parlava invece di violenza e di sangue. «Ingenuo chi crede, – aveva scritto l'onorevole Costa in quell'articolo, intitolato *Verso il comunismo*, – che le classi privilegiate vogliano cedere d'amore e d'accordo i loro privilegi! Ogni diritto e ogni libertà umana furono pagati sempre e sempre si pagheranno, per chissà quanto tempo ancora, a prezzo di sangue; e la questione tra la borghesia e il proletariato, non per nostra avidità di sangue o per amore di stragi e di saccheggi, ma per fatalità storica, si risolverà violentemente. La borghesia stessa, non dubitatene, prepara la rivoluzione».

Il risultato di quelle carneficine, e di quegli odi, secondo l'onorevole Costa sarebbe stato il paradiso terrestre («L'accomunamento della terra e degli strumenti di lavoro avrà per conseguenza necessaria l'accomunamento dei prodotti del lavoro; e quando questo accomunamento avrà luogo, ogni legge che regoli i rapporti tra gli uomini dovrà necessariamente sparire giacché l'abbondanza della produzione e la nuova educazione, che le nuove condizioni sociali e la pratica della solidarietà daranno all'uomo, le renderanno inutili. Allora potrà attuarsi quel comunismo anarchico che oggi apparisce come il piú perfetto ordinamento sociale...»); ma ciò che in città fece immediatamente scalpore, e sembrò enorme, fu il richiamo esplicito alla violenza, e addirittura allo spargimento di sangue. Cosí, dunque, i poveri si stavano preparando a sgozzare i ricchi! L'onorevole Alfonso Pignatelli, avvertito per telegrafo, tornò apposta dalla capitale per calmare gli animi, ma ci riuscí solo in parte. «Questi appelli all'odio di classe e alla violenza di classe, – fu sentito dire a un gruppo di suoi elettori davanti al caffè dell'Orologio, una domenica mattina, – fatti in nome di chi fino a ieri non aveva nemmeno la voce per esprimersi, non possono e non devono essere presi sul serio. Non scherziamo! Tra i problemi che hanno oggi le classi lavoratrici, quello di fare la rivoluzione non è nemmeno l'ultimo, perché non esiste. A chi giovano codeste spacconate? Perché l'onorevole Costa promette sconquassi, se poi non ha la forza di attuarli? È come se l'agnello della favola di Esopo sfidasse il lupo e minacciasse di mangiarselo, mostrandogli i suoi denti da erbivoro!»

Gli elettori, però, non erano del tutto convinti. «Parla bene, lui, – diceva qualcuno, – perché non ha salariati né operai alle sue dipendenze. Se dovesse vivere in mezzo alla plebaglia, come noi, ne avrebbe paura!»

La redazione del settimanale «La Scintilla» si riuniva ogni sera di sabato, alle nove, nei locali della tipografia Merlo & Perotti. C'era il direttore responsabile Alfredo Fantuzzi, che era un uomo di circa quarant'anni con una gran macchia viola sulla guancia sinistra; c'era la maestra Rita Graneri, che era stata, in passato, la fidanzata del direttore e che probabilmente non lo era piú. (La faccenda, però, continuava a essere avvolta da un alone di mistero). C'erano i tipografi Garibaldi e Mazzini Perotti, perfettamente riconoscibili tra di loro da quando Mazzini si era lasciato crescere una barba lunga e nera, che lo faceva assomigliare al borghese disegnato sul frontespizio del loro giornale. C'erano l'operaio Rocco Ferraris, l'immigrato Pasquale Di Girolamo e altri «compagni», come già allora si chiamavano i militanti socialisti. A volte, partecipava a quelle riunioni anche il rappresentante di un «coordinamento nazionale» che nessuno – fatta eccezione per il direttore Fantuzzi – avrebbe saputo dire cosa fosse e dove si trovasse; ma si trattava di un avvenimento piuttosto raro. Era invece immancabile, ogni sabato, la visita dell'agente di pubblica sicurezza Efisio Soliani: un ometto dal viso di topo, con due baffi neri e sottili, curatissimi, che annotava in un taccuino i nomi dei presenti e poi, dopo essersi fatto consegnare una copia del giornale appena stampato, procedeva a un esame sommario del medesimo, cercando «i reati». Quando li trovava – e, a dire il vero, li trovava abbastanza spesso – il suo viso si illuminava. «Ecco, – diceva, puntando il dito sul foglio: – qui c'è un 247!» (Cioè un'infrazione all'articolo 247 del codice, che puniva l'«eccitazione all'odio di classe»). «Qui c'è un 395 comma 2!» I presenti, naturalmente, cercavano di persuaderlo che il 247, o il 395, non c'erano, ma le loro argomentazioni non servivano a niente. Uno dopo l'altro, i pacchi dei giornali venivano sigillati con la ceralacca per essere mandati al macero, e l'unica copia autorizzata a salvarsi dalla distruzione era quella che l'agente teneva tra le mani, e che metteva in tasca per portarla in Questura. Qualche volta, insieme all'agente Soliani, faceva la sua comparsa il delegato Tinebra: un meridionale basso e tarchiato, con due enormi ciuffi neri al posto delle sopracciglia, che per parlare con qualcuno aveva bisogno di toccarlo e che per questo motivo era diventato l'incubo di tutta la redazione della «Scintilla», ma soprattutto della maestra Graneri. Le colluttazioni in forma di predicozzo del delegato con la maestra erano memorabili, e avrebbero richiesto, per essere raccontate, ben altra prosa che quella ampollosa e un po' sconnessa degli articoli di fondo del maestro Fantuzzi. «Una signorina come te, con un'istruzione!», diceva il delegato Tinebra; e mentre lui iniziava il suo discorso, partendo sempre dall'istruzione e dal diploma della signorina Graneri, si sentivano già i soffi, gli sbuffi, le imprecazioni e le mezze frasi dell'interessata: «Stia fermo!», «Fermo!», «Le mani a posto!», «Insomma, la vuol smettere?»

Costretto a muoversi tutt'attorno per la stanza, il delegato ansimava: «E che diamine, – diceva, – ti sto solo parlando... Non vorrai rischiare il posto di maestra, figlia mia! Che te ne fotte del socialismo, sient'a me... Perché non pensi piuttosto a sposarti e a farti una famiglia?»

La signorina, infine, si fermava, con gli occhi che buttavano fiamme: «Giú le zampe!»

Alla domenica mattina, se il giornale non era stato messo sotto sequestro dall'agente Soliani, bisognava diffonderlo nei quartieri accanto alla ferrovia, dove vivevano gli operai; perché «La Scintilla», a differenza dei giornali borghesi, non si vendeva a un prezzo fisso nelle strade del centro, ma veniva data in cambio di un piccolo obolo o addirittura regalata, a domicilio dei lettori. Erano gli stessi giornalisti e tipografi, a volte aiutati dai compagni del quartiere, a volte da soli, che salivano tutte le scale e bussavano a tutte le porte, incontrando ogni genere di accoglienza, dalla piú ostile alla piú calorosa. Per esempio poteva capitargli di trovare, dietro a quelle porte, l'analfabeta che si faceva leggere uno o due articoli del giornale e poi diceva a chi glieli aveva letti: «Non ho capito una sola parola. Ma chi siete? Cosa volete da me?»; oppure l'operaio che, per ricevere i «compagni della propaganda», tirava fuori il fiasco del vino alle otto di mattina; o la vedova che si rifiutava di aprirgli perché – gridava – non voleva avere a che fare con i sovversivi, che mettono le bombe contro i nostri amati sovrani... L'umanità che viveva allora nelle case della città bassa, con gli appartamenti sui ballatoi e le latrine in comune, una per ogni piano, era una umanità che spesso non sapeva leggere né scrivere, non andava a votare e non sentiva nemmeno il bisogno di farlo, perché aveva cose piú importanti a cui dedicarsi: le liti in famiglia, le bisbocce, le faccende di corna... I socialisti della «Scintilla», però, con il loro andare in giro di porta in porta, destavano curiosità e facevano anche nascere idee strane, come quella che gli operai avrebbero dovuto avere il cesso in ogni appartamento e il riscaldamento ad aria o ad acqua durante l'inverno; o quell'altra ancora piú bizzarra, che le fabbriche sarebbero dovute appartenere a chi ci lavorava, e le case a chi ci abitava. Erano idee tutte da ridere, si capisce; ma perché non parlarne?

Garibaldi Perotti e la maestra Graneri avevano avuto l'incarico di diffondere «La Scintilla» nel quartiere «dei ladri e degli assassini» dove lei stava di casa; e quel lavoro – se cosí possiamo chiamarlo – che facevano insieme alla domenica, aveva finito per creare tra di loro una sorta di intesa, che gli permetteva di capirsi con un cenno quando dovevano sbarazzarsi di un perditempo o di una persona molesta; e di trovare invece il tono giusto e gli argomenti giusti, quando gli capitava di imbattersi in chi aveva già deciso di diventare socialista, e però voleva che qualcuno lo convincesse. La maestra Graneri era una donna piuttosto minuta, d'età indefinibile ma probabilmente inferiore ai trent'anni; si diceva che vivesse insieme alla madre – vedova o abbandonata dal marito, nemmeno questo era certo

– e che fosse diventata socialista all'epoca del suo fidanzamento con il compagno Fantuzzi. Si diceva anche che fosse piuttosto fredda di carattere e incapace di provare emozioni; ma non era vero, e Garibaldi una volta l'aveva vista arrossire, come arrossiscono soltanto le ragazzine di dieci o dodici anni. Questo fatto era accaduto una domenica mattina, mentre si trovavano nel loro solito quartiere e piú precisamente in casa di una comare carica di figli, la signora Luigia: che, senza troppo girare attorno alle cose, aveva chiesto alla maestra Graneri «quando si sarebbero sposati».

La maestra, presa alla sprovvista, non aveva capito il significato di quella domanda. «Chi deve sposarsi? – aveva chiesto a sua volta. – Di cosa state parlando, signora Luigia?»

«Di cosa vuoi che stia parlando! – le aveva risposto la comare. – Parlo di voi due, che venite a portarmi il giornale tutte le domeniche e che state cosí bene insieme. Quando vi sposerete?»

A quel punto la nostra maestra era avvampata, in modo improvviso e visibile. «Perché dovremmo sposarci? – aveva balbettato. – Noi non siamo fidanzati! Siamo solo compagni...»

La signora Luigia era rimasta a bocca aperta per qualche secondo; ma non era tipo da arrendersi di fronte a una parola, e non si era data per vinta. «Cosa c'entra la compagnia, – aveva ribattuto, infastidita. – Cosa vuol dire, essere compagni? Non andate mica piú a scuola!» Li aveva guardati scuotendo la testa. Aveva borbottato: «Un uomo e una donna che stanno insieme, adesso si chiamano compagni! Dove andremo a finire?»

Nel quartiere «dei ladri e degli assassini», come del resto anche negli altri quartieri della città bassa, la povertà non sempre era dignitosa, e non tutti quelli che vivevano nell'abiezione aspiravano a redimersi. C'erano i tubercolotici che sapevano di dover morire entro pochi mesi, e se andavi a parlargli del futuro ti ridevano in faccia; c'erano i ladri di mestiere e i piccoli delinquenti per cui il mondo, cosí com'era, andava anche bene, purché gli si abbreviassero i tempi delle condanne e gli si rendesse un po' piú gradevole la permanenza in galera. C'erano le famiglie con il padre alcolizzato e dieci o dodici figli, in balia del piú orrendo destino: le bambine si prostituivano, i bambini rubavano per strada o chiedevano l'elemosina, la madre non aveva altra alternativa che suicidarsi o ubriacarsi... La grande risorsa dei poveri, a quell'epoca, era il vino; e però il vino sembrava anche essere la loro maledizione specifica, piú della stessa povertà e dello sfruttamento a cui li sottoponevano i padroni, facendoli lavorare dall'alba a notte. A volte, tra una casa di poveri e un'altra casa di poveri, la maestra Graneri si fermava a prendere qualche appunto con la sua scrittura elegante e leggermente inclinata, in un quaderno che portava dentro alla borsa; e Garibaldi Perotti si sorprendeva a confrontare la realtà di quel mondo che vedeva tutte le domeniche, con le scintillanti teorie del socialismo e con le verità «scientifiche» di cui parlava il compagno Fantuzzi. Diversamente da suo fratello Mazzini e dagli altri redattori del loro giornale, che avevano soltanto certezze, Garibaldi era portato per temperamento ad avere anche dei dubbi; e uno dei suoi dubbi piú radicati e piú tenaci riguardava proprio il destino dei poveri. Quell'umanità dolente e pittoresca, spesso abietta, che i teorici del socialismo si ostinavano a chiamare con termini pomposi come «proletariato» o «classe operaia», era davvero all'altezza del progetto, o forse del sogno, a cui la si voleva spingere a ogni costo, anche contro la sua volontà? Era un dubbio cosí inconfessabile, questo di Garibaldi Perotti, e cosí vergognoso per un socialista, che lui non osò mai confidarlo ad anima viva, nemmeno al fratello o alla moglie quando poi prese moglie; e da cui si liberò all'età di venticinque anni emigrando in America. Di là dall'oceano, infatti, i poveri non si portavano dietro quella maledizione di dover cambiare il mondo, che li perseguitava in Europa. Potevano dedicare le loro energie a progetti piú piccoli e immediati, per esempio a quello di diventare ricchi; e qualche volta, se la fortuna li assisteva, diventavano ricchi.

11.
Il gran ballo per la Società Geografica Nazionale

Quando tornò nella città di fronte alle montagne dopo tanti anni di assenza, una sera d'inverno con la luna piena, Giacomo Pignatelli vide dal treno la cupola del Santo, e sotto la cupola riconobbe la casa: stava là, alta sulla pianura e immobile come una madre che fosse rimasta alzata di notte ad attendere il ritorno del figlio, e che volesse rimproverarlo cosí, con il suo solo aspetto, d'avere fatto tardi. L'incontro con i familiari fu come se lo era immaginato. Ci furono molti abbracci e molti baci, molte esclamazioni di gioia e qualche lacrima; donna Assunta svenne e bisognò farla rinvenire con i sali, ma nemmeno lei che lo aveva messo al mondo, se lo avesse incontrato per strada o ad un ricevimento, avrebbe riconosciuto suo figlio in quell'uomo dai capelli radi e dalla pelle bruciata dal sole, con due rughe profonde che gli solcavano le guance. Per tutti gli abitanti della nostra casa, ormai, Giacomo Pignatelli era diventato un estraneo, che nessuno piú aveva avuto occasione di vedere dopo la partenza per Napoli, e di cui si conoscevano le imprese attraverso i giornali. Per esempio si era saputo, molto tempo prima, che era andato in Africa con la prima spedizione militare italiana, come corrispondente di un'agenzia di stampa; e poi si era saputo che era diventato esploratore, per conto della nostra giovane Società Geografica... Da lui direttamente non si era saputo mai nulla. Le sue lettere, che arrivavano a intervalli di tempo lunghissimi, erano tutte molto brevi e riportavano sempre le stesse frasi, del genere: «Io sto bene, e mi auguro che anche voi siate tutti in buona salute...»

«L'unica cosa interessante delle lettere di mio figlio sono i francobolli, – diceva il conte Raffaele. – Chissà cosa gli passa per la testa! Di sicuro non ha bisogno di soldi, perché quando era a Napoli e aveva bisogno di soldi li mandava a chiedere...»

L'esploratore, dunque, abbracciò e baciò i suoi familiari, anche quelli che non riconobbe. (Le cugine Maria Avvocata e Orsola, che aveva visto bambine, erano diventate due donne; ed Ettore, l'unico figlio maschio di suo zio, era un giovanottone grande e pallido dall'aria impacciata. Anche suo fratello Costanzo era diventato un uomo, ed era certamente diverso da come lui se lo sarebbe immaginato, se mai avesse provato a immaginarselo...) Chiese notizie di Maria Maddalena, la sua compagna di giochi di quando erano ragazzi, e gli fu detto che era ospite di un'amica in una località di cure termali; soffriva – gli spiegò sua madre – di disturbi nervosi, che erano incominciati dopo la sua partenza e che le procuravano irritabilità, insonnia e frequenti sbalzi d'umore. Il nostro eroe fece il viso compunto; aprí la bocca per dire che intendeva andare a trovarla, ma poi pensò che non ne avrebbe avuto il tempo e non disse niente. Mandò a prendere una valigia dove aveva regali per tutti: collane e monili di lavorazione araba, qualche oggetto in legno scolpito e, per sua madre, uno splendido scialle, che – affermò – era appartenuto a una regina degli Arussi. Chi si aspettava di sentirgli raccontare chissà quali avventure rimase deluso, perché anche il giorno successivo, a pranzo, parlò poco e parlò soprattutto del presente, cioè del viaggio che stava facendo da una città all'altra d'Italia per raccogliere adesioni alla Società Geografica Nazionale. Disse che quella vita a cui non era abituato, fatta di feste, balli e pranzi ufficiali, lo stancava piú di qualsiasi spedizione nel deserto o nella foresta equatoriale. Se avesse seguito le sue inclinazioni – confessò – non avrebbe mai intrapreso un viaggio del genere; ma l'attuale capo del governo gli aveva fatto scrivere da un suo collaboratore, qualche mese prima, che per rafforzare la presenza italiana in Africa bisognava anzitutto renderla popolare in Italia, con le conferenze e con i balli: e l'aveva convinto...

«Caro Giacomo, – gli disse il conte Raffaele verso la fine del pranzo, – tu fai onore al nome che porti e al tuo paese, e tua madre e io siamo fieri di te. Ma sei il nostro figlio primogenito, hai piú di trent'anni e noi, i tuoi vecchi genitori, vorremmo che pensassi anche a farti una famiglia e ad avere dei figli. Una vita da scapolo, per quanto straordinaria, è una vita incompleta; non ci hai mai riflettuto?»

Giacomo Pignatelli sorrise. «Nessuna donna europea, – rispose, scuotendo la testa, – accetterebbe di abitare in una tenda, nel deserto somalo o tra i laghi salati e i vulcani della Dancalia; e anch'io, se avessi a fianco una moglie, non potrei continuare a vivere come vivo ora, perché dovrei darle un minimo di comodità e di sicurezza...» Si accorse che il discorso era diventato un po' troppo serio e cercò di rimediare scherzando. «E poi, – chiese a suo padre, – chi ti dice che io già non ce l'abbia, una o piú famiglie? Gli esploratori sono come i marinai, che hanno una fidanzata in ogni porto: una fidanzata nera, una fidanzata color caffelatte, una fidanzata bianca...»

Improvvisamente, la signora Lucia si alzò e uscí dalla stanza. Tutti si guardarono sorpresi, e poi guardarono l'avvocato Alfonso che sembrava stupito come gli altri, ma riuscí a giustificare sua moglie anche in quella circostanza. «Non preoccupatevi, – disse l'avvocato: – non è niente! Da qualche giorno, Lucia soffre di emicranie... Vi prego di scusarla!»

Il gran ballo per la Società Geografica Nazionale si fece nei saloni a pianoterra del palazzo della Prefettura e fu preceduto da una breve conferenza dell'esploratore Giacomo Pignatelli, in divisa da ufficiale della Marina militare italiana e con i gradi di capitano. (Il conte Raffaele, quando lo aveva visto vestito in quel modo, aveva spalancato gli occhi per la sorpresa, e lui allora si era messo a ridere:

«Che credevi? Ho fatto tanti mestieri in questi anni, – gli aveva spiegato, – ma non ho mai smesso di essere un ufficiale!»). Giacomo, che sembrava lui stesso un meticcio, tanto il colore della sua pelle contrastava con il bianco della divisa, parlò dell'Africa come avrebbe potuto parlare di un'amante lontana, sicché molti occhi di molte giovani donne si riempirono di lacrime. Disse che l'Africa era un continente immenso e in parte ancora sconosciuto, in cui si sarebbero decisi i destini delle grandi nazioni europee, e quindi anche quelli dell'Italia. Tutte le ricchezze del mondo erano laggiú, che aspettavano di essere scoperte e sfruttate; e il nuovo secolo che doveva iniziare di lí a pochi anni, il secolo ventesimo, sarebbe stato il secolo dell'Africa. Purtroppo per noi, però, la politica dei nostri governi, fino a quel momento, era stata miope e rinunciataria; l'Inghilterra, la Francia e anche la Germania ci avevano preceduti nell'esplorazione e nella colonizzazione di regioni vastissime: ma ciò che restava era ancora molto. Bisognava che la nuova Italia – disse il capitano Pignatelli – andasse alla conquista dell'Africa con tutte le sue forze, con tutto il suo ingegno, con tutta l'operosità delle sue plebi e con tutto l'ardimento del suo esercito e dei suoi esploratori, che le avrebbero spianato la strada. Le vie del nostro futuro passavano per la Somalia, per la Dancalia, per il Benadir, per le terre abitate dagli infidi popoli abissini; e poi – aggiunse, abbassando la voce – l'Africa era una terra misteriosa e bellissima, e chi aveva avuto la fortuna di addormentarsi ascoltando i suoi mille rumori, chi aveva visto la sua luce e respirato i suoi profumi penetranti, non avrebbe potuto separarsene, mai piú! Era la madre di ogni forma di vita e di ogni civiltà; e si tornava a lei come si ritorna appunto da una madre, sapendo che ci darà tutto ciò di cui abbiamo bisogno...

Terminato il suo discorso, applauditissimo, l'esploratore scese dal palco e si avvicinò all'avvocato Alfonso per chiedergli notizie di donna Lucia: era ancora indisposta? E, per caso, non era offesa con lui? Quella frase che si era lasciato sfuggire qualche ora prima – confessò – sui marinai che hanno una fidanzata in ogni porto, era una sciocchezza, e non avrebbe dovuto assolutamente essere pronunciata davanti alle cugine...

L'avvocato lo interruppe: «Ma ti pare! Lucia è una donna di spirito, e non si offende certamente per cosí poco...» L'espressione di Giacomo, però, rimaneva dubbiosa, e suo zio decise di cambiare tattica. «Ti senti in colpa? – gli chiese. – E allora, se vuoi che ti perdoniamo, devi invitare Orsola per il primo ballo, in modo che tutti possano ammirarla al tuo fianco. Ha già passato i vent'anni, poverina, e nessuno dei nostri giovanotti sembra interessato a sposarla. Voglio che trovi marito questa sera per merito tuo!»

Orsola Pignatelli era la minore delle tre figlie dell'avvocato Alfonso, e nonostante il cugino esploratore, non avrebbe trovato marito nemmeno in quell'occasione. Il destino, contro cui tutti gli sforzi degli uomini sono inutili, aveva già stabilito per lei che rimanesse zitella e che vivesse piú a lungo di tutti i suoi fratelli e cugini: cosí a lungo, da confondere quasi la sua vicenda personale con quella della nostra protagonista. Il capitano Giacomo, in ogni modo, andò a cercarla: si inchinò davanti a lei, facendola arrossire, la prese per mano e la condusse nel centro della grande sala sfavillante di luci, mentre i giovanotti in abito da sera o in divisa da ufficiali andavano ancora attorno a prenotare per i balli, come allora si usava, soprattutto due tipi di ragazze: le ragazze piú ricche e le ragazze piú belle...

Rimasto solo, l'avvocato fece cenno a un cameriere che gli portasse una coppa di champagne. Da qualche anno non aveva piú incarichi politici e diceva di essersi liberato di un peso, e di stare meglio; ma, in realtà, ne soffriva. Gli elettori della città alta avevano mandato in Parlamento al suo posto un uomo di soli trent'anni, il dottor Cesare Rossi: che aveva saputo far leva sulle loro paure e gli aveva promesso una scelta di campo cosí netta, da non lasciar spazio al minimo equivoco. («O con noi, o con la canaglia! O con la patria, o con i socialisti traditori della patria!»). Ormai, per fare politica, bisognava odiarsi; e lui, Alfonso Pignatelli, non era piú all'altezza dei tempi. Quando l'orchestra attaccò il ritmo di un galop e i giovanotti e le ragazze che erano lí attorno incominciarono a saltellare tutti insieme, muovendo le gambe e le braccia come burattini e continuando a sorridersi, l'avvocato Alfonso si voltò per andare in un'altra sala; ma gli accadde un fatto curioso e anche un poco inquietante. Vide uno sconosciuto con i capelli bianchi e le guance flaccide che, muovendosi sbadatamente, gli veniva addosso; fece l'atto di scansarlo e le sue dita incontrarono la superficie liscia e fredda di una specchiera. Si guardò con commiserazione. «Per la prima volta nella mia vita, – pensò, – mi sono visto come mi vedono gli altri, e non mi sono piaciuto...»

Sentí una voce alle sue spalle: «Caro zio!» Quella voce, inconfondibile e sgradevole, apparteneva a suo nipote Costanzo Pignatelli, che da quando si era laureato lavorava nel suo studio come suo aiutante ma in realtà – pensò l'avvocato Alfonso – si stava esercitando a prendergli il posto e i clienti. («Forse è per questo che mi è antipatico... Chissà! Io, però, credo che mi sarebbe antipatico comunque»). Il dottor Costanzo doveva sposarsi entro pochi mesi; e il motivo per cui era ritornato a cercare lo zio avvocato dopo averlo visto tutto il giorno in ufficio era, appunto, che voleva presentargli la sua fidanzata:

«La signorina Allegra Perrone... Forse ti ricordi di lei: l'hai già conosciuta!»

Alfonso Pignatelli si chinò per baciare la mano della signorina Allegra. «Se devo essere sincero, – rispose al nipote, – io mi ricordo di una ragazzetta con le trecce bionde e le lentiggini, che veniva in casa nostra a fare i compiti di scuola insieme a mia figlia Orsola; e però non credo che avrei saputo riconoscerla in questa bella signora che mi stai presentando... Ti faccio le mie congratulazioni, Costanzo: sei un uomo fortunato!»

Effettivamente, Allegra era molto bella; ma nonostante ciò che potrebbe far pensare il nome, la sua bellezza non aveva in sé niente di troppo vivace, e il suo sorriso era un sorriso a bocca chiusa, come quello della Gioconda di Leonardo da Vinci. Tutt'al contrario del fidanzato, il dottor Costanzo Pignatelli: che aveva la bocca sempre aperta e un po' troppo piena di denti... Quando suo nipote era bambino – ricordò l'avvocato Alfonso – i compagni di scuola, per prenderlo in giro, gli dicevano: «Chiudi la bocca, altrimenti ci entrano le mosche!»

«Sí, – rispose Costanzo: – sono fortunato. Allegra è bellissima, ed è anche una ragazza con tante buone qualità, che dipinge, suona il pianoforte e conosce due lingue straniere. Ha un solo difetto: in politica, ha idee un po' troppo democratiche, come te, ma io spero di essere ancora in tempo a fargliele cambiare!»

I fidanzati si allontanarono, sorridendo ognuno alla sua maniera; e il nostro avvocato tornò a voltarsi verso il salone scintillante di luci e addobbato di bandiere dove le coppie, adesso, si muovevano seguendo l'andamento di un valzer. Quel turbinio di capelli biondi e di baffi neri, di taffettà e di giacche a coda di rondine, di spalle nude e di spalline dorate, quell'esibizione di salute, di forza, di galanteria e di spavalderia gli fecero tornare alla memoria, per contrasto, l'immagine di sé che aveva visto riflessa nello specchio pochi minuti prima, con il doppio mento e i capelli bianchi. Pensò che il suo tempo stava veramente finendo. In quella grande sala, le uniche persone della sua stessa età erano le dame cariche di rughe e di gioielli che si erano messe a «fare tappezzeria» attorno alle pareti e spiavano le figlie e le nipoti con la scusa di sorvegliarle, cercavano inutilmente di rivivere in loro... Le generazioni si incalzano nel mondo – pensò l'avvocato Alfonso – come si incalzano i piedi dei ballerini seguendo le note del valzer; e ogni generazione riempie il suo presente con quei sogni, che le appartengono di diritto e che lei sola è destinata a sognare. La Società Geografica Nazionale, l'espansione in Africa, la repressione della canaglia socialista... Erano queste le cose che il futuro riservava a quelle coppie di giovani cosí aggressive nella loro bellezza, cosí vive, oltre – s'intende – al privilegio di continuare a camminare nelle strade della sua città quando lui non ci avrebbe piú camminato, e di veder sorgere e tramontare il sole quando lui non lo avrebbe piú visto? Forse è un bene – si disse il nostro personaggio – che la vita umana abbia un termine, e che, quando abbiamo finito di sognare tutti i nostri sogni, arrivi una mano pietosa a toglierci da un'epoca che non è piú la nostra epoca. Forse la morte è davvero necessaria; e si sorprese di fare quei pensieri, e di farli in quel luogo, dove il passato e la morte sembravano non dover nemmeno esistere. Pochi metri piú in là – già s'era mosso per andarci – c'erano sale e salotti pieni di uomini del suo tempo, che fumavano e giocavano a carte e tenevano certi discorsi tra di loro, come se avessero dovuto continuare a vivere per altri mille anni. Bisognava raggiungerli; ma la prospettiva di trascorrere il resto della serata conversando con delle persone che in pratica erano già defunte, e di dover sopportare per giunta il puzzo dei loro sigari, lo faceva indugiare tra quei giovani e quelle ragazze che erano i nuovi padroni del mondo, e ancora non se ne rendevano conto...

«Guardi Orsola? L'ho lasciata in buone mani!»

I pensieri di Alfonso Pignatelli, dopo aver indugiato a lungo sui confini della morte e del nulla, ritornarono nel presente, e i suoi occhi si rivolsero verso il nipote esploratore che gli stava parlando. «L'ufficiale che vedi con Orsola, – disse Giacomo, accompagnando le parole con un cenno del viso e del braccio, – mi ha chiesto con molta buona grazia di prendere il mio posto, e io, con altrettanta buona grazia, gliel'ho ceduto». Confessò: «Il fatto è, caro zio, che sono un ballerino mediocre, e che in Africa non ho avuto molte occasioni per migliorare. Ti prego di scusarmi».

L'avvocato Alfonso guardò nella direzione che gli era stata indicata e non poté fare a meno di sorridere: «Congratulazioni! L'hai lasciata con il tenente Malvezzi! Quell'uomo, – si sentí poi in dovere di spiegare al nipote, – è un bellimbusto venuto da chissà dove, che ha fatto la corte a tutte le nostre ragazze in età da marito, e grazie al cielo non ne sposerà nessuna. Il suo vero interesse, stando a ciò che si dice in giro, è per certe anziane signore che pagherebbero i suoi favori non so come, in regali o forse addirittura in denaro...» Prese sottobraccio Giacomo e si avviò con lui verso le sale interne del palazzo. «Che impressione ti ha fatto, – gli chiese, cambiando discorso, – ritornare nella tua città, dopo tanti anni che sei stato via? E la gente, ti è sembrata migliore o peggiore di come la ricordavi?»

L'esploratore scosse la testa. «A dire il vero – confessò dopo un momento di silenzio, – l'unica emozione di tornare l'ho provata in treno, quando ho visto da lontano la nostra casa... Non so perché, ma mi si sono riempiti gli occhi di lacrime! Tutto il resto è come lo ricordavo e come già avevo avuto modo di rivederlo nelle città dove sono stato prima di venire qui. Anche la gente, sissignore; anche le persone che ho conosciuto stasera prima della conferenza. Dappertutto c'è un deputato come l'onorevole Rossi, che dice che bisogna schiacciare la canaglia; dappertutto c'è un sindaco come l'avvocato Mazza, che vuole investire un po' di soldi in una società di navigazione tra l'Italia e l'Africa, perché pensa che farà chissà quali guadagni; dappertutto c'è un tenente Malvezzi che corteggia ai balli le ragazze da marito, e poi frequenta le vedove...» Si fermò, e anche suo zio dovette fermarsi. «In tutta Italia, – gli disse, – anzi probabilmente in tutta Europa, ci sono medici e avvocati uguali a questi che ci sono qui, e abitudini simili alle vostre: il passeggio a una certa ora, il caffè, i balli... È la cosiddetta civiltà, che dovrebbe farmi sentire a casa e invece mi fa sentire fuori posto, come se non fossi nato e vissuto in questi luoghi, ma ci venissi da forestiero... Tra qualche settimana, quando sarò di nuovo in Africa, starò meglio!»

12.

Garibaldi si sposa

La prima volta che Garibaldi Perotti abbracciò la maestra Graneri e la baciò, con un gesto di familiarità che gli sembrò subito sconveniente ed eccessivo («Signoreiddio, cosa sto facendo... Sono diventato matto?»), pensò che lei lo avrebbe punito togliendogli quell'amicizia di cui si era dimostrato indegno. Cercò di scusarsi; ma era talmente imbarazzato che non trovò le parole adatte. La maestra Graneri chiuse gli occhi e restò immobile per alcuni secondi; quando li riaprí disse in tono neutro, come se si fosse trattato di qualcosa che non riguardava lei, ma un'altra persona:

«Ci conosciamo da cosí tanto tempo, ormai, che credevo non l'avresti piú fatto».

Quel primo passo aiutò entrambi a capire che dietro il loro essere «compagni» c'era qualcos'altro che li faceva sentire a loro agio quando stavano insieme, e che quel qualcos'altro aveva tardato fin troppo a manifestarsi. La via dell'amore, però, era ancora lunga; e per percorrerla fino in fondo, i nostri personaggi dovevano vincere non pochi pudori e non pochi dubbi. La maestra Graneri – già abbiamo avuto modo di dirlo – era di qualche anno piú anziana di Garibaldi, e non aveva mai ceduto prima d'allora alle lusinghe di un uomo; nemmeno a quelle del suo ex fidanzato Alfredo Fantuzzi, che non a caso l'aveva piantata. Ora però anche lei era decisa ad arrendersi: e si arrese, per quanto Garibaldi poté capire, con rassegnazione piú che con trasporto (il trasporto – disse – sarebbe venuto col tempo), ma soprattutto con piena fiducia che, alla fine, il loro amore sarebbe stato legalizzato. Si sarebbero sposati! L'atto successivo alla resa, infatti, fu il discorso di matrimonio. La signorina Graneri – anzi, no: Rita, perché Garibaldi ormai la chiamava con il solo nome di battesimo, mentre lei avrebbe continuato a chiamarlo Perotti finché fossero vissuti – espose al suo futuro marito ciò che pensava dello sposarsi in generale, e delle loro nozze in particolare; e dai discorsi che fece si capí che, se anche non aveva mai mostrato un particolare interesse per quell'argomento, piú adatto a una signorina borghese che a una socialista, in realtà doveva averci riflettuto parecchio, come tutte le donne...

«I fidanzamenti troppo lunghi, – disse Rita, – sono fatti per i ricchi, che devono mettere d'accordo le rispettive famiglie sulle questioni di denaro, e per chi ha tempo da perdere. Noi non abbiamo tempo da perdere né interessi da tenere divisi, sicché la cosa migliore che possiamo fare è sposarci subito. Inoltre, come forse sai, io ho compiuto trent'anni lo scorso mese di febbraio, e siccome penso e credo di poter avere ancora dei figli, non voglio che la gente mi scambi per la loro nonna. Dobbiamo sbrigarci!»

Garibaldi rispose che non aveva niente in contrario a sposarsi subito, e che ne avrebbe parlato con suo padre. (La Giblon – ci eravamo dimenticati di dirlo – se ne era andata in punta di piedi già da un paio d'inverni, portata via da una polmonite). Gliene parlò quella sera stessa, dopo cena; gli disse che aveva qualcosa di importante da comunicargli, e che per favore si sedesse ad ascoltarlo, invece di andare al caffè come faceva sempre! Costantino, quando capí di cosa si trattava, si commosse, e salí in camera da letto per prendere il facsimile del telegramma da Caprera, che aveva fatto mettere in una cornice di legno dorato e che gli ricordava il suo matrimonio con la Giblon. Non attribuí alcuna importanza alle preoccupazioni del figlio: che, nonostante ciò che aveva detto alla maestra Graneri, era terrorizzato dall'idea di sposarsi. Ora che aveva sperimentato l'aspetto, per cosí dire, romantico di tutta la faccenda, Garibaldi aveva paura delle responsabilità che si sarebbe dovuto assumere con il matrimonio e sperava che suo padre lo invitasse a riflettere, a essere cauto, a mettere da parte un po' di quattrini prima di decidersi al gran passo; ma il vecchio garibaldino non era uomo da dare quel genere di consigli. «Sono cose che ognuno deve risolvere per suo conto, – ripeteva. – Nessuno al mondo, nemmeno i genitori, ha il diritto di intromettersi tra due fidanzati. Io la penso cosí, e non ho nient'altro da dirti!»

«È una donna istruita, una maestra, – diceva Garibaldi Perotti. – Però ha cinque anni piú di me, e non ha il becco di un quattrino, proprio come me...»

«Se la vuoi sposala e se non la vuoi non sposarla, – ripeteva il padre. – È inutile stare tanto ad almanaccare! In queste cose, ricordatene, chi cerca la perfezione trova spesso la dannazione... Cosa ti importa dei consigli degli altri? Cerca di capire quello che vuoi fare tu!»

«Va bene, – disse Garibaldi Perotti. – Io me la sposo: ma poi, dove andiamo a vivere? Di soldi per pagare un affitto non ce ne sono, e se nascono dei figli non possiamo mica darli a qualcun altro, perché li mantenga al posto nostro...»

Il problema vero erano i soldi. Anche se il vecchio tipografo Merlo, loro socio, aveva avuto la buona idea di togliere il disturbo andando a vivere in un ospizio per poveri, e non gli chiedeva piú niente, il guadagno settimanale dei fratelli Perotti era ormai prossimo allo zero. Il socialismo si era rivelato un pessimo affare. «La Scintilla» non si stampava piú: Fantuzzi era stato processato in corte d'assise e condannato per un numero inverosimile di reati, a un numero altrettanto inverosimile di anni di galera; e dopo di lui era finito in galera anche un compagno del «coordinamento nazionale» che aveva fatto il direttore per due sole settimane, prima che il giornale chiudesse. Da un giorno all'altro, nella città di fronte alle montagne e in tutta Italia, le prigioni si erano riempite di socialisti. Il delegato Tinebra – quello che per parlare con qualcuno doveva toccarlo –

era stato trasferito in una città del Sud, e il suo posto era stato preso da un certo cavalier Fusero che non mandava a sequestrare il giornale in tipografia perché preferiva sequestrarlo quando già era in vendita, cosí poteva arrestare tutti: i venditori, gli autori degli articoli e perfino i tipografi. Garibaldi e Mazzini Perotti erano stati in prigione, sia pure soltanto per pochi giorni, ed erano diventati «pregiudicati»; la maestra Graneri era «ammonita» – cioè, in pratica, sottoposta alla vigilanza dell'autorità di pubblica sicurezza – e aveva dovuto lasciare il posto di insegnante nella scuola pubblica. Sopravviveva dando lezioni private a domicilio, e aveva scritto una supplica al prefetto chiedendogli la revoca dell'ammonizione; ma non aveva avuto risposta. In tipografia, ogni pochi giorni arrivavano i poliziotti e buttavano tutto all'aria senza cercare niente, soltanto per il gusto di fare danni. I nostri fratelli erano esasperati; ma le loro reazioni ai soprusi erano diverse, cosí come erano diversi i loro caratteri. Garibaldi pensava che non avesse piú senso andare avanti in quel modo e che fosse meglio lasciar perdere la politica, anche se non c'erano leggi specifiche che vietavano ai tipografi di stampare manifesti o altro materiale di propaganda, per qualsiasi partito; Mazzini, invece, diceva che preferiva morire piuttosto che cedere alla prepotenza degli sbirri, e all'ingiustizia di chi stava al governo. Si lamentava che i socialisti fossero disorganizzati e che non pensassero ad armarsi. Lo scontro di classe – ripeteva – era inevitabile. Bisognava prepararsi a combattere, e a fare davvero quella rivoluzione, giusta e santa, che avrebbe posto fine alle loro sofferenze e alle loro miserie...

«E se andassimo in America? – domandò un giorno Garibaldi alla Rita. – Ci van tanti! Qualche cosa da fare la troveremo anche noi, e comunque vivremo certamente meglio laggiú, nel nuovo mondo, che non in questo vecchio mondo dove ormai siamo in troppi... Anche Mazzini starà meglio, se non dovrà dividere quel poco che guadagna con un fratello ammogliato».

Alla maestra Graneri l'idea parve buona. Tanto piú – disse – che lei in America aveva un'amica. Una sua compagna di collegio, qualche anno prima, era scappata di casa con un musicista ed era andata a concludere il suo romanzo d'amore a Buenos Aires, dove il musicista era diventato ricco e famoso... Rita, dunque, scrisse all'amica in Argentina, e dopo circa tre mesi ricevette una lettera di sei pagine che le raccontava il seguito del romanzo o, per meglio dire, le forniva il riassunto di una vicenda che se fosse stata adeguatamente sviluppata avrebbe potuto comparire a puntate, come allora si usava, in fondo a un giornale, e sarebbe andata avanti per mesi o addirittura per anni! Gli ingredienti del romanzo d'appendice c'erano tutti: l'abbandono da parte del musicista, il primo figlio, il nuovo amore, il tentato suicidio, la prigione e il *café chantant*, che era una variante un po' meno rozza del bordello, il secondo figlio... Finché un giorno – diceva l'amica – nel buio della sua vita era arrivata una lettera: la lettera della maestra Graneri, e quella lettera aveva fatto rinascere, nel suo cuore, la speranza di tornare in Italia! Se Rita le avesse mandato, naturalmente in prestito, i soldi del viaggio...

Garibaldi si fece una risata. «Questa tua amica, – disse alla donna che doveva diventare sua moglie, – o è davvero molto disgraziata, o è molto furba! In ogni caso, sarà meglio che ci dimentichiamo di lei»; e stracciò la lettera.

I preparativi dei nostri fidanzati per trasferirsi di là dell'oceano erano a buon punto; e le organizzazioni operaie di cui «La Scintilla», finché s'era potuta stampare, era stata il giornale, avevano fornito al tipografo Garibaldi Perotti molti nomi e molti indirizzi di compagni a cui lui avrebbe potuto rivolgersi una volta arrivato in Argentina. Ma anche senza quegli indirizzi – gli era stato detto – avrebbe trovato casa e lavoro. Buenos Aires era una città di emigranti e di italiani, dove la nostra lingua si sentiva parlare in ogni strada, e dove ad accogliere i nostri piroscafi nel porto c'era sempre una piccola folla di «paesani», che venivano a salutare i nuovi arrivati...

Prima di partire, però, bisognava sposarsi; e qui sorsero nuove difficoltà, apparentemente insormontabili, per mettere d'accordo i genitori degli sposi. La signora Edvige, madre di Rita Graneri, proclamò che non avrebbe mai consentito a dare la sua benedizione agli sposi se il loro matrimonio non fosse stato un matrimonio tra cristiani, celebrato in chiesa da un sacerdote, e se lei personalmente non avesse avuto la consolazione di accompagnare sua figlia all'altare! Ci furono discussioni a non finire, in casa Graneri, e furono versate anche delle lacrime, che però non commossero l'anziana signora. Il padre dello sposo, invece, il portinaio Costantino Perotti, ripeté a Garibaldi che non gli proibiva niente e che non aveva nessuna autorità da far valere su di lui, in qualsiasi circostanza e tanto meno in quella: si sposasse con chi voleva e dove voleva, ma non si aspettasse di avere suo padre presente alla cerimonia, se le nozze si facevano in chiesa! Lui, Costantino, non era entrato in chiesa nemmeno ai funerali della povera Giblon, che i fratelli e la madre della defunta avevano voluto far celebrare dal prete, e non ci sarebbe entrato per nessun motivo al mondo, né da vivo né da morto... Gridava: «I preti sono come gli avvoltoi, cercano i cadaveri; ma con me, i loro trucchi non funzioneranno!»

Quando il portinaio arrivava a parlare di preti e di cadaveri, Garibaldi cercava di fermarlo: «Sí, lo so... Per favore adesso non tirare fuori il testamento!» Di solito, però, era troppo tardi e non c'era piú niente da fare. Costantino aveva già preso nella tasca interna della giubba un foglio piegato in quattro, unto e bisunto, su cui aveva trascritto alcune frasi del testamento di Giuseppe Garibaldi che erano apparse sui giornali dopo la morte dell'eroe, e che avevano riscosso la sua piena approvazione. («Le ultime volontà del Generale, – aveva detto ai suoi figli, – sono anche le mie volontà, e voi dovrete rispettarle quando sarò morto!»).

Apriva il foglio con molta cautela, badando a che non si lacerasse nelle piegature, e poi, dopo aver inforcato gli occhiali che portava appesi a un bottone della giubba, leggeva ad alta voce ciò che lui stesso aveva trascritto, immedesimandosi nella lettura con grandi gesti delle braccia e del viso. Declamava:

«Siccome negli ultimi momenti della creatura umana il prete, approfittando dello stato spossato in cui si trova il moribondo, s'inoltra e mettendo in opera ogni turpe stratagemma, propaga con l'impostura in cui è maestro, che il defunto compí, pentendosi delle sue credenze passate, ai suoi doveri di cattolico... io dichiaro che, trovandomi in piena ragione oggi, non voglio accettare in nessun tempo il ministero odioso, disprezzevole e scellerato d'un prete, che considero atroce nemico dell'umanità e degli italiani». Piegava il foglio e domandava a suo figlio: «Ecco, hai capito?»

«Ho capito che siete tutti matti, – rispondeva Garibaldi Perotti. – L'ho capito cosí bene, che vi lascio dove siete e me ne vado in America!»

Se il matrimonio si fosse dovuto fare soltanto con gli sposi, il problema non sarebbe esistito: Garibaldi, infatti, avrebbe anche accettato di sposarsi in chiesa, e Rita Graneri non avrebbe certamente rischiato di perdere il marito per una messa, lei che amava definirsi «credente ma non praticante»! Ma il matrimonio vero e difficile, come spesso succede, era quello tra i genitori. Pensa e ripensa, i nostri fidanzati decisero di risolvere la questione nel piú semplice e razionale dei modi. Si sarebbero sposati in municipio con i parenti di lui, e poi in chiesa con la madre di lei, in due giorni diversi e rinunciando al pranzo di gala e agli altri festeggiamenti, per cui, del resto, non avevano soldi... Tutti avrebbero vinto, almeno un poco, e tutti avrebbero potuto partecipare alla cerimonia delle loro nozze. Sicuri di aver trovato la soluzione del problema, Garibaldi e Rita andarono dal parroco del quartiere «dei ladri e degli assassini», dove abitava la maestra Graneri; gli chiesero di stabilire una data per il loro matrimonio e scoprirono che sarebbe stato piú facile per il cammello dei Vangeli passare attraverso la cruna di un ago, che per loro due arrivare a sposarsi in una chiesa. La cruna dell'ago, nel loro caso, erano i documenti. Occorrevano – gli disse il prete – i certificati di battesimo, e poi anche quelli della cresima, e la dichiarazione del parroco della parrocchia dello sposo (che Garibaldi non sapeva nemmeno quale fosse, ma che certamente era quella della basilica del Santo) di avere annunciate le sue nozze dal pulpito, senza che venissero sollevate obiezioni...

La maestra si sentí morire. «Garibaldi, – disse al prete, – non è nemmeno battezzato. Come faremo ad avere tutti i documenti che lei ci sta chiedendo, e a sposarci prima di partire per l'America? Per favore, ci aiuti!»

«Ci vorrà pazienza, figlia mia, ci vorrà pazienza!», le rispose il parroco. Era un uomo di circa sessant'anni, grasso e placido, che quando aveva aperto la porta e si era trovato davanti quei due scomunicati aveva fatto una smorfia di disappunto («Cosa vorranno, da me: convertirmi al socialismo?»), e adesso invece sorrideva, si fregava le mani, sembrava proprio contento che anche i socialisti avessero bisogno di lui per sposarsi, e che lui potesse dettargli le sue condizioni! «Anche tu, – disse alla maestra, – non puoi certamente definirti una buona cristiana, ma almeno almeno sei battezzata! Ora però l'importante è non avere fretta. Questo giovanotto che sostiene di amarti dovrà dimostrarlo entrando a far parte della nostra Chiesa attraverso il sacramento del battesimo. Gli daremo il nome di un santo, come è giusto che abbia...»

«Io mi chiamo Garibaldi, – disse Garibaldi Perotti. – È il nome che mi hanno dato i miei genitori, e lo porto da venticinque anni. Non intendo cambiarlo!»

«... e poi, con la santa comunione e con la cresima, anche lui diventerà un soldato di Cristo, – disse il prete, continuando a sorridere e a fregarsi le mani. – Naturalmente non sono cose che si fanno in un giorno. Ci vorranno parecchi mesi, un anno almeno... ma ne vale la pena! Tanto, l'America non scappa. E tu, figliola, potrai approfittare di questo tempo prima della vostra partenza per tornare a frequentare la parrocchia e la chiesa, e per fortificarti in quella fede, che avevi quasi smarrita...» *lost*

Garibaldi e Rita Perotti si sposarono con il solo rito civile, avendo verificato l'impossibilità di sposarsi anche con quello religioso, nel mese di ottobre: mentre le foglie dei platani, sul viale dei bastioni davanti alla casa, avevano già incominciato a ingiallire e a staccarsi. Partirono dopo pochi giorni con il treno per Genova, e quando arrivarono di là dall'oceano trovarono gli alberi fioriti: era primavera! Garibaldi ne fu commosso; e, pur rendendosi conto che quel salto di stagione apparteneva all'ordine delle cose naturali, e che non era stato causato dalla sua venuta, lo interpretò come un buon augurio. Trovò lavoro in una tipografia e lui e Rita ebbero quattro figli, tutti maschi, che appena furono adulti si sposarono e misero al mondo a loro volta altri figli, sicché la storia della loro famiglia è ormai strettamente intrecciata con le vicende di quel grande paese di cui i Perotti sono cittadini da un secolo, cioè dell'Argentina. Ci sono stati dei Perotti allevatori di bestiame, dei Perotti commercianti, dei Perotti pompieri; e poi ancora hanno portato questo cognome due insegnanti, un marinaio, una suora, un tecnico di macchine calcolatrici, un impiegato di banca... Un Perotti è arrivato a essere ambasciatore, e un altro è stato un sindacalista di un certo rilievo. Il figlio del sindacalista, che si chiamava con un nome simile a quello del bisnonno, Garibaldo, è scomparso all'epoca della dittatura militare e nessuno mai ha potuto sapere dove fosse finito il suo corpo. (Gli oppositori di quel regime – dicono gli storici – venivano buttati in mare con gli aerei, o messi nel cemento dei nuovi edifici, o disintegrati con gli acidi). E c'è stato anche un Perotti della quarta generazione, caporale dell'esercito, morto all'epoca della guerra che si combatté contro gli inglesi per un gruppo di scogli disabitati: le Malvinas...

recent history of Argentina & the Perottis part in it.

13.
Il Re della lue

Costantino Perotti visse a lungo, fin oltre gli ottant'anni; ed era ancora vivo e apparentemente in buona salute quando un funzionario della Prefettura andò a prelevarlo nella «Casa di riposo» in cui viveva, a pochi chilometri dalla città di fronte alle montagne, e lo accompagnò in automobile fino a Bergamo: dove lo aspettavano altri ventotto vegliardi come lui, raccattati qua e là per l'Italia, che dovevano posare per la foto ricordo dei garibaldini superstiti nel sessantesimo anniversario dell'impresa dei Mille. In quella foto – pubblicata dai giornali dell'epoca – Costantino sorride, apparentemente felice: e chissà se aveva ancora, nella tasca interna della giacca, il foglio sbrindellato con il testamento del Generale! Chissà se poi quando morí, di lí a pochi mesi, gli furono fatti i funerali in chiesa, come tutto lascia supporre, o se le sue volontà vennero rispettate! L'unica cosa certa è che il personaggio che noi conosciamo, e di cui abbiamo raccontato alcune vicende, aveva cessato di esistere molto tempo prima che venisse scattata quella fotografia: forse, quando aveva dovuto lasciare il posto di custode della nostra protagonista perché la testa non gli funzionava piú tanto bene, o prima ancora, quando suo figlio Mazzini era scomparso nella «grande sommossa»... Questo fatto, cioè la scomparsa di Mazzini, era accaduto l'anno successivo a quello della partenza per l'America di Garibaldi e della maestra Graneri. Mazzini Perotti era stato visto per l'ultima volta un giovedí del mese di maggio, mentre andava alla stazione ferroviaria con due pacchi di manifesti che dovevano essere consegnati ai compagni di Milano, e aveva detto a suo padre che sarebbe ritornato quella sera stessa; ma non era tornato. Erano trascorse le giornate di venerdí, di sabato e poi anche quella di domenica, in cui le notizie si erano susseguite nella grande pianura come le onde di un mare in tempesta; e qualcuna di quelle notizie – portate, oltre che dai giornali, anche dai viaggiatori e dalle chiacchiere della gente – era arrivata a frangersi contro i bastioni della nostra città, ed era rimbalzata fin dentro la casa. A Milano – dicevano le notizie – la canaglia era insorta. Migliaia di sovversivi armati di spranghe di ferro, di catene, di mazze, di coltelli, erano usciti dalle fabbriche e dalle case dei quartieri operai, neri come diavoli a causa del fumo e della loro personale sporcizia, per avventarsi contro le vetrine scintillanti di luci delle strade del centro, e contro la città dei signori: uccidendo, saccheggiando, stuprando e compiendo ogni genere di violenza. Per dargli manforte, e per partecipare al saccheggio, erano arrivati da Pavia molti studenti universitari con rivoltelle e fucili; la bandiera rossa della rivoluzione era stata vista sventolare sopra il duomo e sopra i principali edifici pubblici, e la città era stata data per persa; ma poi – dicevano i giornali – le forze dell'ordine si erano riorganizzate, ed erano passate al contrattacco. In loro aiuto era stato mobilitato l'esercito; reparti di fanteria, di cavalleria e di artiglieria in assetto di guerra continuavano ad arrivare nelle stazioni con i treni speciali, e andavano ad aggiungersi alle truppe già impegnate nella repressione della grande sommossa, e agli eroici carabinieri del Re: che, soli, avevano osato contrastare la canaglia fino dal suo primo insorgere, compiendo innumerevoli atti di valore e lasciando al suolo diecine di morti...

Dopo tre giorni d'attesa, il quarto giorno Costantino aveva deciso di andare a Milano a cercare suo figlio; e ne era tornato – dicevano gli abitanti della casa – con la mente già in parte sconvolta. (Anche il racconto che aveva poi fatto di quell'avventura negli anni successivi, finché era rimasto in portineria, appariva confuso e poco credibile). Era partito lunedí nel primo pomeriggio ed era arrivato alla stazione di Porta Nuova con il buio, perché il treno su cui viaggiava si era dovuto fermare molte volte in aperta campagna. In stazione, il nostro custode era stato interrogato da un poliziotto che gli aveva chiesto chi era e perché aveva sentito il bisogno di venire a Milano proprio in quei giorni. Non lo sapeva che c'era stata una sommossa – gli aveva detto quello sbirro in tono di rimprovero – e che era stato decretato lo stato d'assedio?

«Da giovedí scorso non ho piú notizie di mio figlio, – aveva risposto Costantino. – Era venuto a consegnare della merce e da allora è scomparso. Sono qui per cercarlo».

Il poliziotto aveva scosso la testa. «Questa notte non cercherete nessuno. Dormirete in stazione». Gli aveva fatto cenno di andarsene; poi lo aveva richiamato, e aveva indicato il fazzoletto che lui portava al collo. «Se davvero volete trovare vostro figlio, – aveva detto, – toglietevi di dosso quel pezzo di stoffa e mettetelo via. Con il rosso, in questi giorni, si fa poca strada!»

La sala d'aspetto di terza classe – raccontava il portinaio, ogni volta che lo facevano parlare della grande sommossa – era piena di madri e di mogli che erano venute in città per cercare i loro uomini ed erano state tenute lí dalla polizia, in attesa che venisse tolto lo stato d'assedio. Molte di loro si trovavano in stazione da venerdí sera o dalla mattina di sabato e avevano spiegato al nuovo venuto come si viveva in quel posto, mangiando la minestra dell'esercito e vedendo arrivare ogni cinque o sei ore un treno carico di soldati, con tutto ciò che serve ai soldati per fare la guerra: le armi, naturalmente, ma anche le cucine da campo, le tende, i muli, i rotoli di filo spinato, i posti di medicazione e cosí via. Avevano sentito – dissero – la fucileria e i colpi di cannone, e non avevano potuto fare altro che mettersi in ginocchio e pregare Dio, perché proteggesse i loro figli e i loro mariti! Ora però sembrava che la sommossa fosse finita; e già quel pomeriggio di lunedí gli ufficiali gli avevano promesso che le avrebbero fatte accompagnare in piazza Duomo, dove c'erano gli elenchi dei feriti ricoverati negli ospedali: ma poi l'ordine di accompagnarle non era arrivato. Il portinaio, dunque, aveva dormito su una panca della sala d'aspetto e la mattina del giorno successivo era stato fatto salire insieme alle donne e agli altri uomini che erano in stazione su un vecchissimo omnibus, ed era stato scortato verso il duomo da una pattuglia di lancieri a cavallo. Aveva visto soldati dappertutto, e posti di blocco; le rotaie del tram qua e là apparivano divelte; alcune vetture erano scaraventate tra le case, come i giocattoli di un bambino che ha fatto i capricci; e ce n'era perfino una conficcata in un canale, che emergeva dall'acqua limacciosa e non molto profonda. Passato il ponte sul canale, c'erano delle macchie scure per terra, e Costantino diceva ogni volta che lui probabilmente non se ne sarebbe nemmeno accorto, se le bocche delle donne che erano sull'omnibus non si fossero aperte a un'esclamazione di orrore, e se le loro mani non si fossero alzate a coprire il viso:

«È sangue! È sangue! E ce n'è dell'altro, laggiú in fondo alla strada!»

Tutte le saracinesche erano abbassate e tutte le insegne dei negozi erano intatte: dunque, non c'era stato nessun saccheggio! In piazza Scala si erano visti i primi cannoni: erano due, con gli artiglieri attorno che ridevano e bevevano, passandosi di mano in mano il fiasco del vino. In piazza Duomo i passeggeri dell'omnibus erano stati fatti scendere e avevano proseguito a piedi verso l'Arcivescovado, dov'erano esposti in una bacheca gli elenchi dei feriti e degli arrestati, e dove già si era riunita una folla di persone che si sgomitavano, cercando i nomi dei loro congiunti. Stretto in quella folla, tra donne che svenivano e uomini che promettevano, bestemmiando, impossibili rivincite, anche Costantino era riuscito ad avvicinarsi agli elenchi; ma il nome di suo figlio non era scritto da nessuna parte. Allora era uscito dalla folla. Lentamente – diceva – perché le gambe tutt'a un tratto gli erano diventate così molli che facevano fatica a reggerlo, era tornato verso il centro della piazza. Aveva oltrepassato una lunga fila di soldati che aspettavano la paga di quei giorni, e si era avvicinato a una tenda sormontata da una bandiera, che doveva essere un posto di comando. La sentinella davanti alla tenda lo aveva fermato mettendogli la baionetta sul petto; un ufficiale che stava uscendo proprio in quel momento lo aveva guardato distrattamente: «Cosa vuoi?»

«Enrico! – aveva esclamato Costantino. – Enrico Ghidini!»

L'ufficiale si era fermato, sorpreso di sentirsi chiamare per nome. Era un uomo già avanti con gli anni, coi capelli grigi e la greca di colonnello sopra il berretto. Aveva spalancato gli occhi per la sorpresa: «Costantino Perotti!»

I due uomini erano rimasti abbracciati per qualche secondo. Poi il colonnello Ghidini aveva afferrato il portinaio per le spalle, gli aveva detto: «Lascia che ti guardi! Quanto tempo è passato da quella mattina di maggio, quando aspettavamo di imbarcarci con Garibaldi per andare in Sicilia? Tu forse non ci crederai, ma in tutti questi anni, ogni volta che ho ripensato a quel giorno e a quell'impresa, mi sono chiesto: chissà dov'è, in questo momento, il mio amico Perotti...»

«Enrico, aiutami, – lo aveva implorato Costantino. – Sto cercando mio figlio. Giovedì scorso era a Milano per affari, e non ha più dato notizie. Cosa devo pensare? Ho visto certe cose, venendo da Porta Nuova fin qui, che mi hanno fatto accapponare la pelle: i cannoni, il sangue per terra... Sangue di italiani!»

Il colonnello Ghidini aveva fatto una smorfia, come se avesse provato dolore a un dente. «Lascia perdere! Adesso pensiamo a tuo figlio». Aveva chiesto: «Sei già stato in Arcivescovado a vedere gli elenchi?» Dall'espressione del viso di Costantino, però, si era reso conto che suo figlio negli elenchi non doveva esserci, ed era rimasto soprappensiero. «C'è anche un'altra possibilità, – gli aveva detto infine, abbassando la voce. – Te la sentiresti di andare a cercarlo tra i morti? Cosí, se non lo trovi, sei sicuro che è vivo...»

Il portinaio, allora, era sceso tra i morti. L'obitorio dell'Ospedale Maggiore – raccontava – era un sotterraneo pieno zeppo di cadaveri che erano arrivati fin lí ammucchiati alla rinfusa nei carri, e che mantenevano nell'atteggiamento e nel viso, come in una fotografia «istantanea» scattata per l'eternità, la loro ultima espressione di vita. C'era chi supplicava, chi gridava, chi guardava stupito qualcosa che doveva essergli apparsa all'improvviso, e che non gli aveva lasciato nemmeno il tempo di voltarsi e scappare... Di fronte a tutti quegli attori inconsapevoli che continuavano a rappresentare la tragedia della loro morte, in quel teatro di ceramica e di marmo, l'ex garibaldino si era sentito vacillare: era stato in guerra, ma non aveva mai visto un simile spettacolo, e non pensava di doverlo vedere da vecchio! Si era inoltrato nel sotterraneo tenendo il fazzoletto premuto sul viso, perché l'aria era irrespirabile. C'erano molti operai con le tute blu intrise di sangue, su quei marmi, ma c'erano anche molte donne con le teste fracassate e le membra scomposte, e anche due bambini che non si capiva cosa avessero potuto farci, in una sommossa... C'erano alcuni borghesi che dovevano essere stati travolti dalle cariche della cavalleria mentre rincasavano, e che lo guardarono sbalorditi: forse – aveva pensato il portinaio – si aspettavano di veder comparire qualcuno dei loro parenti, venuto a chiarire l'equivoco... Gli ultimi morti, per mancanza di spazio, erano stati appoggiati per terra su dei pezzi di tela incerata; nessuno di loro, però, era suo figlio Mazzini. Alla fine del percorso, c'erano delle scale e il nostro portinaio era risalito all'aperto. Aveva visto un uomo vestito di scuro, con gli occhiali, che gli faceva dei segni come se avesse voluto dirgli qualcosa, e aveva pensato che fosse un poliziotto. L'aveva prevenuto:

«Mi ha mandato il colonnello Ghidini per un riconoscimento. Se volete vedere l'autorizzazione, è in portineria».

«Avete trovato la persona che state cercando?», gli aveva chiesto lo sconosciuto. E poi, dopo averlo guardato in viso con attenzione: «Vi sentite bene? Siete cosí pallido!»

Quando arrivava a questo punto del suo racconto, Costantino di solito tirava fuori dal portafogli il biglietto da visita dell'uomo vestito di scuro: che – spiegava a chi lo stava ascoltando – era il dottor Marco Baldàsseri, un medico chirurgo di quell'ospedale. Il dottor Baldàsseri gli aveva detto, senza girarci troppo attorno, di essere un socialista, e gli aveva anche fatto capire di sapere molte cose sui compagni che erano scomparsi in quei giorni. Allora lui gli aveva chiesto se avesse mai sentito nominare suo figlio Mazzini, e gli aveva detto anche il cognome: Mazzini Perotti...

«Il tipografo!», aveva esclamato Baldàsseri. Per un istante, aveva chiuso gli occhi; poi li aveva riaperti e aveva guardato l'uomo che gli stava davanti: «Vi aspettate che sia vivo?»

Costantino aveva scosso la testa e il dottore, allora, lo aveva preso sottobraccio. «Su, venite! Il mio ambulatorio è poco lontano da qui. Vi darò qualcosa che vi farà stare meglio, perché avete proprio un aspetto orribile. Parleremo di vostro figlio e poi, quando vi sentirete un po' piú in forze, tornerete in stazione...»

Si erano arrampicati per le scale in pietra grigia di una casa d'affitto, fino a una porta su cui c'erano scritti il nome del dottore e l'orario delle visite. Baldàsseri l'aveva aperta e aveva fatto entrare l'ospite in una stanza arredata con un lettino di ferro e una scrivania. Gli aveva detto: «Accomodatevi. Vedete? Non ho nemmeno un'anticamera, perché sono un medico dei poveri». Gli aveva chiesto di togliersi la giacca e di mettersi seduto sul lettino e poi, dopo avergli ascoltato il cuore con lo stetoscopio, aveva tirato fuori una siringa da un astuccio di metallo e l'aveva riempita con un liquido scuro. «È soltanto un sedativo, – gli aveva spiegato.

– Non temete! Vi aiuterà a sopportare le cattive notizie... Volete sapere di vostro figlio, com'è morto?»

Costantino aveva fatto segno di sí con la testa.

«Gli abbiamo tolto una pallottola dal petto, – aveva detto il dottore; – ma avremmo anche potuto lasciarla dov'era, tanto ormai non c'era piú niente da fare... È morto sabato. Non so dove sia finito il suo corpo». Aveva preso un giornale che era sulla scrivania e aveva indicato un articolo in prima pagina. «I morti dichiarati dalle autorità sono piú o meno quelli che avete visti all'obitorio, una sessantina, ma nessuno sa quanti sono i morti reali! Nessuno, ancora, è riuscito a scoprire dove sono stati messi i corpi di tanti nostri compagni, vittime innocenti di una repressione insensata...»

Poi Baldàsseri aveva continuato a parlare e Costantino invece aveva smesso di ascoltarlo, perché tutt'a un tratto era diventato leggero. Stava seduto sopra il lettino – raccontava – e gli sembrava di galleggiare sui suoi stessi pensieri, di esserne trasportato come una piuma dal vento... Aveva avuto una famiglia e l'aveva perduta. Era solo al mondo: la Giblon era morta, Garibaldi era andato in Argentina, cioè all'altro mondo, Mazzini era morto... Aveva chiesto: «Com'è iniziata la sommossa? Perché gli operai sono insorti?»

Il dottore, allora, lo aveva guardato scuotendo la testa. «Non c'è stata nessuna sommossa, amico mio! – gli aveva risposto. – Soltanto un corteo di persone che cantavano l'Inno dei lavoratori... Un corteo con donne e bambini: si dice perfino che fosse autorizzato dalla Questura, e la cosa non è affatto improbabile. Un ufficiale gli ha ordinato di stare zitti, e siccome loro continuavano a cantare ha dato l'ordine di spargarli, perché cosí voleva il Re della lue... Voleva che ci fosse un massacro, e il massacro c'è stato!»

«Per quattro giorni, – aveva aggiunto il dottor Baldàsseri dopo un breve silenzio, – una città come Milano, tra le piú civili e progredite del mondo, è stata in balia di un pazzo: il Re della lue! Ma sí che lo conoscete... lo conoscono tutti!» Aveva tirato fuori di tasca una monetina di rame, l'aveva mostrata a Costantino. «Questo che si vede di profilo, – gli aveva spiegato, – e che molti credono sia il Re d'Italia, è il Re della lue, e la sua effigie, anziché sulle monete, dovrebbe essere raffigurata nelle dispense dei corsi di fisiognomica di tutte le università, perché è un vero e proprio campionario di caratteri degenerativi... Non sto parlando come socialista, badate; parlo come medico! Quest'uomo, figlio di un luetico conclamato e di una tisica, è l'estremo prodotto di una razza che ha praticato assiduamente, nel corso dei secoli, l'incesto e il matrimonio tra persone indebolite da tare ereditarie, e il suo viso lo dimostra con assoluta certezza. Le bozze frontali sono piú accentuate del normale, gli occhi sono fissi e dilatati come quelli di un rospo e il mento è quasi inesistente, ma quest'ultima caratteristica è in parte nascosta dall'opera del barbiere...»

Il dottor Baldàsseri – raccontava il portinaio – era poi andato a sedersi dietro la sua scrivania e aveva continuato a parlargli mentre riordinava le carte che erano lí sopra, le leggeva, le riponeva dentro i cassetti; ma si capiva che, ormai, stava parlando a se stesso. «Abbiamo vissuto il delirio di un pazzo, – si diceva. – L'annientamento del socialismo! Tutti i luetici all'ultimo stadio del morbo hanno un'idea ossessiva che domina sulle altre, e quella del Re della lue è che la sua dinastia di tarati e di mostri finirà presto tra le immondizie della storia, perché la parte viva e sana del paese, cioè i socialisti, la sostituirà con una repubblica... Il Re della lue vuole che i suoi discendenti continuino a regnare, costi quel che costi! È stato lui a ordinare che si usassero i cannoni contro un corteo di lavoratori che cantavano, e che si lanciasse la cavalleria con le sciabole sguainate contro le donne e i bambini... Ma alla fine lui perderà e noi vinceremo, su questo non ci sono dubbi: perché il socialismo e il progresso sono un'unica cosa, e nessuna forza del passato potrebbe fermarli!»

14.

Un Poeta venuto dalla Lapponia

Da un giorno all'altro e senz'altri sconvolgimenti che qualche fuoco d'artificio, qualche sparo, senza che accadessero fatti clamorosi all'interno della casa sui bastioni o nella grande pianura, se ne andò anche l'Ottocento. Il piú moderno e inarrestabile dei secoli diventò memoria e rimpianto di ciò che non può piú ritornare, e dovette lasciare il suo posto a un altro secolo, ancora piú nuovo e straordinario: il Novecento! Non tutti quelli che erano vissuti fino ad allora, però, ce la fecero a emigrare nella nuova epoca. Molti restarono intrappolati nel passato; e, tra i nostri personaggi, ci restò quell'avvocato Alfonso Pignatelli che i suoi concittadini avevano eletto come loro rappresentante al Parlamento del regno per tre legislature, e che morí di un misterioso e terribile male di testa, imbottito di oppiacei, mormorando parole senza senso e invocando persone che non esistevano. Il Novecento, nella casa bianca sui bastioni, iniziò con un ospite. La mattina di un giorno nebbioso di gennaio, una carrozza di piazza che veniva direttamente dalla stazione ferroviaria scaricò in cortile un piccolo baule, due borse da viaggio e un uomo di circa trent'anni, con i capelli e i baffi neri e una bella voce da baritono che risuonò in tutta la casa:

«Una visita per il ragionier Ettore! L'ambasciatore della Lapponia è nel suo cortile, e si augura di essere ricevuto! Per favore, avvisatelo!»

Ettore Pignatelli, che i lettori della nostra storia ricorderanno di avere conosciuto all'epoca delle gite in bicicletta con il conte Raffaele, negli anni in cui l'abbiamo perso di vista era diventato un uomo mite e meticoloso: un impiegato, anzi addirittura un capufficio di quella banca «popolare» di cui suo padre era stato uno dei fondatori. L'ospite dalla voce da baritono, invece, è un personaggio che si affaccia per la prima volta in queste pagine e che era nato ai piedi delle grandi montagne, presso un piccolo lago dove il tempo sembrava essersi fermato: lui diceva, «come nella terra dei Lapponi». Noi lo chiameremo «il Poeta» perché aveva già dato alle stampe due esili raccolte di versi, e perché ancora oggi, dopo quasi un secolo, la sua opera ha lettori ed estimatori che ne conservano la memoria. Ettore Pignatelli e il Poeta erano stati compagni di scuola nei cinque lunghi anni del corso di ragioneria, e poi avevano incominciato insieme a lavorare in banca: ma, arrivati a questo punto delle rispettive vite, le loro strade si erano divise. Il Poeta aveva scoperto di essere allergico ai numeri e ai registri, e si era ammalato di una malattia degli uffici, che – spiegava a chi gliene chiedeva notizia – lascia intatti i corpi ma dissecca i cervelli. Era fuggito; e mentre il suo amico Ettore, dotato di un carattere piú incline alla vita sedentaria, continuava a fare il suo lavoro di contabile e poi di capo-contabile, lui aveva girato il mondo quant'era tondo, per scoprirne – diceva – il punto debole, e per affrontarlo da quell'angolatura. Era diventato giornalista e corrispondente dall'estero di un grande quotidiano; e ora ritornava nella città dove aveva compiuto i suoi studi e le sue prime esperienze di vita, perché gli era stata fatta un'offerta straordinaria: quella di dirigere «La Gazzetta»! A soli trent'anni – si vantava – sarebbe stato il direttore di giornale piú giovane d'Italia, o, addirittura, d'Europa!

«Fossi in lui, rimarrei dove sono e continuerei a fare il corrispondente dall'estero, – aveva detto a sua moglie il ragionier Ettore, quando aveva ricevuto la lettera del Poeta che gli annunciava quella gran promozione. – Poveraccio! È cosí contento perché guadagnerà cento o duecento lire in piú di quante ne guadagna ora, ma non immagina in che ambiente sta per venire a cacciarsi! Se potessi spiegarglielo...»

«La Gazzetta» – di cui già abbiamo avuto modo di dire qualcosa nei capitoli precedenti – era il giornale della città di fronte alle montagne, ed era anche il foglio piú reazionario e noioso che si possa immaginare; cosí noioso, che i suoi proprietari avevano pensato di affidarlo a un giornalista giovane e brillante com'era, appunto, il Poeta, perché lo rendesse leggibile... Il ragionier Ettore, in cuor suo, non credeva che l'esperimento sarebbe riuscito; ma quando poi aveva risposto alla lettera del suo vecchio compagno di scuola, si era limitato a fargli le congratulazioni, e a dirgli che si sarebbe offeso se fosse andato ad abitare in albergo. Lo voleva suo ospite! Il Poeta, dunque, tornò a chiamare l'amico:

«Ettore Pignatelli, dove ti nascondi? Vieni fuori! È arrivato l'ambasciatore della Lapponia! È nel tuo cortile!»

Gli abitanti della grande casa, non avendo esperienza di poeti, pensarono che in cortile fosse arrivato un matto; e quando poi gli capitò di avere a che fare con il nuovo personaggio, si confermarono nella loro opinione. I discorsi del Poeta, infatti, erano un fuoco d'artificio di aforismi, di filastrocche, di storie paradossali, di indovinelli e di giochi di parole, che mandavano in visibilio il ragionier Ettore e lasciavano storditi i suoi familiari, a chiedersi cosa gli avesse detto quello strano ospite! Anche la moglie di Ettore, la signora Teresa, s'adattò con qualche fatica e a malincuore a sopportare in casa sua l'amico del marito. Lo si vide già quel primo giorno, all'ora di pranzo; quando l'ambasciatore dei Lapponi, reso loquace da alcuni bicchieri di ottimo vino rosso, incominciò a parlare di un suo poema sulla storia del mondo che – disse – era rimasto fermo alla prima strofa, in cui si raccontava la creazione. Declamò:

C'eran dapprima l'acque
poi sopravvenne il dotto,

e allor, come a Dio piacque,
si fece l'acquedotto...

Quell'inizio - spiegò il Poeta allargando le braccia - gli era riuscito cosí bene da rendere quasi impossibile la prosecuzione dell'opera, perché conteneva in sé, come un *tableau vivant*, tutto il resto della vicenda fino ai nostri giorni. Gridò a Ettore: «Cerca di visualizzare! Nel primo verso c'è il mondo di cui parla la Bibbia, senza vita e sommerso dalle acque; nel secondo verso appare l'uomo, ma non un uomo qualsiasi: un dotto come il professor Mantegazza o il professor Italo Pizzi, quello che insegna sànscrito all'università di Torino, e cosa fa? Emerge dall'oceano vestito del suo grande mantello nero, mentre le acque gli scorrono giú dal mantello. La nascita del dotto dalle acque fa l'acquedotto, cioè il progresso e la modernità; ma lo fa come a Dio piacque, cioè per volontà di Dio... Non c'è niente, nella mia quartina, che sia in disaccordo con le Sacre Scritture...»

«Meno male! - si lasciò sfuggire la signora Teresa: che da ragazza era cresciuta in un collegio di suore, e sulle cose di fede non amava scherzarci. - Già certi argomenti, sarebbe meglio non toccarli nemmeno...»

«Credi che potrei pubblicare il mio poema sulla "Gazzetta", quando sarà finito? - domandò il Poeta all'amico impiegato in banca. - Interesserà i lettori del mio nuovo giornale?»

Ettore Pignatelli sorrise: «Figuriamoci!» Ma il suo ospite si era già voltato verso il piccolo Ercole, di due anni, che lo guardava con gli occhi spalancati stando in braccio alla madre. Gli diceva: «Darò notizie sensazionali, vecchio mio! Spiegherò anche agli infanti come te, che ancora non sanno leggere, il teorema di Pitagora, e gli insegnerò i costumi dei popoli lontani, per esempio: cosa stanno facendo in questo momento, al Polo Nord, i pacifici Lapponi?»

La signora Teresa strinse a sé il figlioletto, quasi temesse che quell'uomo bizzarro e imprevedibile potesse passare dalle farneticazioni verbali ad altri generi di escandescenze. «Cosa stanno facendo i pacifici Lapponi? – chiese Ettore. – Ora devi dircelo».

Il Poeta allargò le braccia. Recitò:

> Ben tappati dentro i poveri,
> ma fidati lor ricoveri,
> mentre, lento, sui tizzoni
> cuoce il lor desinaruzzo,
> i pacifici Lapponi
> bevon l'olio di merluzzo.

Il ragionier Ettore batté le mani: «Bene, bravo... sei sempre lo stesso!» Domandò: «I pacifici Lapponi sono i tuoi compaesani, non è vero? Già mi raccontavi le loro storie quando eravamo sui banchi di scuola...» Poi, però, i discorsi si fecero piú seri. «Secondo me, – disse Ettore Pignatelli, – non riuscirai nemmeno tu a trasformare la "Gazzetta" in un vero giornale. Non ci riuscirebbe nessuno! È un bollettino di necrologi, con qualche réclame e nessuna notizia, ma il vero motivo per cui i suoi padroni lo tengono in vita è che deve parlare male due volte alla settimana del deputato progressista Annovazzi, e deve raccontare le fandonie piú inverosimili sui socialisti, per esempio che è stato scoperto un loro arsenale segreto qui in città, o che praticano il libero amore anche tra consanguinei... Vedrai, vedrai in che pasticcio sei andato a cacciarti!»

«Io, – disse il Poeta, – non appartengo ad alcun partito, e terrò conto delle raccomandazioni dell'editore in materia politica; ma il giornale, poi, me lo dovranno lasciare fare a modo mio, o dovranno licenziarmi. Il direttore di un giornale, mio caro Ettore, è come il comandante di una nave, che quando è in mare risponde solamente a Dio della propria navigazione».

L'amico scosse la testa. «Spero che tu possa navigare a lungo, – gli augurò. – Te lo meriti, non foss'altro che per l'entusiasmo con cui sei venuto a imbarcarti in questa avventura; ma sarà una navigazione difficile...»

Il giorno successivo, il Poeta andò alla «Gazzetta». Riuní intorno al suo tavolo i due redattori semplici e il caporedattore, un certo Poggi, che fino a quel momento avevano fatto il giornale praticamente da soli, e gli illustrò i suoi nuovi programmi. Ogni numero della «Gazzetta» – gli disse – si sarebbe aperto con un suo articolo firmato, su un tema di grande rilievo e di interesse non soltanto locale. Si sarebbe potenziata la cronaca, per attirare nuovi lettori; la politica sarebbe stata trattata in modo piú sobrio che in passato, ma con maggiore incisività. Ci sarebbe stato il romanzo a puntate, anche se il bilancio della «Gazzetta» non prevedeva quel genere di spese: lui personalmente avrebbe tradotto un racconto di uno scrittore americano, George Hearn, che lo onorava della sua benevolenza e che gli cedeva la sua opera a titolo gratuito. Si sarebbero fatti dei commenti, anche vivaci, ogni volta che si fosse presentata l'opportunità di approfondire una notizia, e ci sarebbe stata una nuova rubrica di vita provinciale, intitolata «Macchiette, macchie e scarabocchi»... Alzò gli occhi e vide che i suoi sottoposti lo guardavano con un'espressione un po' strana, di stupore ma anche di compatimento. Gli chiese: «Ho detto forse qualcosa su cui non siete d'accordo?»

«No, no, – s'affrettò a rispondere uno dei due redattori. – Avete parlato benissimo e penso che anche la proprietà sarà contenta, purché il giornale continui a mettere alla berlina l'onorevole Annovazzi, come ha sempre fatto in passato, e a bastonare i socialisti...»

Il Poeta sorrise. «Nossignore. Non bastoneremo nessuno. Faremo un buon giornale d'informazione e d'opinione, che servirà la causa dei conservatori con intelligenza e senza schiamazzi... Fidatevi di me!»

Provò il desiderio di prendere a schiaffi il caporedattore Poggi per il modo come lo stava guardando; ma poi si ricordò dei pacifici Lapponi che in quello stesso momento, al Polo Nord, tranguigiavano il loro olio di merluzzo, e, dopo aver assegnato a ognuno dei presenti un incarico, si mise a scrivere il suo primo articolo di fondo, in cui si dichiarava «nemico di ogni grettezza settaria, contrario a ogni meschina personalità» e si augurava di riuscire a dare voce, con i suoi articoli, allo «spirito gagliardo e gentile di questa bella e laboriosa città».

La «Gazzetta» incominciò ad apparire in edicola con l'editoriale firmato, le notizie, il romanzo a puntate tradotto dall'americano e le rubriche, e il giornalaio di piazza del Municipio – un tipo ameno, con una voce cosí potente che si sentiva da un capo all'altro del Corso – l'annunciava chiamandola «Times», gridava ai passanti: «È uscito il Times, l'ultimo numero del Times! Novità sensazionali: l'onorevole Annovazzi non mangia piú i bambini e ha promesso di rinunciare a strangolare le vecchie nel sonno! I socialisti hanno un'anima? Per queste e altre domande troverete le risposte sul Times, il giornale del nuovo secolo!»

«Leggete il Times! L'ultimo numero del Times!»

Con il suo secondo articolo di fondo, che parlava di rivoluzione e di religione («... la Chiesa a poco a poco divenne una potenza politica e la sua missione si smarrí e fallí. La rivoluzione francese riprese la storia lasciata interrotta dal cristianesimo. Essa proclamò di nuovo fra gli uomini le lezioni cristiane della fratellanza e della uguaglianza...»), il Poeta sbalordí i preti e i bigotti, che erano una parte non piccola della popolazione della città alta e dei lettori della «Gazzetta». Il caporedattore Poggi, ormai certo che, entro poche settimane, sarebbe stato lui il nuovo direttore del giornale, incominciò a non presentarsi alle riunioni e a comportarsi come se il Poeta non fosse esistito: arrivava al lavoro in ritardo, se ne andava quando ne aveva voglia e non faceva niente di ciò che gli si diceva di fare. I pacifici Lapponi dovettero bere quantità straordinarie di olio di merluzzo per consentire al loro ambasciatore di mantenere la sua imperturbabilità e di scrivere e di dare alle stampe un nuovo editoriale – il terzo – destinato a suscitare non poco scalpore nei caffè sonnacchiosi del centro cittadino, e nei timorati salotti della gente perbene. «Senza la lotta degli esseri, delle razze, delle classi, – scrisse in quell'occasione il Poeta, – l'uomo non sarebbe mai uscito dalla primitiva rozzezza e mai avrebbe potuto elevarsi alla civiltà. L'idea, quindi, che tale rivalità possa cessare, è una di quelle concezioni chimeriche che tutte le realtà contraddicono e pertanto bisogna guardarsi bene dall'augurarsene l'attuazione...»

Gli abitanti della città di fronte alle montagne non credevano, quasi, ai loro occhi: la «Gazzetta» elogiava la lotta di classe! Attorno al Poeta si fece il vuoto. Tutti lo evitavano, tranne il suo amico Ettore Pignatelli e tranne i Lapponi, costretti a bere ettolitri di olio di merluzzo senza avere piú nemmeno il tempo di tirare il fiato. Grazie al loro sacrificio, e al loro aiuto, il nostro eroe non si perse d'animo; e nel suo quarto editoriale – che, come si vedrà, fu anche il penultimo – affrontò da par suo la questione del socialismo: con una lucidità d'analisi – verrebbe fatto di dire oggi, con il senno del poi – stupefacente e quasi profetica. «Il socialismo attuale, – scrisse il Poeta, – è uno stato d'animo assai piú che una dottrina. Ciò che lo rende cosí minaccioso non sono i mutamenti, ancora assai deboli, che esso ha prodotto nell'anima popolare, ma le modificazioni già assai grandi che esso ha determinato nell'animo delle classi dirigenti. La borghesia attuale non è piú sicura del proprio diritto; essa, d'altronde, non è sicura di nulla e trema davanti ai rétori piú meschini che la inducono a credere alle apparenze piú ingannevoli, e anzitutto agli istinti rivoluzionari delle folle...»

La misura era colma. La mattina del giorno seguente, era venerdí e il nostro direttore si vide recapitare da un fattorino un laconico biglietto dell'avvocato e commendatore Cesare Rambaldi, rappresentante legale della proprietà della «Gazzetta», che lo convocava nel suo studio alle tre del pomeriggio di quello stesso giorno, per «comunicazioni urgentissime». Ci andò; e questa volta nemmeno i suoi amici piú fedeli, cioè i Lapponi, furono in grado di aiutarlo. («Ho da dirverlo? Una smania / prepotente mi dilania, / ed invan da piú stagioni / in me dentro la rintuzzo... / Vo' in Lapponia, tra i Lapponi, / a ber l'olio di merluzzo»). L'avvocato Rambaldi era un omettino odioso, con gli angoli delle labbra piegati all'ingiú e gli occhi trasparenti come biglie di vetro. Chiamò ripetutamente il Poeta «caro giovanotto» e gli disse, senza tante perifrasi: «Le persone che mi hanno incaricato di rappresentarle pensano che lei sia un socialista, amico dell'onorevole Annovazzi, e che insieme abbiate tramato per danneggiarle, abusando della loro fiducia. I suoi primi articoli, che fortunatamente saranno anche gli ultimi, hanno suscitato un moto di indignazione e di ribrezzo non solo nei miei clienti, ma anche in tutte le persone perbene di questa città. Perciò, caro giovanotto, il consiglio che mi sento di darle è quello di presentarmi subito le sue dimissioni, onde evitare la vergogna di un licenziamento e i fastidi di una causa giudiziaria che, mi creda, avrebbe conseguenze rovinose sulla sua carriera a venire».

L'ultimo articolo del Poeta per il «Times» si intitolò *Il paese della muffa*. Vi si leggeva, tra l'altro: «Il paese della muffa è il regno della burocrazia, l'acqua morta degli uffici, il mondo degli impiegati; tutta la malsana esalazione che vien su da quel sistema di apparecchi amministrativi i quali non sembrano avere altro scopo che quello di tramutare in inchiostro e in carta – di volgere in muffa, in una parola – le forze vive, le belle energie, le grandi funzioni della società...

L'attività non serve a nulla in questo regno dove non è richiesta che la passività piú assoluta e l'abdicazione piú completa di se stessi. L'ingegno esso medesimo è un inciampo. Infatti, che cosa è l'ingegno? Una forza, una virtú che tanto piú caratterizza l'individuo, quanto piú essa è viva e grande. Piú forte è l'ingegno e piú forte è la personalità. Ora, il paese della muffa non può ammettere tutto questo: nulla deve sorpassare nelle sue file, niuno deve uscirne.

Il bigio, il bigio muto, il bigio uniforme, il bigio, la tinta della bruma e della muffa, sembra essere stato creato proprio per diventare il suo colore araldico. Il bigio e nulla piú!»

Quando il Poeta tornò in stazione e se ne andò, dopo nemmeno un mese di permanenza nella città di fronte alle montagne e nella casa, i frequentatori del caffè dell'Orologio e degli altri ritrovi della città alta tirarono un respiro di sollievo. Finalmente – dissero – l'equivoco sarebbe cessato: la «Gazzetta» sarebbe ridiventata la «Gazzetta» e i socialisti sarebbero ridiventati i socialisti, cioè il principale spauracchio delle persone perbene... L'articolo sulla muffa non li disturbò, cosí come non disturbò i proprietari del giornale. I pochi che lo lessero commentarono: «Chissà mai cos'ha voluto dire! Poveraccio!»

15.
La cugina siciliana

Il sole continuò a sorgere, come sempre, sopra al paese della muffa; il tempo continuò a trascorrere. La protagonista di questa storia, la grande casa sul viale dei bastioni della nostra città, incominciò a mostrare i suoi primi acciacchi: gli intonaci si sfarinavano e cadevano in polvere, la pioggia gocciolava dai tetti e si infiltrava nelle soffitte, la facciata non era piú cosí bianca com'era stata in passato, e fu necessario rinchiuderla nelle impalcature per tornare a dipingerla. Anche gli altri guasti vennero riparati. Le trasformazioni piú rapide, però, il tempo continuò a operarle su quegli esseri con due sole gambe, dalla pelle nuda, contro cui lui mostra da sempre un accanimento particolare, e che hanno il torto di farlo esistere. In casa Pignatelli, il nuovo secolo portò cambiamenti e novità di ogni genere. Morí, d'un colpo apoplettico, il conte Raffaele, in età di settantasette anni; e, a soli due mesi dalla sua morte, morí anche la sua consorte, donna Assunta, che dopo cinquant'anni di matrimonio diceva di voler raggiungere il marito «in un mondo migliore». Il titolo di conte di Villafiorita, che già era appartenuto a don Basilio, passò al figlio primogenito del defunto, cioè a Giacomo Pignatelli; ma Giacomo era chissà dove, in un avamposto italiano tra la Somalia e l'Etiopia, e l'amministrazione della casa e le altre incombenze vennero assunte dal suo fratello minore, l'avvocato Costanzo: che aveva anche ereditato lo studio legale dello zio e sembrava dovesse continuarne le ambizioni politiche. Costanzo Pignatelli – che noi abbiamo incontrato per l'ultima volta al gran ballo per la Società Geografica Nazionale – era poi convolato a giuste nozze con la signorina Allegra Perrone ed era diventato una delle persone piú ragguardevoli della città di fronte alle montagne, presidente di importanti associazioni di categoria e di circoli nazionalistici. La sua oratoria gonfia di retorica, le sue pose da esteta e la sua avversione per la cosiddetta «canaglia» si erano accentuate con il trascorrere degli anni e avevano finito per condizionare anche la sua vita familiare: perché la signora Allegra, che non le sopportava, evitava il piú possibile di parlare con il marito e di mostrarsi in pubblico insieme a lui; e perché lui approfittava di questo atteggiamento della moglie per vivere come se fosse stato scapolo. Dal matrimonio dell'avvocato Costanzo con Allegra erano nati tre bambini: Giuliano, che era ormai un adolescente; Eufemia, che di lí a pochi anni avrebbe preso il velo di suora, e sarebbe poi vissuta dimenticata da tutti in un convento di clausura ai piedi delle grandi montagne; e infine Amedeo, destinato a morire prima ancora di diventare adulto, in una guerra che si sarebbe chiamata «la grande guerra» per distinguerla dalle altre piú piccole che l'avevano preceduta. Costanzo Pignatelli, però, si era sempre comportato con i suoi figli come suo nonno Basilio si era comportato con suo padre Raffaele, e come quest'ultimo si era comportato con Giacomo e con lui: in pratica, li aveva ignorati, limitandosi a rispondergli buongiorno e buonanotte e a scambiare con loro qualche parola quando erano a tavola. Aveva dedicato tutti i suoi pensieri alla professione di avvocato, ai divertimenti e alla carriera politica: che era rimasta ferma a lungo per la presenza, in città, di un uomo come l'onorevole Rossi, in cui i benpensanti avevano riposto tutta la loro fiducia; e che doveva finire con il nuovo secolo. Gli Dei, infatti, quelli che stanno lassú sulle nostre teste e ridono a piena gola quando ci succede qualcosa di spiacevole, un bel giorno decisero di divertirsi a spese dell'avvocato Costanzo, buttandogli per aria tutto quello che aveva: la famiglia, la carriera politica, la sua stessa rispettabilità... Ed ecco lo scherzo che gli combinarono.

Per rovinare Costanzo Pignatelli, gli Dei mandarono sulla Terra un loro spiritello malefico, il «dèmone meridiano»: che spinge gli uomini con i capelli già grigi tra le braccia di donne giovanissime, e gli fa commettere ogni genere di pazzie, rendendoli ridicoli agli occhi del mondo. Il dèmone meridiano, dunque, prese l'aspetto di una ragazza di diciannove anni, con gli occhi e i riccioli neri e il nasino all'insú, e venne nella nostra città a interpretare la parte di Musetta nella *Bohème* di Puccini, con il nome in cartellone di Caterina Mandelli. L'avvocato Costanzo vide per la prima volta il suo dèmone da un palco del teatro Comunale, e da quel momento non ebbe piú pace. Lo tempestò di fiori, di regali, di telegrammi, di lettere; lo inseguí avanti e indietro per l'Italia, dovunque il dèmone si recasse a esibire le grazie e la voce della Mandelli; gli propose di fuggire all'estero con lui, e con queste e altre sciocchezze riuscí a distruggere la sua carriera politica e il suo matrimonio, ma regalò ai suoi concittadini uno straordinario, e non effimero, argomento di pettegolezzi. Nella città di fronte alle montagne, infatti, le grandi passioni sono rare, durano poco e vengono tenute nascoste dagli interessati; che – quasi sempre a ragione – ne provano vergogna. Al contrario di ciò che s'è appena detto, la passione dell'avvocato Costanzo per il dèmone durò piú di tre anni ed ebbe la risonanza di un avvenimento pubblico. Durante tutto quel tempo, Caterina Mandelli si divertí a maltrattare il suo maturo spasimante, umiliandolo davanti ai suoi amici e conoscenti e infliggendogli ogni genere di mortificazioni; mentre lui, che cercava di compiacerla in ogni modo e si adattava perfino a dividere i favori della sua bella con l'amante di turno, era caduto cosí in basso nella considerazione degli altri e nella stima di sé, da non vergognarsi piú di niente e da non nascondere niente. La signora Allegra lo aveva estromesso dall'appartamento coniugale dove lei continuava a vivere con i figli, costringendolo a dormire su un divano del suo studio di avvocato; e anche quando la faccenda della Mandelli arrivò poi alla sua logica conclusione e Costanzo tentò di riavvicinarsi alla famiglia, sua moglie continuò a rifiutarsi di parlargli e di tornare a vivere insieme. (Ripeteva: «Ci ha coperti tutti di vergogna! Io resto qui, perché il mio posto è vicino ai miei figli, ma quel mascalzone non deve piú comparirmi davanti. Non deve piú permettersi di rivolgermi la parola. Io sono vedova»).

Altre cose, intanto, accadevano. Gli Dei, che già avevano incominciato ad occuparsi dei nostri personaggi, volevano che l'inizio del nuovo secolo, nella casa, fosse un'epoca di grandi passioni e di grandi pettegolezzi; e non si sarebbero certamente accontentati di aver mandato in rovina l'avvocato Costanzo. Quando nel municipio della città di fronte alle montagne si celebrò il matrimonio della signorina Maria Maddalena Pignatelli con il deputato progressista Antonio Annovazzi, le loro risate a piena gola – che le nostre orecchie, purtroppo, non possono percepire – rimbombarono per quanto è grande l'universo, propagandosi nel vuoto tra le stelle come i cerchi sulla superficie di un'acqua stagnante, fino alle costellazioni piú lontane. Maria Maddalena – si disse nei salotti della città alta, e sotto i portici all'ora della passeggiata – non aveva mai avuto un fidanzato, nemmeno da giovane, e ora improvvisamente si era decisa a sposare un uomo piú anziano di lei di quindici anni: cosa le era successo? In quanto al marito, si sapeva che aveva un figlio studente universitario e che era vedovo da sette mesi: troppo pochi, perché quel matrimonio non dovesse considerarsi sospetto! Quando poi si seppe, in città, che l'onorevole Annovazzi sarebbe andato a vivere con il figlio in casa della moglie, lo si chiamò profittatore e sanguisuga («Si è sistemato», era il commento piú benevolo), e si criticò anche l'avvocato Costanzo perché, preso com'era dai begli occhi della sua cantante, non aveva impedito a un parassita, che era anche il capo dei suoi avversari politici, di venire a insediarsi sotto il suo stesso tetto. Il direttore della «Gazzetta», quel tale Poggi che abbiamo avuto modo di conoscere ai tempi del Poeta, dedicò un articolo in prima pagina alle nozze dell'uomo che, nel corso degli anni, aveva chiamato con ogni sorta di soprannomi: Organetto ambulante, Pitale, Mezzacalza, Deputato dei miei C. Avanzò con eleganza il sospetto che la defunta moglie dell'onorevole Pitale fosse stata facilitata ad andarsene dal marito, per affrettare le nuove, ricche nozze con la signorina Pignatelli; si domandò quale prole potesse nascere da quel connubio tra vegliardi – sommando le età degli sposi si arrivava a fare un secolo – e pronosticò la nascita di uno Sciopero: un non-figlio, che in nome del benessere obbligatorio si sarebbe rifiutato di affrontare i travagli del parto...

Tale era il greve umorismo della «Gazzetta». Gli Dei, però, non erano ancora soddisfatti; e di lí a un mese, all'inizio dell'estate, fecero arrivare dalla lontana Agrigento, dopo un lunghissimo viaggio per mare e per terra, una nipote dell'avvocato Costanzo, figlia di sua sorella Maria Gabriella: di cui finora non abbiamo avuto occasione di dire – e lo diciamo adesso – che aveva sposato a vent'anni un barone siciliano, il barone Muscarà, e che era andata a vivere con il marito in Sicilia. Laura Muscarà era una giovane donna, bionda e diafana e vestita di nero da capo a piedi per via di un duplice lutto: quello del marito, ucciso durante una battuta di caccia pochi mesi dopo averla sposata, e quello del figlio, che all'epoca dell'incidente era ancora vivo dentro al suo grembo, e che poi era nato morto. In seguito a quelle due disgrazie – dicevano gli abitanti della casa – la povera ragazza aveva rischiato di perdere la ragione e la voglia di vivere; e per non intristire nei suoi lutti si era messa in viaggio, accompagnata soltanto da un'anziana domestica, ed era venuta a trovarli. Era stata la signora Maria Gabriella Muscarà a scrivere all'avvocato Costanzo una lunga lettera in cui gli chiedeva – e chiedeva per suo tramite a tutti gli altri parenti, vecchi e giovani – di aiutare sua figlia a superare quel momento difficile. Laura – diceva Maria Gabriella nella lettera – si era chiusa in se stessa: non era piú lei, e aveva anche incominciato a compiere certe stravaganze, che in una città di provincia come Agrigento non potevano passare inosservate, e che facevano chiacchierare la gente. Bisognava che si distraesse, che viaggiasse, che vedesse il mondo e imparasse a conoscerlo...

Le due ospiti si insediarono all'ultimo piano, in un appartamento sistemato e arredato apposta per loro, e le donne di casa colmarono Laura di premure, cercando di diventare sue amiche; ma la faccenda si rivelò piú difficile del previsto, perché la ragazza era taciturna e piuttosto scontrosa, e perché niente, o quasi niente, sembrava interessarla. A teatro s'annoiava, nei ricevimenti non parlava con nessuno, a passeggio sui bastioni guardava imbronciata le montagne lontane, come se la loro presenza le avesse dato fastidio. L'unica cosa che le piaceva – chissà mai perché! – era appartarsi in giardino all'ora del crepuscolo; e nessuno, nella casa, ci trovò da ridire. Una sera di luglio, i ragazzi giocavano a nascondersi e l'ultimo dei figli dell'avvocato Costanzo, il piccolo Amedeo, corse a riferire alla madre che in cantina c'era qualcuno che stava male: si sentivano dei gemiti – disse – e dei sospiri, di una donna che si lamentava e implorava aiuto, da qualche parte nel buio... La signora Allegra, impressionata, chiese al vecchio Costantino di andare a vedere chi ci fosse nel sotterraneo e lui tornò dopo pochi minuti, con gli occhi dilatati dallo stupore. A cenni e a gesti, fece capire alla signora che non poteva parlare di fronte ai ragazzi, e soltanto quando furono rimasti loro due soli le disse di avere trovato la loro parente siciliana in compagnia del giardiniere, un certo Ferrari, e che le lasciava immaginare cosa stessero facendo. Il Ferrari – raccontò Costantino – quando si era visto scoperto aveva raccolto i suoi vestiti ed era scappato; la signora Laura invece si era alzata in piedi cosí nuda com'era, e gli aveva gridato in viso certe parolacce, che nessuna donna perbene avrebbe mai pronunciato...

Il pover'uomo era ancora sconvolto: «Una signora, comportarsi in quel modo! E in casa d'altri... Giuro che se fosse stata mia figlia l'avrei presa a schiaffi!»

Cosa si doveva fare in una situazione del genere? Allegra Pignatelli, non potendo consigliarsi con il marito da cui viveva divisa per via del dèmone meridiano, ne parlò con le cognate Maria Maddalena e Maria Avvocata; che si mostrarono turbate al pari di lei, ma le consigliarono – e consigliarono al portinaio – di tacere, per non far nascere scandali...

«Speriamo che Laura si sia resa conto della gravità di quello che è successo, – disse Maria Avvocata, – e che episodi del genere, in casa nostra, non debbano ripetersi».

Trascorsero alcuni giorni. Una mattina, l'avvocato Costanzo era nel suo studio e gli fu annunciata una visita del delegato di polizia; che, dopo qualche frase generica, sul caldo, gli spiegò la ragione per cui era venuto a trovarlo. In città – disse il poliziotto – non si parlava d'altro che di casa Pignatelli. Nessuno, ancora, aveva presentato denunce; ma cosí non si poteva piú andare avanti, e se lo scandalo non fosse cessato immediatamente...

L'avvocato cadde dalle nuvole. «Di che scandalo parlate? – balbettò, pensando forse alla Mandelli. – Cosa succede in casa mia di cosí grave, da dover essere denunciato all'autorità di pubblica sicurezza?»

«Parlo, – disse il poliziotto, – dello scandalo di un uomo e di una donna che si baciano e fanno altre cose su cui preferisco sorvolare, in una stanza al piano terreno della vostra casa, dalla parte del giardino. È estate, le imposte sono aperte e i monelli del quartiere passano il tempo arrampicati sopra l'inferriata, per vedere Giulietta e Romeo che si amano alla maniera dei cani. Anche le finestre della casa di fianco, da qualche giorno a questa parte, sono diventate come i palchi del teatro Civico...»

Chiamato a rendere ragione dei suoi atti, il giardiniere Ferrari venne licenziato; ma siccome era fin troppo chiaro che lui, in quella faccenda, era soltanto una vittima, e che la vera colpevole era Laura, l'avvocato Costanzo chiese alla donna piú anziana della casa, cioè alla signora Lucia, di parlarle a nome di tutti i parenti e di sgridarla, perché mettesse giudizio. Donna Lucia, dunque, parlò alla ragazza, e ne ebbe la solenne promessa – che si affrettò a riferire al nipote – di un comportamento irreprensibile per il futuro.

«Ti è sembrata sincera?», chiese l'avvocato.

L'anziana signora allargò le braccia. «Che ne so! A me è sembrata trasognata: una specie di automa...»

Come già era accaduto nella lontana Agrigento, anche nella città di fronte alle montagne si scatenò un uragano di chiacchiere, su quella giovane donna che per strada si mostrava vestita di nero e con il viso velato, e che non sapeva cosa fosse il pudore... Furono fatte scommesse. Un giovanotto in abito da fattorino si presentò all'ultimo piano di casa Pignatelli dicendo di avere un pacchetto da consegnare personalmente alla signora Laura, e la consegna andò per le lunghe. Alla sera, strane ombre si materializzavano per le scale di servizio. Giuliano Pignatelli, che era il figlio maggiore dell'avvocato Costanzo e aveva smesso di portare i calzoni corti quando aveva finito il ginnasio, cioè da poco piú di un anno, spiava quell'andirivieni dalla finestra della sua cameretta. Guardava le luci che si accendevano e si spegnevano nell'appartamento della cugina di là dal cortile e si mordeva il labbro fino a sentire il sapore del sangue, si chiedeva: cosa sta facendo, Laura, in questo momento? Chi c'è insieme a lei? L'estate, quell'anno, era piú afosa del solito; il caldo era al culmine, e dalla pianura pullulante d'acque, insieme al gracidio delle rane, saliva un'esalazione maligna in forma di vapore, una sorta di febbre che fiaccava i corpi e rendeva confusi i pensieri delle persone che ne erano toccate. Gli abitanti della grande casa erano inquieti, soprattutto i maschi, per via di una presenza che turbava le loro notti ancora piú del caldo e delle zanzare, e che li tormentava fin dentro i sogni... Una sera tardi, Laura Muscarà sentí dei colpetti alla porta del terrazzo; andò a vedere chi c'era, e si trovò davanti suo cugino Giuliano. Gli sorrise, come se fosse stata la cosa piú normale del mondo che qualcuno venisse a trovarla a quell'ora di notte e al terzo piano, passando per i cornicioni. Giuliano era un ragazzo pieno di foruncoli, con un'ombra scura di peluria sulle guance e sul labbro superiore; appariva agitato e Laura lo accarezzò sui capelli: «Il mio cuginetto...»

Lui la guardava con gli occhi lucidi. «Non chiamarmi cosí, – le disse. – Non trattarmi come un bambino. Sono quasi un uomo...»

Sua cugina, allora, gli mise un dito sulla bocca, gli accarezzò la peluria. «Il mio grand'uomo... Hanno incominciato a crescergli i baffi!» Lo guardò con affetto: era il suo bambino, ma era anche il giovane con cui aveva dovuto scappare da casa un paio d'anni prima, perché potesse sposarla... Gli passò la mano sul collo, gli aprí la camicia e il respiro di Giuliano si fece affannoso. Allora lui l'abbracciò cosí forte e in modo cosí maldestro da farle quasi male, e lei lo quietò sfiorandogli le labbra con le sue e accarezzandolo sulla nuca. Gli sussurrò nell'orecchio: «Stai tranquillo! Nessuno sa che sei venuto a trovarmi... È un nostro segreto, e nessuno mai lo verrà a sapere, se noi non glielo diremo...»

16.
«Piú libri meno litri»

Arrivò il nuovo portinaio. Eraldo Fortis era un giovanotto di pelo rosso e con la pelle lentigginosa, che si insediò nell'alloggio sopra la guardiola ed ebbe anche il permesso dall'avvocato Costanzo di allestire un'officina a pianoterra, in una rimessa del cortile piú grande. In quel suo laboratorio che assomigliava un poco alla bottega di un fabbro, un poco all'antro di un alchimista, il giovane Fortis incominciò a riparare tutti gli oggetti che nella grande casa si erano guastati nel corso dei decenni: le serrature inceppate e i rubinetti gocciolanti non avevano segreti per lui, ma poi si vide che era capace di cavarsela anche con le gambe rotte delle sedie e con i manici delle pentole, e che sapeva perfino manipolare l'energia del nuovo secolo: l'elettricità! Nel volgere di pochi mesi, il nuovo portinaio riuscí a far dimenticare il suo predecessore Costantino Perotti e a diventare una presenza necessaria, anzi assolutamente indispensabile, per gli abitanti della nostra casa: l'uomo a cui tutti si rivolgevano per vedere risolti i loro problemi, grandi e piccoli, e di cui nessuno piú avrebbe saputo fare a meno. Riparava gli ombrelli delle signore, riattaccava i tacchi delle loro scarpe quando si staccavano, gli lavava il cagnolino e gli consigliava il colore del rossetto; e riusciva ancora a trovare il tempo, nei rari momenti in cui i suoi datori di lavoro lo lasciavano in pace, di lavorare alle sue misteriose invenzioni. Eraldo, infatti, era un inventore. Aveva progettato e stava realizzando grandi cose, tra cui una macchina a moto perpetuo che – diceva – avrebbe sfruttato la piú elementare e inesauribile delle forze naturali, cioè la forza di gravità; e poi, un sistema rivoluzionario di bottoni automatici, per confezionare vestiti privi di asole; infine, un argano a manovella non piú grande di un macinino da caffè, che avrebbe permesso a chiunque, anche a un bambino, di sollevare e di tenere sospesi carichi pesantissimi. Ma le sue invenzioni spaziavano in ogni campo, e non riguardavano soltanto la meccanica. Quando nella città di fronte alle montagne, e in tutta Europa, si fecero le prime campagne contro l'alcolismo, il nostro portinaio un giorno confidò all'onorevole Annovazzi di avere allo studio un nuovo tipo di vino: il vino senz'alcol, assolutamente simile nel gusto e nell'aspetto al vino normale, e che però si sarebbe potuto bere anche in grandi quantità, senza correre il rischio di ubriacarsi. «Crede che un'invenzione del genere, – gli chiese, – se riuscissi a realizzarla, sarebbe socialmente utile?»

L'onorevole spalancò gli occhi: «Come no! Sarebbe l'invenzione del secolo!» Poi, però, si rese conto che il suo entusiasmo era probabilmente eccessivo, e che le cose non erano cosí semplici. «Purtroppo, – rifletté ad alta voce, – chi beve, beve per ubriacarsi, e se non potrà farlo con il vino ricorrerà all'acquavite, all'assenzio, al rum, a tutti gli altri beveraggi che stordiscono la gente, e per qualche ora le fanno dimenticare i suoi guai. Il vino analcolico, se davvero si riuscisse a produrlo, lo berrebbero soltanto gli astemi, o, forse, non lo berrebbero nemmeno loro! Nelle osterie, si può esserne certi, rimarrebbe invenduto». Guardò il portinaio scuotendo la testa. «Io credo, Eraldo, – gli disse dopo un momento di silenzio, – che faresti meglio a insistere con i bottoni automatici. Quella sí che è una bella idea, e ti renderà ricco...»

L'onorevole Antonio Annovazzi era un uomo di circa sessant'anni, alto e secco come un chiodo, che vestiva sempre di scuro come se avesse dovuto andare a una serata di gala – non a caso, uno dei nomignoli che il giornale locale gli elargiva con maggiore frequenza era «Menagramo» – e che infiorava tutti i suoi discorsi con frasi a effetto e citazioni erudite. Il suo aspetto fisico, cosí come il suo modo di parlare e di atteggiarsi, erano quanto di piú lontano si può immaginare dal genere popolaresco; e anche le sue idee politiche – nonostante ciò che ne diceva la «Gazzetta» – non avevano in sé niente di avventuroso o di estremo. Erano le idee di un progressista vecchio stampo, non molto diverse da quelle del buonanima Alfonso Pignatelli, e non lo avrebbero certamente portato in Parlamento se si fosse presentato alle elezioni nello stesso collegio del suo predecessore; ma i suoi elettori erano in un altro collegio. I borghesi della città alta, adesso, votavano per un certo avvocato Cerutti, che aveva preso il posto dell'onorevole Rossi e gli prometteva piú o meno le stesse cose che gli aveva promesso lui, cioè il pugno di ferro contro gli operai e l'esercito in piazza a ogni sciopero, come al tempo della grande sommossa. La canaglia, infatti, era diventata incontenibile. A ogni occasione, dilagava anche nelle strade della nostra città sventolando le sue bandiere rosse e gridando i suoi slogan, e poi si radunava nella piazza del Municipio o davanti al castello: dove un comiziante venuto da chissà dove, un professore con gli occhialini d'oro e il fazzoletto di seta nel taschino della giacca, le prometteva le cose piú assurde. «Voi, – gridava il professore a quell'umanità che gli stava di fronte e che si scalmanava ad applaudirlo quasi ad ogni parola, – diventate ogni giorno piú forti, e i vostri padroni, invece, diventano piú deboli; voi rappresentate il futuro e loro rappresentano il passato; voi avete la forza del vostro lavoro e dei vostri scioperi, e loro non hanno altra forza che le armi in mano agli sbirri. Alla fine loro perderanno tutto, perché hanno tutto da perdere, e voi guadagnerete tutto, perché avete tutto da guadagnare». Questi riti si ripetevano sempre piú spesso, nel paese della muffa, e gli impiegati e i commercianti e gli avvocati e tutte le persone perbene che vivevano dentro alla cerchia dei bastioni, ascoltando le minacce dei professori e gli insulti e gli schiamazzi della canaglia si riempivano di odio fino a schiattarne, come le oche da ingrasso si riempiono di becchime. Maledivano ogni concessione che veniva fatta dagli industriali agli operai («Andando avanti di questo passo, – si chiedevano, – dove andremo a finire?»); e se la prendevano con l'onorevole Annovazzi, che non era proprio un socialista – i socialisti, in questa parte di pianura, ancora non ce la facevano ad avere un deputato tutto per loro – ma veniva eletto anche con i voti di quei diavoli, e doveva rappresentarli! Ne parlavano come se fosse stato il responsabile di tutti gli scioperi e l'istigatore di tutti i cortei e di tutti i comizi che si facevano in città, mentre era vero esattamente il contrario. Il nostro onorevole in abito da sera e farfallino detestava gli scioperi e i comizi almeno quanto li detestavano i suoi avversari politici, ed era anche, al contrario di loro, un moderato: una mosca bianca, in quell'epoca in cui – come lui stesso amava ripetere – la politica si stava trasformando in un fracasso di teste dure che cozzavano tra di loro, e in un urlio di forsennati che cercavano di coprire con le loro voci le voci degli altri. Chi aveva tutto proclamava che non avrebbe ceduto nemmeno una briciola del suo, a nessun prezzo e mai; e chi non aveva niente, non sapendo da che parte incominciare a chiedere, gridava che voleva tutto. Ogni categoria di lavoratori – diceva l'onorevole Annovazzi – portava in piazza il suo specifico disagio in quelle manifestazioni che servivano ai ciarlatani della rivoluzione per annunciare al mondo le loro fumose teorie; ma i disagi dei lavoratori erano veri, e avrebbero meritato di essere presi sul serio. C'erano gli operai delle fornaci, in quelle manifestazioni; c'erano i muratori; c'erano le donne che lavoravano nelle tessiture e quelle che trascorrevano le loro giornate piegate sopra i fossi, d'inverno come d'estate, con le braccia nell'acqua per lavare i panni degli altri; c'erano le mondariso e i salariati dei campi, a cui nessuno al mondo aveva mai garantito niente, nemmeno il funerale; c'erano gli operai delle fonderie e quelli delle officine meccaniche, neri come diavoli; c'erano i panettieri, i tipografi, i ferrovieri, tutta una umanità che per secoli si era appagata della religione e dell'alcol e che ora invece si agitava in modo scomposto, strepitava, applaudiva chi gli diceva di chiedere la luna, e gliela prometteva...

Per dare il suo contributo a un piú felice risveglio di quella moltitudine senza nome che i conservatori chiamavano la canaglia e che lui, invece, preferiva chiamare «la plebe» o «il popolo lavoratore», l'onorevole Annovazzi pensò di istituire una biblioteca annessa a un circolo operaio. Lanciò una pubblica sottoscrizione con il motto: «Piú libri meno litri», che fece bella mostra di sé in centinaia di manifesti e che stimolò il portinaio Eraldo a riprendere i suoi esperimenti – destinati, purtroppo, a non avere successo – per arrivare a produrre il vino senz'alcol. La sottoscrizione diede i risultati sperati. I fondi furono raccolti, i libri vennero acquistati e la biblioteca popolare aprí i battenti, ospitata in due locali al piano superiore del piú importante circolo di lavoratori esistente in città, quello del quartiere «dei ladri e degli assassini». C'erano i classici del socialismo, in quella biblioteca, cioè le opere immortali di Fourier, Saint-Simon, Marx, Proudhon, Engels, Lassalle, ma c'erano anche quei capolavori di ogni tempo e di ogni paese che l'onorevole Annovazzi riteneva particolarmente adatti all'educazione della plebe: la *Divina Commedia* di Dante, i *Miserabili* di Victor Hugo, gli *Scritti* di Giuseppe Mazzini, i romanzi di Tolstoj e di De Amicis, le poesie di Giosue Carducci e di Arturo Graf... L'inaugurazione si fece una domenica pomeriggio alla presenza di uno dei padri fondatori del socialismo italiano, l'onorevole Filippo Turati venuto appositamente dalla capitale, e fu disturbata da qualche schiamazzo, tutto sommato prevedibile: perché il salone dove si svolgeva la conferenza era lo stesso della mescita, e perché i litri, messi temporaneamente da parte in omaggio ai libri e all'idea di progresso, cercarono di prendersi la loro rivincita. Una porta si spalancò con fracasso quando l'onorevole Turati aveva già incominciato il suo discorso, e fecero la loro irruzione due uomini che in quel circolo operaio, e in quel quartiere, parlavano spesso con la voce dei litri: uno tarchiato e leggermente zoppo, noto ai presenti con il nomignolo di Pirin (Pierino), e un altro magro e con i baffi soprannominato Gamella (Gavetta). Tutti si voltarono verso di loro e anche l'oratore dovette interrompersi. «Cosa sta succedendo qua dentro? È morto qualcuno? – gridò Gamella ai suoi compagni di bevute, che erano tra il pubblico e gli facevano segni disperati perché se ne andasse. – Ve ne state lí come a un funerale, con le mani in mano, ad ascoltare due stronzi!» (Per la cronaca, i due stronzi erano i deputati Annovazzi e Turati). Si rivolse agli stronzi. Gli gridò: «A cosa servono i libri? La rivoluzione la possono fare anche gli analfabeti come me, anzi quando sarà il momento si vedrà che i veri rivoluzionari siamo noi, e che tutto il resto era una fregatura... La cultura, i libri, le biblioteche: tutte balle!»

Molte voci risposero: «Sta' zitto! Sono discorsi da ubriaco! Vai a farli da un'altra parte!»

Ci fu un movimento tra le sedie, di uomini che si alzavano per andare a cacciare via i disturbatori, ma l'onorevole Turati li fermò con un gesto della mano. Disse: «Il socialismo è libertà! Lasciate che parlino».

Pirin, allora, si avanzò tra le sedie fino al tavolo degli oratori. Beccheggiava come una barca e puzzava come una cantina. Mise il dito sotto il naso dell'onorevole Annovazzi, che si tirò indietro con un moto di sdegno. «Tu sei un uomo istruito, – gli gridò, – e sai a memoria tutte le cose che sono scritte nei libri, ma non vuoi che noi facciamo la rivoluzione e non vorresti nemmeno lasciarci fare gli scioperi... Compagni!» Si voltò con una piroetta verso la gente seduta e cascò addosso a quelli della prima fila, che imprecarono e lo rimisero in piedi. Barcollò; tornò a indicare l'onorevole Annovazzi. «Lo conoscete anche voi questo damerino che è seduto qui davanti, il nostro deputato Menagramo. Lo sapete come me, che solo a sentir parlare di sciopero gli viene l'itterizia...»

Avrebbe voluto continuare il suo ragionamento, ma gli si ingarbugliò la lingua e dovette interrompersi. «Se la rivoluzione la facessero i libri, – gridò Gamella che era rimasto in piedi accanto alla porta, – l'onorevole Annovazzi qui presente dovrebbe essere il piú gran rivoluzionario del mondo, e invece è un venduto che l'altra settimana ci ha mandato a monte lo sciopero, accordandosi con il padrone della fornace per due centesimi all'ora... Io ci sputo sopra i suoi due centesimi, e sputo anche sui suoi libri!»

Sputò due volte contro l'onorevole Annovazzi, ma era lontano e, anziché colpire il bersaglio, raggiunse alcune persone tra il pubblico che si alzarono bestemmiando. Pirin, intanto, si era tolto dal collo il fazzoletto rosso e lo sventolava verso la platea. «Noi non siamo dei riformisti di merda come il compagno Turati, – gli gridò. – Noi siamo rivoluzionari!»

Il compagno Turati aveva approfittato del trambusto per pulire con cura le lenti degli occhiali, e se li rimise sul naso. Guardò Pirin da sopra le lenti. «Tu non sei né riformista né rivoluzionario, – gli rispose scuotendo la testa. – Sei ubriaco. È un'altra faccenda...» La gente rise e due uomini della prima fila si alzarono, presero sottobraccio Pirin che non fece resistenza e lo portarono di peso fino all'uscita. Il tafferuglio scoppiò vicino alla porta, perché l'altro rivoluzionario, il soprannominato Gamella, incominciò a gridare come un ossesso: «Non toccatemi!», e a tirare calci e pugni in tutte le direzioni. Ci vollero quattro uomini per portarlo via, e – come poi titolò la «Gazzetta» – si versò anche del sangue (*Scorre il sangue al comizio dell'onorevole Turati*): perché Gamella aveva in tasca un bicchiere, che si ruppe, e che lo ferí a una mano con una scheggia di vetro. Quando il trambusto si fu trasferito di là dalla porta, nell'ingresso, e poi fuori sulla strada, l'oratore riprese a parlare. «Lo spettacolo a cui abbiamo appena assistito, – commentò, – vi spiega la ragione per cui noi riformisti di merda, come ci ha chiamati il compagno di poc'anzi, riponiamo una grande fiducia nei libri e nelle biblioteche, e non crediamo nelle rivoluzioni sul terreno economico, dei denutriti e degli avvinazzati; il lumpen proletariat, il proletariato dei cenci, ci fa quasi piú paura degli stessi partiti reazionari. Noi pensiamo che le trasformazioni sociali siano frutto di una grande elevazione di coscienze e di capacità tecniche, morali e politiche, che non può essere anticipata dalla violenza: perché anticiparla con la violenza, se anche ciò fosse possibile, sarebbe comunque fare opera reazionaria...»

L'applauso che lo interruppe a questo punto del discorso sembrò quasi infastidire l'oratore, che alzò la voce per contrastarlo. «Noi crediamo, – gridò l'onorevole Turati; e i suoi occhi, ora, scintillavano dietro le lenti, la sua mano destra, stretta a pugno, si alzava e si abbassava, quasi a ribadire con il gesto ogni singola parola, – noi crediamo, vi dicevo, nella forza delle idee contenute nei libri e nella ragione; crediamo meno negli scioperi, che per molti, invece, sono il sostitutivo moderno della vecchia povera barricata romantica, l'arma infallibile che li farà trionfare in ogni conflitto... Molti, oggi, credono negli scioperi come si crede nei miracoli; ma lo sciopero non ha in sé niente di miracoloso e non può risolvere proprio niente. L'unica funzione che gli riconosciamo è una funzione, per cosí dire, pedagogica: perché da un lato aiuta a risvegliare una massa operaia che in molte parti d'Italia e in molti settori produttivi dorme ancora del sonno medioevale, mentre dall'altro lato serve ad ammonire gli imprenditori e i proprietari a ridurre i loro profitti entro limiti piú ragionevoli, e li costringe a cercare per altre vie, con un migliore sfruttamento delle risorse, con una maggiore applicazione dei mezzi chimici e meccanici alle loro industrie, con una ampia conoscenza del mercato e con ogni mezzo, quei guadagni che prima spremevano unicamente dalla pelle dei lavoratori...»

Ci fu un secondo applauso, piú forte e piú prolungato del precedente, e questa volta sembrò che Turati ne fosse contento, perché chinò il capo e rimase in silenzio. «Noi non abbiamo alcuna fiducia, – proclamò, appena l'applauso fu cessato, – nella rivoluzione che purifica il mondo! Al contrario, crediamo che vi sia un terreno d'intesa tra le varie classi sociali: un terreno non fisso ma che si sposta di continuo, secondo le condizioni economiche e gli stati d'animo delle classi in conflitto; un terreno sul quale le persone intelligenti delle parti opposte, a un dato momento della loro storia, possono sempre, con vantaggio comune, mettersi d'accordo».

Per provvedere al funzionamento della biblioteca, tutti i giorni un'ora dopo l'uscita dalle fabbriche, e alla domenica e nei giorni festivi anche alla mattina, si offrí spontaneamente la signora Maria Maddalena Pignatelli, moglie del deputato Antonio Annovazzi; e nessuno, o quasi, tra i presenti, la prese sul serio. («Figuriamoci! – diceva la gente. – Una signora con le volpi intorno al collo, che viene nel nostro quartiere anche di sera, e che passa il suo tempo in un circolo operaio a riordinare libri! Ha voluto fare un bel gesto per compiacere il marito»). Ma i commenti dei malevoli e degli increduli erano destinati a essere smentiti dai fatti. La signora Annovazzi Pignatelli – forse è meglio che lo diciamo subito, perché probabilmente non avremo piú l'opportunità di tornare sull'argomento – in un primo tempo da sola e poi insieme alla signora Allegra, fu per molti anni l'infaticabile e insostituibile animatrice della biblioteca popolare della città di fronte alle montagne, finché i libri della biblioteca non vennero dati alle fiamme: come si vedrà. E, di già che ci siamo, conviene forse completare l'informazione aggiungendo che l'impegno della signora Maria Maddalena e della signora Allegra non si limitò alla distribuzione dei libri, ma le portò a insegnare a leggere e a scrivere agli analfabeti e ad organizzare cicli di conferenze sui grandi temi dell'economia, della politica, della scienza e perfino della religione. Senza curarsi dei pettegolezzi e nemmeno delle insinuazioni velenose del direttore della «Gazzetta», il cavalier Poggi: che di tanto in tanto tornava ad alludere, nei suoi articoli, ai «veri motivi» che secondo lui avrebbero spinto «due signore annoiate della città alta, in cerca di evasioni» (o «di emozioni»), a trascorrere le loro sere e le loro domeniche in un circolo di lavoratori, frequentato quasi esclusivamente da uomini...

17.

Iene, ippopotami & C.

La prima automobile che passò attraverso il portone di casa Pignatelli per andare a installarsi in una rimessa del cortile piú grande, fu la Fiat nera «quattro cilindri» del ragionier Ettore, guidata dal portinaio Eraldo: che, da quel giorno, poté aggiungere alle sue molte qualifiche e mansioni anche quella di autista. L'Isotta Fraschini rossa dell'avvocato Costanzo fece invece la sua comparsa di lí a poche settimane, guidata da lui personalmente; e, a differenza dell'automobile del cugino, che usciva abbastanza di rado dal cortile di casa, incominciò a essere vista in vari luoghi della città, e a segnalare con i suoi passaggi gli spostamenti del proprietario, pubblicizzandone le imprese amorose. Il nostro avvocato, infatti, superato il traguardo dei cinquant'anni, sembrava avere scelto come proprio motto l'esortazione del poeta latino Orazio: *carpe diem*, e dedicava tutto il suo tempo libero alle donne, ai banchetti e alla vita di società. La sua stella politica era tramontata senza lasciare rimpianti o, per meglio dire, aveva ceduto il posto a una solida reputazione di gaudente che incuriosiva e attirava le donne – alcune donne – e che però, come tutte le reputazioni del mondo, non poteva considerarsi acquisita una volta per tutte. Per mantenerla, bisognava corteggiare le persone dell'altro sesso che facevano capire con il loro comportamento di voler essere corteggiate, quali che fossero la loro età, il loro aspetto e il loro stato di famiglia; e poi, bisognava rimanere al centro dei pettegolezzi, e comportarsi in modo da suscitare l'invidia degli altri uomini, anche quando ci si trovava in situazioni nient'affatto invidiabili. Un'impresa piuttosto faticosa e, a lungo andare, anche un po' noiosa... Con l'Isotta Fraschini, però, tutto era diventato piú facile. Ogni spostamento dell'avvocato Costanzo veniva segnalato, spiato, discusso e interpretato; e nessuno piú avrebbe potuto contendergli, nella città di fronte alle montagne, il titolo e la funzione di consolatore ufficiale delle vedove annoiate e delle signore scontente dei loro mariti, che esistevano già allora e anzi erano piú numerose e intraprendenti di quanto si può credere...

Le due grandi automobili, dunque, l'automobile nera e l'automobile rossa, si insediarono nella casa sui bastioni con l'autorevolezza e la monumentalità delle macchine di quell'epoca. Uscí di scena la vecchia carrozza di famiglia, il *landò* che era appartenuto al conte Raffaele e prima di lui al conte Basilio e che, non avendo piú un valore di mercato né un mercato, venne dato in beneficenza a una delle tante istituzioni caritatevoli del secolo precedente, l'Ospizio degli Incurabili. Anche gli oggetti inanimati, a volte, possono trovarsi al centro di vicende romanzesche; e la storia della nostra carrozza, che noi, qui, ci limitiamo a riassumere, la portò a essere un carro funebre per piú di vent'anni, e poi a dormire in una rimessa per altri cinquant'anni: finché un bel giorno le accadde come nelle favole che un antiquario la ripulí, la lucidò e la spedí di là dalle montagne e di là dal mare, per essere venduta a un'asta nella lontanissima Londra. Molto piú semplice, invece, fu il destino dei cavalli: che erano vecchi e pieni di malanni, e furono dati a un macellaio per farne bistecche. La grande casa, naturalmente, sembrò non accorgersi di questi piccoli cambiamenti; ma poi le accadde, nel volgere di pochi mesi, di perdere quell'odore di stallatico che ristagnava nei suoi cortili anche durante l'inverno, e di rimanere priva di odori: una casa moderna...

Un giorno, tutt'e due le automobili erano in garage e si presentò in portineria un signore vestito di scuro, con baffi e capelli bianchi, che disse di essere un funzionario della Prefettura e che, quando fu introdotto nello studio dell'avvocato Costanzo, gli annunciò di dover adempiere a un compito spiacevole, molto spiacevole: «Devo darle una notizia triste e grave, e Dio sa se me ne rammarico...»

Sembrava che fosse lí lí per mettersi a piangere. «Lasci perdere Dio, – gridò l'avvocato, – e mi dica una buona volta di cosa si tratta! È successo qualcosa ai miei figli? Venga al punto, senza tanti preamboli!»

Quando il visitatore si decise finalmente a rivelargli, con tutte le precauzioni del caso, che era morto in Africa suo fratello il conte Giacomo, mancò poco che il destinatario di quella notizia tirasse un respiro di sollievo: «Ci voleva tanto a dirmelo subito?» Poi però si rese conto che un fratello è pur sempre un fratello, e che doveva mostrarsi addolorato. Domandò: «Com'è potuto succedere? Mio Dio... Era ancora giovane! Per favore, mi dica di che cosa è morto...»

Prese la busta che lo sconosciuto gli stava porgendo («È arrivata questa mattina, dalla capitale, con un corriere del governo. Contiene tutte le informazioni in nostro possesso») e lo mise alla porta, dicendogli che aveva bisogno di rimanere solo. Quando finalmente si fu liberato di quel seccatore, Costanzo aprí la busta che lui gli aveva appena consegnato e ne rovesciò il contenuto sul tavolo. C'erano alcune fotografie di Giacomo, in quella busta, e una in particolare attirò l'attenzione del fratello perché l'esploratore vi compariva insieme a una donna nera, molto bella e pochissimo vestita; c'era il facsimile di un telegramma del governatore italiano in Somalia a S.E. il capo del governo, con la notizia della morte del «conte Giacomo Pignatelli, capitano della Regia Marina in missione speciale»; e c'era, infine, un rapporto di due pagine di un tale Bongiovanni, in cui si spiegava che il capitano Giacomo Pignatelli, «proditoriamente attaccato da un'orda di razziatori della tribú abissina degli Amhara presso i pozzi di Bahallei, era stato ucciso assieme agli ascari che lo accompagnavano e derubato di tutto ciò che aveva con sé, in una data imprecisata ma certamente anteriore di pochi mesi a quella apposta in calce alla presente relazione». L'avvocato Costanzo si sorprese a esclamare: «Pochi mesi! Con il clima che c'è in quei posti, sarà già molto se hanno trovato lo scheletro!»

Posò il rapporto sulla sua scrivania e si appoggiò allo schienale della poltrona, come faceva sempre quando doveva riflettere. Cosí dunque – pensò – era morto da qualche parte, laggiú in Africa, il figlio primogenito del conte Raffaele Pignatelli, senza lasciare rimpianti tra le persone che lo avevano conosciuto, per lo meno in questa parte del mondo, e senza avere mai manifestato il desiderio di tornare a vivere in un paese civile! Riprese in mano la fotografia dove suo fratello era con la donna di colore. Sentí la sua voce che commentava: «Carni sode, e non c'è nemmeno bisogno di spogliarla: è già svestita! Tutt'al contrario, – gli venne fatto di aggiungere dopo un attimo di silenzio, – delle nostre signore e signorine di qui, che si vestono anche per andare a dormire e che sono molli come budini...»

Da uomo pratico, si chiese quali fastidi, o addirittura quali danni, potessero venirgli dalla morte di Giacomo; ma non riuscí a vedere altro che vantaggi. In assenza di un testamento, o di figli legittimi, lui e gli altri abitanti della casa sarebbero diventati gli eredi naturali del defunto, e tutto si sarebbe risolto da sé. Anche il corpo, o ciò che ne restava, era in Somalia, e doveva pensarci la Marina militare a seppellirlo con i funerali di Stato... Andò a dare la notizia al ragionier Ettore e alle cugine Maria Maddalena, Maria Avvocata e Orsola, che non manifestarono un dolore piú forte del suo; scrisse una lettera a Maria Gabriella ad Agrigento e pensò che la faccenda, per quanto lo riguardava, era finita. Come dice il proverbio: chi è morto giace, e chi è vivo si dà pace...

La mattina del giorno successivo, l'avvocato Costanzo si stava occupando di tutt'altre cose e fu chiamato al telefono dal prefetto, che lo invitava a partecipare a una riunione delle autorità cittadine, convocata – gli spiegò l'interlocutore – per decidere in merito alle solenni onoranze che la città di fronte alle montagne intendeva rendere al suo Eroe. Dunque, c'erano anche le solenni onoranze! Andò alla riunione vestito come tutti i giorni e si rese conto, dal modo come gli altri lo guardavano, che avrebbe dovuto portare un segno esteriore di lutto o addirittura essere vestito di nero. Tutti i presenti a quella riunione, cioè, oltre al prefetto che l'aveva convocata, anche il sindaco, il vicario del vescovo, il comandante della piazza militare, il procuratore del Re e il deputato Cerutti, lo abbracciarono e gli dissero di farsi coraggio, con tanto calore che gli occhi del nostro avvocato si riempirono di lacrime. Soprattutto il prefetto sembrava commosso. Tirò fuori di tasca un telegramma che – spiegò – era arrivato poche ore prima dalla capitale, e mostrandolo ai presenti gli diede subito la lieta notizia: «È cosa certa! Il corpo dell'Esploratore tornerà nella sua città, tra le persone che lo hanno conosciuto e gli hanno voluto bene, entro pochi giorni...»

Si interruppe, per dare modo a chi lo ascoltava di manifestare la sua sorpresa e la sua gioia, e all'avvocato Costanzo di esprimergli la sua gratitudine. «Sono veramente senza parole, – balbettò il fratello del defunto: che affrontava quelle novità senza averle previste, e quindi non faceva fatica a mostrarsi stupito. – La prego... la prego, anche a nome degli altri familiari dell'Eroe, di ringraziare sua eccellenza il capo del governo per il suo vivo interessamento in questa vicenda!»

Il prefetto fece un cenno del capo. «Questo telegramma della presidenza del Consiglio dei ministri, – continuò, – mi comunica che la salma è già in viaggio, e che alle onoranze parteciperà anche un membro della famiglia reale. Si tratta ora di predisporre un'accoglienza adeguata. Immagino che lei, signor sindaco, voglia suggerirci qualcosa».

«Certamente», confermò il sindaco. Era un uomo di grande corporatura, dai capelli candidi, che aveva dato il suo cognome e anche il suo nome di battesimo alla piú importante industria tessile della nostra città, la Manifattura G.ppe Arialda & Nipoti. «La giunta che io rappresento, – disse il commendator Arialda, sbuffando e sibilando per via dell'asma, – si è riunita questa mattina e ha deliberato di stanziare tremila lire per una lapide commemorativa dell'Eroe, contenente un medaglione di bronzo con il suo ritratto, da commissionare a un noto scultore. Circa la collocazione della lapide sono state fatte due proposte: c'è chi pensa, come il sottoscritto, che il luogo piú idoneo sia la facciata del municipio, e c'è invece chi vorrebbe metterla sopra il portone di casa Pignatelli, se i parenti, s'intende, fossero d'accordo...»

«Come possono non essere d'accordo? – pensò (e disse) l'avvocato Costanzo. – I parenti, anzi, rivendicano con forza questo ricordo tangibile di Giacomo Pignatelli, esploratore in terra d'Africa per conto della nostra Società Geografica e capitano della nostra Marina da guerra: la cui memoria, se pure appartiene alla nazione e a questa città, appartiene innanzitutto alla sua famiglia...» Accadeva spesso all'avvocato, in tribunale, che la sua voce parlasse da sola e che lui rimanesse ad ascoltarla come se si fosse trattato della voce di un altro; e cosí anche quella volta si trovò a perorare con grande enfasi la collocazione della lapide del fratello sulla facciata di casa sua, mentre la sua mente macinava tutt'altro genere di pensieri. Quella salma che ora era in viaggio e che di lí a pochi giorni sarebbe sbarcata in Italia – pensava la mente dell'avvocato Costanzo – era una seccatura per tutti: per il governo che se ne liberava mandandola nella città di fronte alle montagne, per gli amministratori della città che dicevano di essere felici di accoglierla mentre l'avrebbero volentieri rispedita al mittente, se avessero potuto farlo, e anche per lui, costretto a perdere tempo con quel genere di riunioni e a fare discorsi stupidi... Si accorse che la sua voce aveva smesso di parlare e guardò in viso i presenti. Anche loro – si disse – stavano recitando.

Cosa mai poteva importargliene al commendator Arialda, al prefetto e a tutti gli altri che erano lí, di un tale che se ne era andato in Africa e poi c'era rimasto perché gli piacevano le negre o per qualche altro motivo che sapeva lui solo, e non certo per diventare il loro Eroe? Avrebbe riso a crepapelle, il conte Giacomo, se avesse potuto assistere a quella rappresentazione che si faceva in suo nome...

«Sí, capisco, è una richiesta legittima, – ansimò il commendator Arialda. – La giunta che ho l'onore di presiedere terrà conto del suo desiderio». Si parlò poi delle cerimonie che si sarebbero svolte in varie parti della città – il duomo, la piazza del municipio, la piazza antistante il castello – e dei manifesti che si sarebbero affissi. Alla fine, tutti si alzarono per andarsene e il prefetto trattenne il fratello dell'Eroe: «Per favore, resti ancora un minuto! C'è una cosa di cui devo parlarle a quattr'occhi... Venga nel mio studio!»

L'avvocato maledisse i vivi e i morti, ma il suo viso fece un cenno d'assenso. Andò dietro al prefetto – un ometto che di straordinario aveva una sola cosa: la somiglianza con il ritratto del Re appeso dietro la sua scrivania – e rimase a guardarlo mentre rovistava tra le carte, cercando un foglio che non si lasciava trovare e che alla fine saltò fuori. «Eccola qua! È un'annotazione di pugno di sua eccellenza il ministro. Mi incarica di chiedere agli eredi del capitano Pignatelli, cioè a lei, cosa intendono fare delle preziose collezioni appartenute al defunto, e soprattutto della raccolta di animali imbalsamati, alcuni dei quali rarissimi... Le collezioni sono attualmente a Mogadiscio, e il governo italiano provvederà a farle imballare e recapitare al domicilio degli eredi, cioè s'intende, al suo domicilio, qui in città... come estremo riconoscimento per i servizi resi da suo fratello alla patria, nel piú breve tempo possibile».

«Le collezioni... gli animali... Questa, poi!» Costanzo Pignatelli tirò fuori di tasca un fazzoletto a quadretti e se lo passò sul viso come faceva in tribunale nei momenti difficili, quando il rappresentante dell'accusa lo metteva alle corde. «Naturalmente, – disse, – io dono tutto allo Stato: è roba vostra! Sono raccolte di grande valore, l'ha detto anche lei, e devono essere conservate in un luogo adatto, nella sede della Società Geografica o in un museo di scienze naturali... Perché volete mandarmele a casa? Cosa me ne faccio?»

«Lei ha perfettamente ragione, – rispose l'omino; – e, se vorrà, quando le collezioni saranno arrivate a casa sua, le darò io stesso una mano per accelerare la pratica di trasferimento a un ente dello Stato. Si tratta di materiali di pubblico interesse, che devono essere custoditi in un museo; ma mi sembra inevitabile che, almeno per ora, facciano sosta a palazzo Pignatelli. È un fastidio che durerà poche settimane, glielo garantisco: al massimo un mese...»

Come tutte le cose di questo mondo, anche le onoranze finirono. Una sera d'inverno, il nostro avvocato si era già fatta tirare fuori l'automobile dal garage perché doveva andare a trovare la sua amica del momento, una certa Angelica, quando gli annunciarono una telefonata da Genova. Pensò che un collega di quella città lo chiamasse per questioni d'ufficio; andò a rispondere, e si sentí dire da una voce maschile che «il treno era partito», e che sarebbe arrivato l'indomani mattina. Balbettò nel ricevitore: «Quale treno?», ma già aveva sentito risuonare, dietro la voce dello sconosciuto, la risata del conte Giacomo... Era ancora lui!

«Il treno delle merci dalla Somalia, – rispose l'uomo dall'altra parte del filo. – Forse lei se ne è dimenticato, ma noi, con le sue merci, ci abbiamo riempito cinque vagoni. Si prepari a riceverle».

Tutta la servitú fu mobilitata in pochi minuti. Si sgomberarono i saloni al piano terreno, che non erano mai stati abitati e che contenevano poche cose: sedie e tavoli, un pianoforte fuori uso, qualche vecchia specchiera... L'avvocato corse in Prefettura e la bella Angelica, dopo averlo atteso inutilmente per quasi due ore, si rassegnò a cenare da sola al lume di candela; ma giurò a se stessa che gliela avrebbe fatta pagare, a «quel cornuto»! Nei giorni successivi, due carri dell'esercito andarono avanti e indietro sul viale dei bastioni, tra la stazione ferroviaria e la casa. Otto fanti in tenuta da lavoro scaricarono e ammucchiarono in cortile decine di casse: alcune enormi, altre piú piccole, coprendole con dei teli per ripararle dalla neve che, di tanto in tanto, riprendeva a volteggiare nel cielo grigio. Ci fu una pausa per la domenica e poi, la mattina del lunedí, arrivò una squadra di genieri comandata da un sergente e incominciò ad aprire le casse. Tutto il pianoterra della casa si riempí di animali. C'erano una zebra, un rinoceronte, un ippopotamo, uno gnu, una mezza dozzina di antilopi e altrettante gazzelle, ventiquattro specie di scimmie e poi ancora un formichiere, due coccodrilli, moltissimi serpenti... C'erano i grandi carnivori: il leone, il leopardo, lo sciacallo, la iena, immobili sui loro piedestalli, che guardavano per la prima volta la neve con i loro occhi di vetro e sembravano stupiti; c'erano uccelli di tutte le taglie e di tutte le razze, dagli struzzi ai colibrí, ai coloratissimi pappagalli; c'erano vetrine di ragni giganti e di farfalle, cosí grandi e vistose che nella città di fronte alle montagne nessuno mai ne aveva viste di simili. L'avvocato Costanzo era fuori di sé per la rabbia. Andava avanti e indietro nel cortile ingombro di casse facendo scricchiolare sotto i piedi la neve gelata, e imprecava contro il fratello: «Quello stronzo! Non gli bastavano le negre e gli altri passatempi, doveva anche mettere insieme questo campionario di carogne esotiche, per rovinarmi l'esistenza...» Si fermava, si guardava intorno smarrito. Si chiedeva: «Chi ci sbarazzerà di tutte queste bestie? Cosa ne faremo?»

I ragazzi di casa erano eccitatissimi, e non si riusciva a fermarli. Ercole e Amedeo, che erano i figli, rispettivamente, del ragionier Ettore e dell'avvocato Costanzo, intralciarono in ogni modo il lavoro dei soldati e misero a dura prova la loro pazienza. Le ultime casse che vennero schiodate, nel cortile ormai ingombro di assi rotte e di trucioli da imballaggio, erano piene di oggetti appartenuti a chissà quali popoli primitivi: c'erano tamburi, pelli, tappeti, monili, armi... C'era anche un piccolo baule chiuso a chiave, che dovette essere aperto da un fabbro e che conteneva il pezzo forte dell'intera raccolta: una collezione di teste umane disossate e miniaturizzate, messe insieme – diceva una pergamena scritta probabilmente dall'Esploratore – da un sovrano degli Iganga, che l'aveva regalata a una sua concubina. Ne facevano parte venti teste grandi ciascuna quanto il pugno di un uomo: cosí vive e sorridenti, cosí liete, che la signorina Orsola, la zitella di casa, quando le vide piombò a terra svenuta. (Ma anche gli altri personaggi della nostra storia, dopo averle guardate e averci scherzato il tempo necessario per dimostrare il loro coraggio, preferirono rimetterle nel baule e dimenticarsi della loro esistenza).

18.

Giovinezza, giovinezza...

Finito il liceo, Giuliano Pignatelli si iscrisse alla facoltà di legge e andò ad abitare a Torino, in un palazzo d'appartamenti alto e massiccio che in certi suoi particolari – ad esempio la forma delle finestre, o la disposizione delle scale – ricordava la casa sui bastioni della nostra città, e che infatti era stato costruito dal nostro primo personaggio, cioè dall'Architetto, su un suo terreno e con i suoi soldi. Quel palazzo, tuttora esistente, è forse l'unico edificio che il grand'uomo, nel corso della sua lunga carriera, non abbia progettato per sfidare i secoli e gli artisti delle epoche passate, ma per un motivo molto piú banale: quello di assicurarsi una rendita durante la vecchiaia. Perciò gli diede la forma di un parallelepipedo, senza tanti fronzoli, e lo riempí di inquilini che gli pagarono l'affitto finché visse, e che dopo la sua morte continuarono a pagare i suoi eredi. Molti di quegli inquilini erano studenti. Soprattutto in soffitta: c'erano giovanotti di ogni parte d'Italia, e tra loro un allievo del terzo anno della facoltà di lettere, coi capelli rossi e gli occhialini a stanghetta, che veniva dalla città di fronte alle montagne e dalla nostra casa, e che noi ancora non abbiamo avuto occasione di conoscere. Alessandro Annovazzi – tale è il nome del nostro nuovo personaggio – abitava già da alcuni inverni nella casa-salvadanaio dell'Architetto, in un romantico abbaino pieno di libri, di ragni e di disordine, ed era il figlio di quell'onorevole Antonio Annovazzi che aveva sposato in seconde nozze la signorina Maria Maddalena Pignatelli, e che aveva inventato lo slogan «Piú libri meno litri». Quando Giuliano era venuto a Torino per iscriversi all'università, Alessandro gli aveva trovato un appartamento al primo piano della casa dove abitava lui stesso, e lo aveva anche aiutato a sistemarsi; ma si era trattato di un gesto di cameratismo tra colleghi, piú che di vera amicizia. I due giovani, infatti, si conoscevano poco e avevano personalità e inclinazioni assolutamente diverse, nella vita come nel modo di affrontare gli studi. Anche le loro abitudini erano diverse. La «matricola» Giuliano Pignatelli era uno studente modello, che si faceva vedere dai professori ogni mattina a prendere appunti alle loro lezioni, e che sembrava interessatissimo alle materie dei corsi; chi lo conosceva, però, sapeva che si era iscritto a legge soltanto per continuare la tradizione di famiglia, e che la giurisprudenza lo interessava quanto qualsiasi altra branca dello scibile umano, cioè pochissimo. L'unica vera passione di Giuliano – dicevano i suoi amici – erano le donne: e lui, quando non era impegnato a mettersi in mostra con i professori, cercava appunto di soddisfare quella passione andando al casino il piú spesso possibile e frequentando quasi ogni sera le sale da ballo e i circoli goliardici, dove gli studenti dell'epoca incontravano e corteggiavano le ragazze in cerca di marito. L'«anziano» Alessandro Annovazzi, invece, andava poco al casino, niente ai balli ed era un pessimo studente: uno studente fuori corso, che molti professori avevano visto per la prima volta quando si era presentato agli esami, e che alcuni avevano bocciato. I suoi compagni d'università dicevano di lui che trascorreva la maggior parte del tempo senza fare niente, a zonzo nelle strade del centro o chiuso nella sua soffitta a leggere libri che non erano quasi mai quelli indicati dai professori; e che poi si trovava alla sera in birreria con altri perdigiorno della sua stessa specie, per discutere fino a notte inoltrata di D'Annunzio, di Nietzsche, di nuovi romanzi, di poesia e di chissà quante altre cose ancora, assolutamente senza costrutto...

Le differenze tra i nostri due giovani erano cosí grandi, che li facevano vivere a pochi metri di distanza l'uno dall'altro, come su due pianeti diversi e lontani. Ma, nonostante tutto ciò che si è detto fino a questo momento e ciò che ancora si potrebbe aggiungere sui loro rispettivi caratteri, Alessandro Annovazzi e Giuliano Pignatelli avevano almeno una cosa in comune: erano felici, ognuno a suo modo e per quel tanto che gli uomini possono esserlo. Il mestiere dello studente universitario, in quei primi anni del secolo ventesimo, era il mestiere piú bello del mondo; e Torino, città di studenti e di sartine, sembrava essere stata fatta apposta per viverci da giovani e per essere giovani alla maniera di Alessandro o a quella di Giuliano, indifferentemente. Le sue strade piú centrali e piú note erano un caleidoscopio di *tramways* gialli e di carrozze e di automobili nere, di mantelli azzurri e di cordoni dorati di ufficiali, di mantelli viola e di nappine rosse di goliardi, di scritte che tappezzavano interi palazzi e celebravano la famosa Compagnia di assicurazioni, le insuperabili Biciclette, le invincibili Macchine da cucire e l'infallibile Sciroppo, o che annunciavano al mondo: «Vende tutto», «La ditta Tale è traslocata nel tal posto», «Eccezionali nuovi ribassi», «Tutto a un soldo»! A ogni ora del giorno, in quelle strade, il frastuono era terribile; ma poco lontano da lí c'erano i grandi viali silenziosi dove i rumori del traffico non arrivavano; c'era il Po, con i suoi caffè all'aperto e i circoli dei canottieri; c'era il parco, per le passeggiate romantiche; c'era la malinconia, che a piccole dosi è un ingrediente indispensabile di ogni felicità. In piazza Castello, un editore musicale aveva riempito un'intera vetrina con i libretti di una canzone goliardica: *Il commiato*, dedicata «agli amici-compagni laureandi in legge» da un giovanotto che Alessandro Annovazzi conosceva bene, perché era stato – come lui – uno studente fuori corso, piú assiduo delle serate in birreria che delle lezioni all'università... Quella canzone, che per un capriccio degli Dei sarebbe diventata, di lí a qualche anno, l'inno trionfale e ufficiale di una dittatura, era l'addio di un goliardo alla città di Torino; accorato come tutti gli addii («Son finiti i giorni lieti | degli studi e degli amori...»), profetico là dove il goliardo accennava a una guerra: a quella guerra, in cui sarebbe morto lui stesso... Ma la parte piú orecchiabile, che in quei giorni si sentiva fischiettare un po' dappertutto, per strada e nei ritrovi degli studenti, era il ritornello:

> Giovinezza, giovinezza,
> primavera di bellezza
> della vita nell'asprezza
> il tuo canto squilla e va!

Era il mese di maggio, in cui fioriscono le rose e gli studenti devono sgobbare molto piú del solito, se non vogliono essere bocciati agli esami. Alessandro Annovazzi, che era fuori corso da un anno, trascorreva la maggior parte del suo tempo traducendo un antico poema cavalleresco, cosí monotono e ripetitivo che sembrava essere stato scritto apposta per far impazzire gli studenti di un'altra epoca e di un altro paese, o per farli morire di noia... Una notte era nella sua soffitta, intento a studiare, e sentí battere due colpi all'ingresso. Pensò di essersi sbagliato, perché nessuno poteva arrivare a quell'ora fin lassú se non aveva la chiave del portone di casa; ma i due colpi si ripeterono, questa volta piú forti, e lui allora andò a vedere chi c'era. Si trovò di fronte il suo quasi-parente Giuliano Pignatelli, che gli disse: «Meno male che sei ancora alzato! Ho bisogno di parlarti!»

Alessandro temette uno scherzo di goliardi e si affacciò sulle scale, ma non vide niente di sospetto. Fece cenno a Giuliano: «Vieni dentro... Di cosa si tratta?»

Il visitatore notturno si sedette accanto alla lampada: era pallido, e le mani, quando le moveva, gli tremavano in modo visibile. Spiegò ad Alessandro: «Mi sono messo in un guaio. Devo battermi, e vorrei che tu mi facessi da padrino. L'altro padrino lo troverò domani mattina... Per favore, non mi dire di no!»

«Un duello? Per quale ragione? E contro chi?» Alessandro si fregò le tempie per essere certo che non stava sognando. Sul suo tavolo c'erano le gesta dei paladini: di Carlotto, di Oggeri di Danimarca, di Rinaldo; e ora, alle due dopo mezzanotte, gli arrivava in soffitta un paladino in carne e ossa, che voleva coinvolgerlo in un duello! «Il massimo che io posso fare, – gli rispose, – è parlare alla persona con cui hai litigato, per vedere di riconciliarvi...»

Giuliano scosse la testa: «No, è impossibile!»

Raccontò quello che gli era successo. Un paio d'ore prima – disse – aveva fatto una bravata di cui si era già pentito almeno cento volte, in una sala da ballo. Aveva cercato di baciare una ragazza che non conosceva, perché credeva che fosse sola e perché aveva bevuto un po' troppo; ma il fidanzato della ragazza, uno di quegli ufficiali col mantello azzurro che camminano per strada come se l'aria dovesse aprirsi al loro passaggio, l'aveva schiaffeggiato e l'aveva sfidato a battersi, lí, subito, se non era un vigliacco! Lui gli aveva risposto che non aveva armi su di sé e che si sarebbe battuto alla pistola, nell'ora e nel luogo concordati dai padrini...

«Alla pistola? – lo interruppe Alessandro. – Perché proprio alla pistola? Non bastava la sciabola?»

«Ho detto la prima cosa che mi è venuta in mente, – gli rispose Giuliano. – C'era quel tale che mi minacciava con la sciabola, e io allora ho pensato che preferivo battermi con la pistola... Del resto, – aggiunse dopo un momento di silenzio, – pistola o sciabola, che differenza fa? Non so battermi nemmeno con la sciabola, se è per questo! Non mi sono mai battuto!»

«Invece fa una bella differenza, – esclamò Alessandro. – Mica per niente ci si batte sempre all'arma bianca! Con la pistola ci si ammazza, con la sciabola no...»

Giuliano scosse la testa: «Ormai è deciso! E poi, non è mica vero che non ci si ammazza anche con la sciabola!»

«E quell'altro, – domandò Alessandro. – L'ufficiale... cosa ti ha risposto?»

L'ufficiale – raccontò Giuliano – aveva fatto un cenno d'assenso, aveva detto: «Manderò i miei secondi al caffè del Cambio, domani mattina alle undici»; e poi si era rimesso a ballare con la fidanzata, così impettito che sembrava un pavone mentre fa la ruota. Lui, invece, era uscito dalla sala e aveva passeggiato sotto i portici e nelle piazze del centro, chiedendosi chi potesse fargli da padrino; aveva pensato al suo quasi-parente Alessandro Annovazzi, e aveva avuto la fortuna di trovarlo ancora alzato a studiare. L'altro testimone l'avrebbe visto di lí a qualche ora, e certamente non si sarebbe rifiutato di rendergli quel servizio, data la sua posizione ufficiale: era il Dondona, gran maestro dei goliardi della loro università. Prese una mano di Alessandro, la strinse tra le sue. «Se uscirò vivo da questa faccenda, – gli promise, – voglio diventare come te, una persona assennata...» *sensibile*

Alessandro spalancò gli occhi: «Io... assennato?» Quella parola, chissà perché, detta a quell'ora di notte e in quelle circostanze, gli sembrò quasi un insulto. «Una persona assennata, – rispose; e nella sua voce si avvertiva l'irritazione per essere stato giudicato tale, – non accetterebbe certo di farti da padrino! Non starebbe nemmeno ad ascoltarti!»

Finalmente Giuliano se ne andò, e Alessandro si mise a letto; ma non riuscí a prendere sonno. Continuava a rigirarsi e a chiedersi: cosa devo fare? Se avesse potuto avvisare l'avvocato Costanzo – si diceva – di ciò che stava succedendo a suo figlio, si sarebbe liberato di una responsabilità che ora invece gravava interamente sulla sua coscienza; ma non c'era tempo per andare con il treno nella città di fronte alle montagne e per tornare prima delle undici. Una denuncia alla polizia avrebbe avuto soltanto l'effetto di far rinviare il duello, non quello di impedirlo; e nessuno avrebbe apprezzato un gesto del genere. Chi veniva offeso pubblicamente doveva battersi, altrimenti perdeva il suo onore; e lui, Alessandro, non aveva il diritto di intervenire nelle faccende d'onore di un'altra persona, nemmeno per salvarle la vita.

Di cosa stava a impicciarsi? Che voleva? Gli era stato chiesto di assistere allo scontro tra due uomini intenzionati a uccidersi, per vigilare che quello scontro avvenisse secondo le regole del codice cavalleresco: e, di fatto, aveva accettato. Tirarsi indietro ora sarebbe stato un atto di vigliaccheria, o addirittura un tradimento; ma, per quanto il nostro studente cercasse di convincersi che non c'era piú niente da fare, l'idea che forse avrebbe assistito a un omicidio lo turbava, e gli impediva di prendere sonno... Quando fu giorno, si alzò; andò all'università, piú per passare il tempo che per ascoltare qualche lezione, e poi, all'ora stabilita, s'incontrò in piazza Carignano con il gran maestro dei goliardi («Pontifex Maximus Goliardorum») Dondona; che si era vestito per la circostanza, in cappa viola e cappello carico di medaglie. I testimoni dello sfidante si trovavano già dentro il caffè e li aspettavano impettiti, appoggiando le mani sulle impugnature delle sciabole. Erano due ufficiali di cavalleria: un tenente con i baffi a manubrio e un capitano, che per esaminare meglio il gran maestro dei goliardi lo guardò col monocolo, come avrebbe guardato un insetto che gli fosse caduto nella minestra. Furono fatte le presentazioni; fu confermata la scelta dell'arma – la pistola – e si stabilí che ognuno dei duellanti avrebbe tirato un solo colpo, dalla distanza di venti passi. Il duello – concordarono le parti – si sarebbe fatto l'indomani, alle sei di mattina, in un terreno edificabile dietro la sede della Società canottieri Val Chisone...

«Immagino che lo sfidato porterà le sue pistole», disse il capitano.

I padrini di Giuliano si guardarono, e Alessandro scosse la testa. «Lo studente Pignatelli, – dichiarò, – non ha pistole da duello. Per lo meno: non le ha qui a Torino».

«Se le parti fossero d'accordo, – disse il tenente con i baffi a manubrio, – potrei mettere a loro disposizione le mie pistole personali: due gioielli, costruiti dal maestro armiere Scalafiotti all'inizio del secolo scorso, e appartenuti a mio nonno, il generale Bava».

Il gran maestro dei goliardi si inchinò, e anche Alessandro ritenne di dover fare un segno di consenso. Poi i padrini si salutarono. Nel pomeriggio, il nostro studente di lettere cercò di proseguire nella traduzione del poema cavalleresco e delle imprese di Goffredo e di Orlando, di Rinaldo e di Carlo; ma i suoi pensieri continuavano a rivolgersi a un altro duello, che non aveva niente a che fare con quell'antico poema e che doveva ancora essere combattuto. Alla fine uscí di casa. Arrivò in piazza Castello, sotto i portici, e vide che tutto era normale: la gente passeggiava, le orchestrine suonavano, c'era il sole. Pensò che anche i duelli facevano parte di quella normalità e che lui, da solo, non poteva cambiare il mondo: doveva accettarlo com'era! Incontrò amici che lo invitarono ad andare con loro in birreria e si lasciò coinvolgere in una lunga discussione su una nuova moda dell'arte: il «futurismo», che accendeva gli animi di chi ne parlava. C'era chi la criticava con forza, come il giovane Annovazzi, e chi la sosteneva con ancora piú forza... La notte dormí; e non sarebbe certamente riuscito ad alzarsi, come fece, all'alba del nuovo giorno, se non avesse dato la carica a Trisífone, che era il nome della sua sveglia. (Trisífone, per chi non fosse esperto di faccende mitologiche, è una delle tre Erinni: dee dell'odio, che nell'antichità venivano rappresentate con gli occhi fiammeggianti e un groviglio di serpi al posto dei capelli). Scendendo le scale, bussò alla porta di Giuliano, ma nessuno gli rispose. Quando arrivò nel prato dietro la Società canottieri vide che erano già presenti quattro persone: c'erano i padrini dello sfidante, c'era lo sfidante che misurava il terreno con i passi, avanti e indietro senza guardare nessuno, c'era il suo collega Dondona... Mancava solo lo sfidato. I campanili di tutte le chiese di Torino incominciarono a battere le sei e il capitano si rivolse al gran maestro dei goliardi: «Mi auguro, – gli disse, scandendo ogni parola, – che il ritardo del vostro rappresentato non sia dovuto a motivi spregevoli».

«Non vi permetto questo genere di considerazioni, – gli

rispose il Dondona; che però era visibilmente a disagio. – Lo studente Pignatelli è un uomo d'onore». E poi, dopo un lungo silenzio in cui tutti ebbero modo di ascoltare il canto degli uccelli nei boschi dietro il Po: «Eccolo che arriva!»

Giuliano Pignatelli scese da una carrozza di piazza, che pagò e rimandò indietro. Indossava il frac, e bastava guardarlo in viso per capire che aveva trascorso la notte chissà dove, non certo nel suo letto. S'inchinò ai padrini dello sfidante e da quel momento sembrò ad Alessandro che il tempo accelerasse il suo corso, e che tutto succedesse piú in fretta che nella vita normale. Per prima cosa, ci fu il sorteggio delle pistole; poi i duellanti si misero al centro del prato, schiena contro schiena, i padrini gli diedero il via e loro incominciarono a camminare seri e tesi come marionette, contando i passi: sette passi, otto passi, nove passi... Dopo il decimo passo si voltarono e spararono, apparentemente nello stesso momento. Ci fu un attimo d'attesa, durante il quale si vide che un occhio di Giuliano si riempiva di sangue, e che il sangue s'allargava anche sulla sua guancia. Lo studente crollò in avanti, con un gemito, mentre l'ufficiale saltava di gioia e gridava ai padrini: «Ce l'ho fatta! Non è riuscito a colpirmi! Ho vinto io!»

Corsero in tre verso il caduto: il tenente di cavalleria per recuperare la pistola appartenuta al nonno generale e Alessandro e il Dondona per vedere se si potesse fare ancora qualche cosa per lui; ma non c'era piú niente da fare. Giuliano Pignatelli era una maschera di sangue e probabilmente era già morto, anche se il suo braccio sinistro seguitava a contrarsi, e anche se dalla sua bocca usciva una specie di rantolo che poteva essere scambiato per un'invocazione d'aiuto. Il gran maestro dei goliardi si fece il segno della croce, recitò una preghiera e poi si rivolse ad Alessandro: «Su, sbrighiamoci! Dobbiamo andarcene da qui prima che arrivi gente, altrimenti ci arrestano!»

19.
Caruso

La luce e il buio continuarono ad alternarsi; il tempo continuò a trascorrere. Arrivò un anno in cui la luna era piú grande del normale, soprattutto d'estate, e se ne stava sospesa sopra le montagne irraggiando una luce rossastra: un brutto presagio, secondo ciò che dissero i vecchi. Un presagio di guerra; e la guerra, infatti, incombeva. La città, che un tempo aveva «ballato» a tutte le guerre d'Europa, diventò cupa e silenziosa, quasi volesse scongiurare in quel modo il ritorno dell'antica sciagura. Ignorò i cortei degli studenti che venivano sotto il municipio a gridare insulti contro i crucchi; e non si infiammò nemmeno per il discorso, al teatro Civico, di un rappresentante degli italiani costretti a vivere di là dalle frontiere, sotto il dominio di quei nostri antichi nemici. Poi, però, gli eventi precipitarono. Sui muri della città alta apparvero i primi manifesti che dicevano di non parlare con gli sconosciuti e di denunciare le persone sospette; nelle cassette della posta arrivarono le prime cartoline della «mobilitazione», e gli animi – tutti gli animi – si accesero. Nei quartieri abitati prevalentemente da operai, e soprattutto in quello «dei ladri e degli assassini», si fecero comizi contro la guerra dei padroni e s'invocò lo sciopero generale, anzi: totale, che la fermasse in ogni parte del mondo. Ricomparvero le bandiere rosse in quelle stesse piazze, dove per molti mesi si erano viste soltanto le bandiere tricolori, e ci fu qualche tafferuglio con la polizia, qualche scaramuccia con gli studenti; ma un bel giorno – o, a seconda dei punti di vista: un brutto giorno – i giornali annunciarono che eravamo in guerra, e tutto finí come per un incantesimo. Le bandiere rosse sparirono, i comizi cessarono, le scritte sui muri vennero cancellate e la città tornò a chiudersi nella sua corazza di silenzio e di apparente imperturbabilità. Dalla stazione ferroviaria incominciarono a partire i primi treni carichi di soldati, e dopo qualche settimana sui portoni delle case si videro i primi «lutti tricolori» dei caduti in guerra, ma soltanto nelle strade della città alta; nei quartieri operai, il nastro con i colori della bandiera nazionale veniva buttato via dai parenti del defunto, o veniva chiuso dentro a un cassetto. Discorsi contro la guerra, però, non se ne sentivano piú da nessuna parte; le riunioni e le manifestazioni di piazza erano proibite, l'orario di chiusura dei circoli e dei ritrovi era stato anticipato e gli unici passi che si sentivano risuonare, di notte in tutte le strade, erano quelli cadenzati dei carabinieri di ronda. Anche i frequentatori abituali delle osterie avevano imparato a tenere a freno la lingua, dopo che la voce pubblica aveva riferito i primi casi di ubriaconi condannati dai tribunali di guerra per «discorsi disfattisti». Un velo di paura, come una polvere impalpabile, copriva tutto e perfino il paesaggio; gli edifici sembravano un po' piú grigi che in passato, gli alberi sui bastioni un po' meno verdi, le montagne un po' piú appartate e un po' piú velate...

La nostra protagonista era silenziosa. I primi tra i suoi abitanti ad andare al fronte erano stati il portinaio Eraldo Fortis e il professor Alessandro Annovazzi: che aveva appena compiuto il servizio militare obbligatorio, ed era un ufficiale di complemento. Poi era partito il giovane Amedeo Pignatelli, e la signora Allegra sua madre aveva affrontato l'avvocato Costanzo sulle scale di casa e gli aveva fatto una terribile scenata, accusandolo di essere il solo responsabile per tutto ciò che sarebbe successo al loro figlio! Se avesse messo a frutto i suoi appoggi politici – aveva gridato la signora Allegra al marito da cui viveva divisa – e avesse offerto un po' di soldi ai dottori della visita di leva, il loro ragazzo sarebbe rimasto in famiglia, come tanti altri che citava per nome: il Tizio, il Caio, il cugino del Caio... (Il pover' uomo era impallidito. Aveva cercato di rispondere alle accuse della moglie, ma non era riuscito a interrompere le sue urla e si era limitato a balbettare: «Tu deliri...»). Dopo Amedeo, erano salite su un treno per il fronte, vestite da crocerossine, Lina e Laura Vellani, le due figlie nubili di Maria Avvocata Pignatelli e di suo marito Alberto Vellani: di cui non abbiamo avuto occasione di parlare fino a questo momento, e di cui non ci occuperemo granché nemmeno in futuro. E poi, ancora, la macchina della guerra aveva continuato a macinare persone di ogni età e di ogni condizione sociale: due aiutanti di studio dell'avvocato Costanzo, un cameriere, il giardiniere e fuochista Vincenzo... Per ultimo, quando aveva compiuto diciott'anni, era partito Ercole Pignatelli, il figlio del ragionier Ettore: che i lettori, forse, ricorderanno d'aver conosciuto bambino mentre ascoltava le filastrocche dei Lapponi stando seduto sulle ginocchia della madre, e che aveva atteso con impazienza il suo turno di andare in guerra perché si era convinto – chissà per quale motivo! – che anche la guerra fosse un gioco, il piú bel gioco del mondo...

Ad abitare la grande casa sui bastioni erano rimasti un gruppetto di vivi e due fantasmi, particolarmente fastidiosi e ingombranti: quello di Giuliano Pignatelli e quello dell'Esploratore, che accoglieva i visitatori con la sua lapide collocata sopra l'ingresso e poi, quando erano all'interno dell'edificio, rallegrava le loro narici con le esalazioni dei suoi animali impagliati. Il fantasma dell'Esploratore, in particolare, sembrava essere diventato il vero padrone della casa e fino a quel momento non c'era stato modo di liberarsene, regalando tutte le sue collezioni e tutte le sue carte a chiunque le volesse prendere: un museo, una università, un ente qualsiasi... («Io, per me, – diceva a volte l'avvocato Costanzo, – butterei tutto in una discarica: ma sarebbe uno scandalo»). Gli animali si sfarinavano e tarlavano; i fili delle cuciture marcivano e si spezzavano dentro la loro pelle, gli occhi di vetro uscivano dalle orbite, le parti ancora corrompibili si corrompevano, esalando miasmi cimiteriali che attraverso i soffitti e le finestre penetravano negli appartamenti ai piani superiori e impregnavano tutto: i piatti dove si mangiava, i letti in cui si dormiva, i muri delle stanze dove si viveva... Per trasferire le collezioni dell'Esploratore in una sede piú adatta si era perfino progettato di fondare, nella città di fronte alle montagne, un museo tutto per loro, di scienze naturali e di qualcos'altro (forse, di antropologia...); e la faccenda, sostenuta dal nuovo direttore della banca cioè dal commendator Ettore Pignatelli cugino dell'Eroe, sembrava prossima a realizzarsi. Poi però era arrivata la guerra a bloccare ogni spesa e ogni iniziativa; e, finché sulle montagne avessero continuato a sparare i cannoni – diceva l'avvocato Costanzo, allargando le braccia – in città non sarebbe successo piú niente: tutto sarebbe rimasto fermo! Anche il fantasma dello studente Giuliano Pignatelli, pur essendo un po' meno fastidioso di quello dello zio, continuava ad aleggiare sulla casa e sui pensieri di chi ci viveva. I suoi genitori erano invecchiati, e non solo nell'aspetto fisico: sua madre, la signora Allegra, si era ritirata nel suo appartamento e non voleva piú uscirne, e suo padre, l'avvocato Costanzo, era diventato un uomo noiosissimo, che ripeteva sempre le stesse parole e gli stessi discorsi, come un disco inceppato. L'Isotta Fraschini era ferma in garage sotto un dito di polvere, e le imprese del seduttore avevano lasciato il posto a un'unica relazione, fatta di abitudini, con la vedova di un suo vecchio compagno di studi. Infine, le cronache della grande casa registrano proprio in quegli anni la presenza di un uomo sopravvissuto a se stesso – cioè, in pratica, di un terzo fantasma – e tenuto chiuso in una soffitta. L'ex deputato Antonio Annovazzi, dopo essere stato sconfitto alle elezioni da un candidato socialista, aveva incominciato a commettere certe stranezze che secondo la «Gazzetta» erano dovute al dispiacere per la perdita del seggio, e secondo i medici a «demenza senile» (arteriosclerosi). Per impedirgli di compiere chissà cosa, e per salvargli la reputazione, la signora Maria Maddalena – dopo molte discussioni con i familiari, dubbi e lacrime – si era decisa a rinchiuderlo. Lui, però, a volte riusciva a scappare e vagava per la città silenziosa e deserta, oppure dava in escandescenze: gridava frasi senza senso, si toglieva i calzoni...

Anche la casa partecipava alla guerra. In un salone al primo piano, le signore del «comitato patriottico» della città alta organizzavano recite e tombole di beneficenza per le vedove e gli orfani dei caduti, e raccoglievano indumenti da mandare al fronte: soprattutto calze e guanti di lana, di cui i nostri soldati sembravano avere un bisogno incontenibile, ma anche maglie, mutande e cuffie. Un'importante attività del comitato, la corrispondenza con i soldati italiani prigionieri dei crucchi, era stata affidata alla signorina Orsola Pignatelli; che in tre anni scrisse piú di duemila lettere – due al giorno! – e ne ebbe in cambio ringraziamenti, benedizioni e una curiosa avventura. Dopo la fine della guerra: una mattina, la nostra matura zitella si vide comparire davanti un giovanottone basso e tozzo, con le sopracciglia nere e folte unite al di sopra del naso e un pacchetto di lettere tra le mani, che le disse: «Sono Vitaldo Capacchione. Cerco la signorina Orsola». Mancò poco che gli venisse un colpo a tutt'e due: a lei, per lo spavento di trovarsi davanti, in carne ed ossa, uno dei suoi corrispondenti piú assidui e piú disperati; e a lui, che aveva tenuto nascosto il suo sogno d'amore e se lo era coltivato per anni, nel campo di prigionia, senza pensare che quella «signorina» delle lettere potesse essere una donna grigia e flaccida, dell'età di sua madre...

Quando il portinaio Eraldo Fortis ebbe la sua prima licenza, dopo quasi due anni di guerra, gli abitanti della grande casa lo festeggiarono con tanto entusiasmo, che non avrebbero potuto fare di piú e di meglio per un loro congiunto. Perfino la signora Allegra si materializzò sullo scalone, cosí magra e gialla che sembrava uno spettro, per chiedergli notizie di suo figlio Amedeo: come se la guerra si fosse combattuta in un posto soltanto, e quel posto fosse stato un piccolo villaggio dove si sapeva tutto di tutti! «Mi dispiace, signora, – disse il portinaio; – ma credo proprio che suo figlio si trovi in un'altra parte del fronte. Siamo in tanti, sa: c'è chi dice che siamo un milione, e chi ancora di piú...» Maria Maddalena e Maria Avvocata, in poche ore, organizzarono un incontro pubblico con il loro reduce nel salone del comitato patriottico, pieno di bandiere tricolori e di manifesti di propaganda per il «fronte interno». Il portinaio raccontò la sua guerra: quella guerra di cui poteva parlare per esperienza diretta, delle trincee e delle stazioni telefoniche in trincea, a cui era stato assegnato quando i suoi superiori – disse – si erano resi conto di avere a che fare, se non proprio con un inventore, con un uomo dotato di un naturale talento per le cose tecniche. Tra le avventure vissute in guerra dal sergente Fortis c'era un incontro con il comandante in capo delle truppe italiane: quel generalissimo Cadorna, su cui circolava la canzoncina disfattista «el general Cadorna el mangia el bev el dorma», e lui invece se lo era trovato davanti all'improvviso alle sei di mattina, senza altri accompagnatori che il suo capitano. Un'altra avventura era stata quando aveva dovuto far parte di un plotone che aveva fucilato quattro nostri soldati, colpevoli di essersi nascosti durante un assalto; ma questa non era una storia da potersi raccontare alle dame e ai dami del comitato patriottico, e il portinaio lo sapeva. Lui stesso, del resto, se avesse potuto dimenticarla, se ne sarebbe dimenticato piú che volentieri...

«Raccontateci un episodio della vostra vita in trincea, – disse un uomo già avanti negli anni. – Un fatto qualsiasi, che per qualche minuto ci dia l'impressione di essere laggiú insieme ai nostri ragazzi. Qualcosa che avete visto con i vostri occhi, e che non dimenticherete tanto facilmente...»

Il portinaio ebbe un momento di esitazione, pensò: cosa

gli racconto? La memoria gli si affollò di tante piccole cose: i geloni, i pidocchi, i topi, che però non potevano interessare quegli ascoltatori. Disse: «Vi racconterò la storia di Caruso».

«Non sarà stato il nostro grande cantante! – esclamarono le signore. – Forse, un suo nipote? Uno che ha il suo stesso cognome?»

«No, – disse il portinaio. – Caruso era il soprannome di un soldato napoletano, un portaordini che doveva tenerci collegati con il comando di compagnia nel primo inverno di guerra. Noi allora eravamo in un caposaldo sopra la val Sugana a millequattrocento metri d'altezza, e non avevamo il telefono. I portaordini uscivano alla sera con il buio e rientravano prima di giorno; ma gli austriaci avevano messo una fotoelettrica in alto dietro le loro trincee, e quando l'accendevano sembrava di essere a teatro, con quel cerchio di luce che si spostava sulla neve come su un immenso palcoscenico, e con il buio della notte tutt'attorno... Avevano già ammazzato tre portaordini: un Pedretti di Bergamo, un Porzio di Casale e un altro di Rovigo che tutti chiamavano Bistecca, non so piú perché. Il quarto portaordini doveva essere questo napoletano di cui sto parlando, un certo Esposito... sí, mi sembra che il suo vero cognome fosse Esposito, e che il nome fosse Pasquale... Pasquale Esposito...»

Nella sala del comitato patriottico il silenzio, adesso, era assoluto. Alcuni ascoltatori anziani erano venuti a sedersi di fronte all'oratore, per sentire meglio; e c'era un uomo quasi completamente sordo, il commendator Porzano, che gli teneva il cornetto acustico a pochi centimetri dalla bocca. «S'avvicinava l'ora dell'uscita serale, – disse il portinaio, – ed Esposito era piú morto che vivo per la paura. Chi non lo sarebbe stato, nei suoi panni? Per mandarlo fuori dalla postazione bisognò fargli bere un'intera bottiglia di cognac. Alla fine, a calci e spintoni, uscí nel buio e scomparve; ma a metà della pista si mise a cantare un brano d'opera, non proprio a squarciagola ma nemmeno piano. "Che gelida manina, se la lasci riscaldar..." A noi che eravamo in trincea venne la pelle d'oca. Pensammo: ha bevuto troppo e adesso i crucchi lo ammazzano. Si accese la fotoelettrica; il nostro portaordini era là, vestito di bianco in mezzo alla neve, e dalla trincea dei crucchi una voce gridò in italiano: Caruso! Canta piú forte! Sono stati gli austriaci a chiamarlo per primi Caruso. Allora lui riprese a camminare nella neve senza cercare di ripararsi, proprio come se fosse stato su un palcoscenico, mentre la luce della fotoelettrica lo inquadrava e lo seguiva, e camminando cantava con una bella voce da tenore: "Cercar che giova? Al buio non si trova. Ma per fortuna, è una notte di luna..." Quando arrivò in fondo al vallone si voltò prima di uscire di scena, ci fece un inchino e ci ringraziò degli applausi con un gesto, anzi a dire il vero i gesti furono due, uno rivolto a noi e l'altro rivolto ai crucchi, perché anche loro lo stavano applaudendo; poi la fotoelettrica si spense e il vallone tornò buio. Be', – disse il portinaio dopo un breve silenzio, – forse voi non mi crederete, ma vi giuro sul mio onore che questo fatto è accaduto davvero e che si è ripetuto ancora, nelle notti successive, almeno altre quattro volte...»

Il commendator Porzano si alzò in piedi, tenendo l'apparecchio acustico nell'orecchio. «È una storia inverosimile, – gridò, con la voce che gli tremava d'indignazione. – Una storia stupida: e voi, giovanotto, dovreste vergognarvi di raccontarla! Questo soldato italiano, se davvero c'è stato, che si è messo a fare il pagliaccio in una situazione cosí grave, dovrà essere giudicato da una corte marziale... Sissignore! Mi stupisco che non abbia già ricevuto una punizione adeguata... Dov'erano i vostri ufficiali, giovanotto, mentre voi vi davate buon tempo, e cosa stavano facendo?»

Molti soci e socie del comitato patriottico insorsero per farlo tacere («Per favore! Lasciate parlare il sergente Fortis! Lasciate che finisca il suo racconto! State zitto!»), ma il commendator Porzano aveva un metodo infallibile per non ascoltarli. Si levò il cornetto dall'orecchio e se ne andò; non prima, però, di aver pronunciato un severo giudizio sui «giovani di oggi», e di aver espresso qualche amara considerazione sull'esito che avrebbe potuto avere una guerra combattuta da soldati come quel portaordini: «Che, – disse, – ci renderanno ridicoli agli occhi del mondo».

Eraldo Fortis scosse la testa. «Le guerre, – disse, – si vincono eseguendo gli ordini e salvando la pelle, e Caruso è riuscito a fare tutt'e due le cose, in condizioni estremamente difficili... Non sarà un eroe, ma non è nemmeno un traditore e non merita di essere giudicato come ha fatto il signore che è appena andato via. Forse gli austriaci avrebbero dovuto spargli e hanno sbagliato a non farlo, dal loro punto di vista: sono loro, e non noi, che dovrebbero essere processati per questa faccenda... Ma certe situazioni si capiscono soltanto se si sono vissute, perché le parole non bastano a spiegarle. Si era creato qualcosa, lassú a millequattrocento metri in quell'inferno di ghiaccio, una specie di incantesimo che ci faceva sembrare la voce del nostro portaordini non meno bella di quella del vero Caruso. La notte che lui ha intonato l'aria della Tosca: "E lucean le stelle, e olezzava la terra..." io avevo gli occhi pieni di lacrime; e credo che anche molti dei nostri nemici abbiano provato la stessa emozione. Perché avrebbero dovuto ammazzarlo? Era laggiú, in mezzo al cerchio di luce, e cantava per loro...»

«E poi? – domandò una signora. – Cos'è successo che l'ha fatto smettere di cantare?»

«È successo, – disse il portinaio allargando le braccia, – che ci hanno mandati in un'altra valle, e che non abbiamo avuto piú bisogno di un portaordini. Del resto, – aggiunse dopo un momento di silenzio, – una situazione come quella, non poteva mica durare in eterno! Ma Caruso era già diventato famoso. Da una parte e dall'altra del fronte, di trincea in trincea, i soldati raccontavano la leggenda di questo artista straordinario, di questo grande tenore costretto a fare il portaordini finché una pallottola l'avesse tolto di mezzo... Fu chiamato a Udine, al comando supremo dell'esercito, dove prestavano servizio alcuni musicisti che lo fecero cantare: lui cantò, e i musicisti si misero a ridere. Era quello l'uomo che con la sua voce faceva tacere le armi? Dissero che aveva una voce né bella né brutta: una voce normale, come ce ne sono milioni... Insomma, – concluse il portinaio, – fu una delusione per tutti!»

20.
Gli scienziati della rivoluzione

Un giorno, la guerra finí e le stazioni ferroviarie nelle retrovie si riempirono di soldati che cantavano e sparavano per aria e facevano ogni genere di sciocchezze per mostrare al mondo e a se stessi di essere contenti. Tutti erano diventati eroi, tutti ritornavano a casa e anche il capitano Alessandro Annovazzi si trovò seduto in uno scompartimento di seconda classe di un treno che lo stava riportando nella sua città. Pensò che avrebbe dovuto essere felice. Aveva vinto, e cosa ancora piú importante, era rimasto vivo; ma, per quanto cercasse, non riuscí a ritrovare dentro di sé nemmeno un briciolo dell'entusiasmo che lui stesso, in una primavera ormai lontana, aveva provato per quella guerra, di cui ora si festeggiava la fine... Pensò, e disse ad alta voce: «È come se da allora fossero passati cent'anni! Sono piú vecchio di un secolo!»

Alzò la testa e vide che i suoi compagni di viaggio si erano voltati verso di lui e che lo stavano guardando. Erano cinque: un tale seduto al suo fianco aveva accanto a sé una ragazzina vestita da collegiale e poi, sul sedile di fronte, c'erano due anziani coniugi e un prete nell'angolo del finestrino. Il nostro capitano si sentí a disagio. L'abitudine di parlare da solo ad alta voce gli era venuta durante la guerra e però, fino a quel momento, lui aveva creduto che fosse un modo di riflettere sugli ordini che stava per dare ai soldati, e non un segno di squilibrio... Cosa doveva dire a quelle persone che si trovavano nel suo stesso scompartimento: che era matto, oppure doveva spiegargli che improvvisamente si era sentito vecchio, anzi decrepito, in un mondo ancora piú decrepito?

«Sí, è vero, avete proprio ragione, – disse il prete, che aveva alzato gli occhi dal breviario e lo guardava da sopra gli occhiali da presbite, come se gli stesse leggendo nel pensiero. – Questa lunga guerra ci ha logorati e ci ha invecchiati, ma se Dio vuole è finita! Abbiamo vinto, grazie al nostro esercito e ai nostri eroici ufficiali. Che Dio vi benedica!»

La grande casa sembrava deserta. Al piano terreno, l'odore nauseante degli animali impagliati riempiva il cortile, e non era molto diverso da quello della guerra e delle trincee. Alessandro Annovazzi si diresse verso lo scalone; ma poi vide uscire dalla guardiola il portinaio e tornò indietro per stringergli la mano. «Il vecchio Eraldo! Che piacere vederti!»

Eraldo Fortis lo salutò militarmente, con la mano sinistra. Seguendo quel gesto, il capitano si accorse che la mano destra e tutto il braccio dell'uomo che gli stava davanti non c'erano piú, e che la manica della giacca, vuota e floscia, era fissata alla tasca con una spilla da balia. «Anch'io sono felice di rivederla, signor capitano, – disse il portinaio. – Benvenuto a casa! La signora Maria Maddalena le racconterà le nostre novità, che purtroppo non sono buone: suo padre, il compianto onorevole Annovazzi, ci ha lasciati...»

«Sí, – rispose Alessandro, – so già tutto! Nessuno, invece, mi aveva scritto del tuo braccio, altrimenti non avrei fatto l'atto di porgerti la mano... Mi dispiace! Quando ti è successo?»

Il portinaio fece un cenno con l'unico braccio rimasto. «È stato al tempo della grande offensiva tedesca... un anno fa»; ma si vedeva che non parlava volentieri di quell'argomento. Disse che aveva già imparato a fare tutto con la mano sinistra, a scrivere, ad attaccare i bottoni, a cucinare, e che pensava di costruirsi lui stesso un braccio meccanico di un genere nuovo e rivoluzionario, capace di muoversi e di muovere una mano artificiale come se fosse stata una mano vera... «Il progetto è pronto, signor capitano, – confidò. – Devo solo preparare gli stampi per fondere l'alluminio, e devo ancora mettere a punto la parte piú complicata di tutto il congegno: un sistema di tiranti e di molle che, passando dietro la schiena, collegherà il braccio meccanico con l'altro; perché gli impulsi, lei capisce, devono venire da lí!»

Molte cose, nella grande casa, erano cambiate; ma nemmeno una era cambiata in meglio. Lo studio legale Pignatelli & C., che per oltre mezzo secolo era stato il piú importante della città di fronte alle montagne, aveva chiuso i battenti e non c'era piú nessuno dei vecchi proprietari che potesse riaprirlo. L'avvocato Costanzo era morto suicida, sparandosi un colpo di pistola alla tempia, il giorno in cui gli era arrivato sulla scrivania il «lutto tricolore» di suo figlio Amedeo. Sua moglie Allegra era sopravvissuta alla notizia, anzi l'aveva accolta apparentemente senza scomporsi («Non mi dite niente di nuovo, – aveva esclamato. – Io lo sapevo che Amedeo sarebbe morto in guerra. L'ho sempre saputo!»); ma dopo pochi mesi aveva dovuto andarsene anche lei, uccisa da quell'epidemia di «spagnola» che si era già presi due dei nostri personaggi: l'ex deputato Antonio Annovazzi e la signora Teresa Pignatelli, moglie del commendator Ettore...

Anche i reduci, nella grande casa, erano pochi e si aggiravano in spazi troppo grandi per loro, tra le ombre dei defunti e i miasmi degli animali imbalsamati. Oltre al portinaio Eraldo e al capitano Annovazzi, erano tornate dal fronte altre quattro persone: le crocerossine Lina e Laura Vellani, il giardiniere Vincenzo e il giovane Ercole, che era partito per ultimo ma era riuscito ugualmente a diventare un eroe, anzi lo era diventato piú di tutti gli altri che sono stati nominati fino a questo momento. Ercole Pignatelli, appena arrivato al fronte, aveva chiesto e ottenuto di combattere in quei reparti d'assalto degli «arditi» dove la mortalità era spaventosa, piú che in qualsiasi altro corpo dell'esercito, e dove l'eroismo si otteneva in quantità industriali mescolando tra loro due ingredienti abbastanza comuni e a buon mercato: l'incoscienza giovanile e il cognac. Ora che era tornato a casa, era l'eroe di famiglia. Spiegava alle zie, che lo ascoltavano estasiate, l'arte di sopravvivere in battaglia vedendo arrivare le pallottole da lontano e sgusciandoci in mezzo; e poi andava a passeggiare sotto i portici con indosso il fez e la camicia nera della divisa da ardito, perché le ragazze lo ammirassero. Era uno di quei giovanotti – uno dei tanti! – di cui allora si sentiva dire dalla gente per strada, che «la guerra non gli era bastata»...

Alessandro Annovazzi, dunque, tornò a vivere nell'appartamento della matrigna e tornò a indossare i suoi vestiti d'un tempo, un po' fuori moda. A differenza del giovane Ercole, lui di guerra ne aveva avuta anche troppa, e il suo desiderio piú grande era quello di incominciare a fare il suo mestiere di professore: magari anche soltanto in un ginnasio e soltanto come supplente, se non trovava di meglio! Presentò la domanda; ma il tempo passava senza che accadessero novità, e quando il nostro capitano in congedo andò a informarsi sui motivi che tenevano ferma la sua pratica mentre quelle dei suoi amici e conoscenti avevano seguito tutte il loro corso, scoprí di essere defunto. La sua morte in guerra – gli spiegò il capufficio dell'anagrafe – risaliva all'autunno di due anni prima ed era stata causata, con ogni probabilità, dallo scambio del nome o del numero di matricola con quello di un caduto, che adesso risultava vivo e disperso... Di situazioni del genere – gli disse quel tale, credendo forse di consolarlo – ce n'erano migliaia; e il fu Alessandro Annovazzi, vivo e vegeto ma impossibilitato dalla sua condizione anagrafica di defunto a occuparsi di cose utili e ad avere un'esistenza normale con un lavoro normale, dovette rassegnarsi a combattere un'ultima, estenuante battaglia contro un apparato burocratico che già prima della guerra non era stato particolarmente efficiente, e che ora era diventato indecifrabile e insensato come gli oracoli dell'antica Grecia. (Ci è consentita una nota a margine? Non è un caso – vien fatto di dire oggi, con il senno del poi – che proprio in Italia e proprio in quegli anni abbia potuto manifestarsi un genio dell'assurdo come Pirandello. Le grandi opere sono prodotte dal talento, quelle grandissime dal talento e dai tempi). Alessandro Annovazzi, se si fosse trovato in condizioni di estrema povertà e se avesse avuto moglie, si sarebbe dovuto adattare a vivere da defunto, con la pensione di guerra della propria vedova; e probabilmente, anzi certamente, non sarebbe stato l'unico a trovarsi in quella situazione. Invece lui era scapolo e voleva fare il professore, sicché dovette cercare testimoni e pagare avvocati, salire e scendere scale e dannarsi l'anima, per avere certificato su carta da bollo, dopo tanti sforzi, ciò che era sotto gli occhi di tutti quelli che lo conoscevano: che era vivo...

Anche la città di fronte alle montagne, al termine della guerra, appariva stremata, pur non avendo «ballato» come un tempo sulla linea del fronte. C'erano poche carrozze e poche automobili per strada, poche merci nelle vetrine, poche luci di notte, nelle case e nella illuminazione della città alta. Molti negozi e molti uffici erano chiusi, molti locali pubblici che prima della guerra erano sempre stati affollati, ora apparivano deserti. Soltanto la piazza davanti alla stazione ferroviaria si riempiva ogni mattina di giovani senza lavoro e anche di reduci come Ercole, con indosso le loro vecchie divise militari, che non si capiva cosa volessero e chi aspettassero, e che di tanto in tanto formavano un corteo per andare a gridare i loro slogan sotto le finestre di qualcuno: il sindaco, di solito, oppure il prefetto... Nelle strade del centro, l'attività di chi vendeva i giornali era frenetica, e le notizie che si sentivano annunciare erano tali, che sembrava dovesse arrivare la fine del mondo da un momento all'altro: i popoli insorgevano, i governi vacillavano o cadevano, i soldi diventavano carta straccia... Nelle conferenze di pace ogni giorno i nostri diritti venivano calpestati, e la nostra vittoria, che ci era costata tanti sacrifici e tante giovani vite, veniva svenduta al tavolo delle trattative o, peggio ancora, veniva barattata con le promesse di chi voleva approfittarsi di noi e della nostra dabbenaggine! Alla fine, tutte le bandiere tricolori e tutti i ragazzi come Ercole salirono su un treno e andarono chissà dove a difendere la vittoria. La città rimase in balia delle bandiere rosse e degli scioperi che si trasmettevano da una categoria all'altra di lavoratori, come un misterioso contagio: tutto accadeva senza essere stato annunciato e programmato, e non si poteva piú fare affidamento sulle poste, sulle ferrovie, sul gas, sul pane, sul latte, su nulla! Gli operai delle campagne e delle fabbriche attendevano la rivoluzione; quella stessa rivoluzione che aveva portato al potere, in Russia, il compagno Lenin, e però – diceva Alessandro Annovazzi, quando si fermava a parlare di politica con il portinaio Eraldo – l'attendevano come avrebbero potuto attendere la Madonna, convinti che per farla scendere dal cielo in terra fossero sufficienti tre cose: avere fede, celebrare con fervore il rito dello sciopero e dare fuoco di tanto in tanto a qualche fienile o a qualche magazzino, per castigare qualche padrone... Molte fabbriche vennero occupate e presidiate; il grano maturo incominciò a marcire nei campi, e l'ululato delle mucche che reclamavano la mungitura salí su, dalla pianura zampillante d'acque, fino ai bastioni della città alta e fino alla casa, come una disperata richiesta d'aiuto. Di notte la pianura era punteggiata di fuochi, di pagliai e di interi cascinali che bruciavano; di giorno arrivavano in città i lavoratori delle campagne, in bicicletta o sui carri tirati da quegli enormi cavalli che erano le macchine agricole dell'epoca, e si riunivano in piazza Municipio o in piazza Castello con gli operai delle fabbriche, gridavano tutti insieme «evviva la rivoluzione bolscevica», «evviva il popolo sovrano», «a morte i padroni»! Il deputato socialista locale, un tale Frasca, cercava di mettere un po' d'ordine in quell'accavallarsi di rivendicazioni, in quell'urlio indistinto e confuso, ma la folla non lo ascoltava e lo fischiava; voleva sentir parlare gli altri, quelli che Alessandro Annovazzi chiamava «gli scienziati della rivoluzione», perché, ogni volta che avevano sprecato un poco del loro prezioso tempo per rispondere a una sua domanda, gli avevano detto con sussiego che la storia umana è mossa dalle leggi dell'economia, cioè della scienza: chi governa l'economia, governa la storia! Gli scienziati portavano occhialini cerchiati d'oro, venivano dalle grandi città e, quando salivano sul palco in mezzo alle bandiere rosse, gridavano che il sistema capitalistico stava per crollare sotto i colpi del movimento operaio internazionale che l'avevano già messo in ginocchio; entro pochi mesi – garantivano – l'infame borghesia sarebbe scomparsa, e sarebbe iniziata una nuova epoca di pace, di progresso e di straordinario benessere, portata dai lavoratori! Gli operai sarebbero diventati i padroni del mondo: delle case, delle scuole, delle fabbriche, dei campi, delle nuvole...

Alessandro trasecolava. «Ma, – cercava di obiettare ai giovani con gli occhialini, – siete proprio sicuri che la caduta della borghesia sia un fatto cosí meccanico e cosí certo, come la caduta dei gravi o quella delle foglie d'autunno? E poi, via, siamo seri: gli operai padroni del mondo è una bella frase, ma i problemi di chi lavora sono di tutt'altro genere! Se si continua a gridare alla rivoluzione e non la si fa, si ottiene soltanto di far crescere l'odio... Non ci avete pensato?»

L'unico dato visibile e corposo, infatti, era proprio questo: la gente si odiava, con una determinazione e un'intensità che non si erano mai vedute prima d'allora. Il paese della muffa era diventato il paese dell'odio. Gli operai, quando sfilavano con le bandiere rosse lungo il Corso, mostravano il pugno agli abitanti della città alta, gli gridavano: «Avete finito di succhiarci il sangue! Parassiti, avete le ore contate! Pagherete tutto!» In quanto ai destinatari di quelle minacce, per il momento tacevano; ma non era certamente, il loro, un silenzio di rassegnazione e di buoni propositi...

Tra comizi, grida, occupazioni di fabbriche, tumulti e muggiti, passò anche quell'estate, degli scioperi e della rivoluzione che doveva scendere dal cielo come la Madonna, e alla fine, però, non era discesa. Arrivò un nuovo autunno; e il nostro professore, che a forza di carte bollate e di tribolazioni era riuscito a compiere il miracolo di resuscitare se stesso, fu mandato a insegnare lettere nel ginnasio di M., a trenta chilometri dal capoluogo. Tutti i giorni si alzava all'alba. Andava alla stazione ferroviaria e saliva su un treno di due sole carrozze con i sedili di legno; si sedeva vicino a un finestrino e guardava la pianura che scivolava via. A volte, in fondo alla pianura c'era un sole enorme: un sole velato, che galleggiava tra i vapori della terra come in un acquario e che si lasciava osservare per tutta la durata del viaggio, senza che gli occhi ne fossero offesi. Il professore, allora, non pensava piú a niente; stava là, ed era quasi felice...

Una mattina di novembre, Alessandro Annovazzi trovò sul suo stesso treno l'ex crocerossina Lina Vellani, che, vedendolo, spalancò gli occhi da cerbiatta:

«Che sorpresa! Anche voi andate a M. tutte le mattine? Ne sono felicissima! Cosí potremo chiacchierare durante il tragitto, e il viaggio ci sembrerà meno lungo!»

Lina Vellani aveva allora ventiquattro anni. Era una maestra elementare – l'anno precedente, ricordò il nostro professore, aveva insegnato a R., un altro paese dell'immensa pianura – ed era anche una ragazza piuttosto graziosa, con gli occhi e i riccioli neri e il vitino di vespa, che il giovane Alessandro incontrava ogni tanto sulle scale di casa e per cui sentiva di provare un certo interesse; ma, purtroppo, lui non era mai stato bravo a prendere iniziative con le donne! Ogni volta che aveva fatto la corte a una compagna, quando era studente, si era sentito goffo e impacciato; e i quattro anni di guerra, e i due di «ferma» subito dopo l'università, non avevano contribuito a migliorare le cose. In treno, però, tutto era piú semplice. Le chiacchiere della signorina Vellani, i suoi sorrisi ironici o indulgenti, il suo profumo, già quel primo giorno fecero sí che Alessandro trascurasse la contemplazione della nebbia e del sole velato per dedicare la maggior parte dei suoi pensieri alla donna che sarebbe diventata sua moglie di lí a pochi mesi, e che sembrava essere il suo esatto contrario: quanto lui, infatti, appariva chiuso di carattere, taciturno e perfino un po' scontroso, tanto lei era allegra e capace di andare d'accordo con tutti... Si sposarono alla fine dell'anno scolastico; e il nostro professore, che pure era una persona attenta e portata a riflettere sugli esseri umani e sulle loro vicende, non arrivò mai a sospettare ciò che sua moglie gli avrebbe poi rivelato quasi per caso, quando entrambi erano già anziani. Era stata lei, la maestrina Lina, che aveva chiesto di essere trasferita nelle scuole elementari di M., per poter viaggiare sul suo stesso treno: perché si era resa conto che l'iniziativa di corteggiarla non sarebbe mai partita da Alessandro, e perché voleva che Alessandro la sposasse. «Se aspettavo te, diventavo vecchia! Io ti piacevo, lo capivo dal modo come mi guardavi quando ci incontravamo per strada o sulle scale di casa, ma capivo anche che eri un tipo un po' strano... Insomma, ho dovuto fare tutto da sola!»

21.

Arrivano gli inquilini

La nostra protagonista era invecchiata. Non di molto, perché l'Architetto l'aveva progettata e costruita per durare nei secoli: ma aveva perso quasi del tutto quell'aspetto di magnificenza e di regalità che aveva caratterizzato la sua prima apparizione sul viale dei bastioni; si era integrata nel paesaggio, a poco a poco, e aveva assunto la patina delle cose levigate dal tempo. Le casupole che le stavano attorno al momento della sua nascita erano scomparse, e al loro posto erano sorti dei palazzi moderni di quattro o cinque piani, che al suo fianco sembravano tozzi e goffi e però erano serviti a riequilibrarne la mole, rendendola un po' meno sproporzionata con il profilo della città alta. E poi, adesso, c'erano gli alberi. Il colonnato neoclassico al centro della facciata si vedeva meno che in passato, perché era in parte nascosto da due enormi magnolie, cresciute negli anni fino a sfiorare con le fronde piú alte le vetrate dell'attico. Anche all'interno dell'edificio, nel cortile piú grande, una pianta di glicine avvolgeva muri e terrazzi con una straordinaria vegetazione verde e viola, che rallegrava gli occhi e i polmoni dei padroni di casa ma aveva il difetto imperdonabile, secondo la signorina Orsola, di attirare ai piani alti, oltre alle formiche, certi insetti con una forbicina nella parte di dietro, implacabili divoratori di ogni oggetto di legno. («Prima la si taglia, quella maledetta pianta, e meglio è per tutti!»)

Erano stati fatti molti lavori. Il commendator Ettore Pignatelli, che dopo la morte dell'avvocato Costanzo aveva dovuto prenderne il posto come amministratore della casa, si era reso conto che una parte di quel grande edificio doveva assolutamente essere trasformata in appartamenti d'affitto, ed era riuscito – a dire il vero, con molta difficoltà – a convincere di ciò anche le sue sorelle. «Non ha piú senso, – gli aveva spiegato, – con i tempi che corrono, continuare a essere gli unici abitanti di un palazzo in gran parte vuoto, che ci costa molte migliaia di lire all'anno per tasse e spese di manutenzione». E poi, facendo un poco di conti, gli aveva dimostrato che la famiglia Pignatelli non avrebbe potuto permettersi per molto tempo ancora di mantenere la casa in cui viveva, e che il rapporto doveva capovolgersi: era la casa che doveva servire, con le quote d'affitto dei vari inquilini, a mantenere quelli dei loro parenti che non avevano rendite né profitti da lavoro, e ad assicurare anche agli infermi e agli anziani una sopravvivenza decorosa, se non proprio agiata... I Pignatelli – aveva detto in quell'occasione il banchiere di famiglia – non avevano piú feudi né investiture nobiliari, e dovevano guardare al loro futuro, e ai tempi nuovi, con quel realismo e con quello spirito di adattamento che gli avrebbero consentito di continuare a essere una famiglia benestante; perché, se avessero voluto ostinarsi a conservare lo stile di vita dei loro antenati, sarebbero andati in rovina. Naturalmente, la riunione in cui si erano fatti questi discorsi era stata contristata da pianti e crisi isteriche; ma aveva segnato una svolta, tutto sommato positiva, nella storia della casa, ed era anche servita ad alcuni dei nostri personaggi per rendersi conto che il mondo era cambiato, intorno a loro, e per rimettere – come si suol dire – i piedi per terra. Giust'appunto in quei giorni la casa si stava liberando degli animali dell'Esploratore, che l'avevano resa quasi inabitabile per anni e che ora avevano trovato sistemazione in un museo nuovo di zecca: il «Museo civico di Storia naturale e delle Colonie d'Africa», con cui la città di fronte alle montagne, come spesso accade, risolveva alcuni suoi antichi problemi creandone di nuovi e piú grossi. All'origine di quel museo, infatti, c'era un edificio del diciassettesimo secolo, il palazzo Persicini, vuoto e abbandonato da decenni; c'erano due raccolte che andavano in rovina, quella di erbe e di insetti dell'abate Zanoli, pioniere di questo genere di studi nella grande pianura, e quella di animali e di oggetti africani dell'esploratore Giacomo Pignatelli; c'era un direttore della banca locale, il commendator Ettore Pignatelli, che si era offerto di finanziare la trasformazione in museo di palazzo Persicini purché ospitasse, oltre alle raccolte dello Zanoli, anche quelle del cugino; c'era la necessità, che aveva a che fare con la ripresa economica di quegli anni, di dare lavoro a muratori, falegnami, tappezzieri e custodi... Cosí, a volte, in Italia nascono i musei; e come poi funzionino è sotto gli occhi di tutti.

Liberato, dunque, il pianoterra da zebre, scimmie e antilopi tarlate, il commendator Ettore poté completare rapidamente quella divisione dell'edificio in appartamenti, che l'Architetto aveva previsto solo in parte, per dividere la casa dei padroni da quella della servitú. Sostituí il riscaldamento ad aria, scomodo e antiquato, con i moderni termosifoni ad acqua; fece collocare delle vasche da bagno, che non c'erano; alzò alcuni tramezzi, chiuse alcune porte e trasferí tutti i suoi congiunti al piano nobile, cioè al primo piano. Aveva anche progettato di far installare un ascensore elettrico nel vano dello scalone centrale: ma dovette desistere a causa del rifiuto di sua sorella Maria Avvocata e del di lei marito Alberto Vellani, di contribuire a una spesa giudicata eccessiva e non necessaria. In quella circostanza il cavalier Vellani – uomo privo di grandi virtú come di grandi vizi, ma piuttosto avaro che prodigo, e istintivamente portato a schierarsi contro ogni cambiamento – si trincerò dietro un'appassionata difesa della casa: che – disse – sarebbe stata rovinata in modo irreparabile dalla presenza nel suo interno di una macchina, non voluta dall'Architetto e ancora inesistente all'epoca della sua costruzione. Né l'esa-

sperata ricerca della comodità, caratteristica di quegli anni
– affermò con forza il cavaliere, facendo sfoggio di un'oratoria degna del compianto avvocato Costanzo – né la frenesia di modernizzare tutto a ogni costo, né, infine, l'ansia di compiacere inquilini che ancora non si conoscevano e non c'erano, poteva giustificare un simile scempio! Il commendator Ettore, naturalmente, non era d'accordo; ma dovette piegarsi alla volontà del cognato perché anche un'altra sua sorella, la signorina Orsola, dopo qualche tentennamento scelse di abbracciare il partito piú comodo e meno costoso: che era, appunto, quello di non fare niente...

Quando i lavori di trasformazione furono terminati, arrivarono i nuovi inquilini. Il primo personaggio che entra nella nostra protagonista e nella nostra storia grazie a un contratto d'affitto, è il conte Aldo Marazziti di B.: un aristocratico che aveva perso il suo castello e il suo stesso buon nome sul tappeto verde dei tavoli da gioco, e che ormai – come dice l'Evangelista di Nostro Signore – «non aveva un luogo al mondo dove appoggiare la testa». Il conte Marazziti si stabilí in un appartamento al secondo piano con i suoi due cagnolini pechinesi, Giustiniano e Teodosia, e con un certo numero di mobili antichi, rotti o privi di qualche parte essenziale, che erano rimasti in suo possesso perché nessun creditore aveva voluto prenderli. Era un ometto dai capelli biondi – i maligni dicevano che se li tingesse – e dalla carnagione rosea, che riassumeva in sé, come un compendio vivente, quasi tutti i vizi per cui nel corso dei secoli la sua classe sociale era andata in rovina. Facevano spicco, tra quei vizi, la prodigalità e il gusto dello spèrpero, soprattutto nel gioco, a cui si contrapponeva l'avarizia piú sordida nei confronti dei creditori e dei prestatori d'opera; l'incapacità di fare alcunché di utile, per gli altri e anche per se stesso; la pigrizia; l'assoluto disinteresse per le vicende della propria città e del proprio paese, e in generale per la politica; il narcisismo e l'egoismo; ma l'elenco completo, a volerlo compilare, riempirebbe chissà quante pagine. In piú, come se tutto ciò che s'è detto non fosse sufficiente, il nostro aristocratico aveva anche un certo modo di parlare e di atteggiarsi, e certe propensioni non soltanto estetiche per i ragazzi del popolo, che non potevano passare inosservate e che erano destinate a procurargli, di lí a qualche mese, una sgradevole avventura: come si vedrà.

Di fronte al conte Marazziti, nel piú grande dei tre appartamenti del secondo piano, venne ad abitare il nuovo direttore dell'ospedale psichiatrico cittadino: un uomo di circa quarant'anni, che all'anagrafe e nella vita di ogni giorno aveva un nome e un cognome tra i piú comuni e che noi, invece, chiameremo Barbablu. Barbablu aveva incominciato a esercitare la sua professione prima della guerra, in un piccolo manicomio di una piccola città dell'Italia meridionale, e poi aveva fatto carriera al fronte, smascherando i soldati che si fingevano pazzi per tornare a casa e introducendo dappertutto dove andava le nuove, prodigiose macchine elettriche: che con le loro scosse rivitalizzavano gli ebeti, addormentavano i frenetici e compivano ogni genere di miracoli. («L'elettricità, – diceva il nostro dottore ai suoi infermieri, – è la medicina specifica dei pazzi, perché è affine all'energia della nostra mente. Qualunque sia il problema che state affrontando, non abbiate timore di usarla: usatela sempre!»). Pochi mesi prima che finisse la guerra, Barbablu aveva proposto ai suoi superiori di utilizzare i suoi matti – i veri matti, quelli che lui stesso curava con le scosse elettriche – inquadrandoli in speciali reparti e mandandoli a combattere nelle zone piú avanzate del fronte. La guerra, poi, era stata vinta senza bisogno che i matti di Barbablu ingaggiassero battaglie campali contro i crucchi, ma lui intanto era stato promosso colonnello, e quando aveva dovuto lasciare l'esercito era stato mandato a dirigere un manicomio importante: quello, appunto, della nostra città. Era un uomo piccolo e paffuto, con gli occhialini di metallo a *pince-nez* e i capelli cosí radi sulla sommità della testa, da potersi definire calvo. Sua moglie, la signora Barbablu, si mostrava per strada con il viso coperto da un velo nero e non parlava con nessuno, nemmeno per rispondere a chi la salutava e nemmeno con i vicini di casa. Persone di servizio, in apparenza, non ne avevano; ma già nei primi giorni dopo l'arrivo dei coniugi Barbablu, incominciarono a vedersi in portineria certi uomini infagottati in vestiti troppo grandi o troppo piccoli per la loro taglia, e certe donne dallo sguardo fisso o sfuggente, che chiedevano dove abitava «il signor direttore» per andare a servirlo a domicilio, e che erano i suoi matti. A quell'epoca, infatti, il manicomio era un mondo popolato di persone che nella vita normale avevano svolto ogni genere di lavori, soprattutto manuali; e i sovrani di quel mondo, cioè gli psichiatri, ne traevano a loro piacimento donne delle pulizie, cameriere, cuoche e sguatteri, oppure anche muratori o falegnami o tappezzieri, se avevano bisogno di servizi piú specifici. Naturalmente non pagavano nessuno e non dovevano rendere conto a nessuno del loro operato. Per i matti, uscire qualche ora dal manicomio e andare a lavorare in casa del direttore o di uno degli psichiatri addetti ai vari reparti era un privilegio, che aveva anche un nome scientifico: si chiamava «terapia di socializzazione», o «di reinserimento», e veniva concesso come premio a chi si mostrava piú docile e volenteroso degli altri...

Tra Barbablu e il conte Marazziti, al centro del pianerottolo, si insediò un terzo inquilino: il Macellaio, che noi chiameremo con il nome della professione anziché con quello anagrafico, e che era imparentato con i Pignatelli per aver sposato Anna Vellani, la prima figlia di Maria Avvocata e del cavalier Alberto. Il Macellaio comprava e vendeva bestiame, lo ammazzava in un luogo chiamato «macello» e riforniva di carne tutti i negozi della città di fronte alle montagne, senza possedere un negozio proprio. Era un uomo tarchiato, con le guance rosse e i capelli lucidi di brillantina; portava sempre la camicia sbottonata sul petto, anche quando la colonnina del mercurio scendeva al di sotto dello zero, ed era carico d'oro come certe Madonne dei miracoli sono cariche di ex voto. In piú, si lasciava dietro dovunque andasse una scia di profumo che infastidiva gli altri abitanti della casa, li spingeva a chiedersi: «Come fa, Anna, a vivere con una persona cosí volgare?» Anna Vellani, infatti, non assomigliava al marito. Era una donna dalla pelle bianca come il latte, che vestiva con eleganza e che – a giudizio dei suoi parenti e dei suoi stessi genitori – avrebbe potuto, anzi: dovuto, trovarsi un marito piú decoroso. Cosa le era saltato in mente di sposare un Macellaio? Oltre tutto, era brutto!

(Anche i figli del Macellaio, Marco e Andrea, pur essendo soltanto due ragazzini di undici e di otto anni, erano già profumati come il padre e carichi di anelli e di catenine d'oro, ma lo erano soltanto alla domenica e soltanto quando andavano a messa con i genitori nella basilica del Santo. La signora Anna – dicevano le sue amiche – era convinta che se gli avesse lasciato addosso tutta quella roba nei giorni feriali, prima o poi gli sarebbe capitata una disgrazia; e, quando tornavano dalla messa, si affrettava a toglierglielal).

All'ultimo piano presero alloggio gli artisti. L'attico della grande casa, con il timpano neoclassico e la vetrata che nelle giornate di sole limpido s'affacciava sulla pianura e sulle montagne come su un palcoscenico, venne affittato al maestro Ermete Cavalli: un musicista, che ci portò una moglie in perenne adorazione del marito, la signora Gina; un figlio destinato a diventare un famoso direttore d'orchestra, il piccolo Umberto, e una collezione di strumenti musicali antichi, soprattutto liuti e viole d'amore. Anche i due grandi appartamenti a fianco dell'attico, che gli abitanti della casa chiamavano soffitte perché l'altezza delle sale e delle stanze che li componevano non era uniforme, ma seguiva l'andamento dei tetti, ebbero presto i loro inquilini. La soffitta che tanti anni prima aveva ospitato la misteriosa Laura Muscarà, diventò l'abitazione del ragionier Ignazio Boschetti: un impiegato di banca che era anche uno scrittore di cose storiche, particolarmente fantasioso e curioso. Al momento di trasferirsi nella nuova casa, infatti, il ragionier Boschetti aveva già dato alle stampe due grossi volumi di aneddoti sulla vita privata dei granduomini e delle grandonne del secolo precedente, che gli erano valsi, il primo, una convocazione in Questura e il consiglio, in via amichevole, di «scherzare con i fanti e di lasciar stare i santi»; il secondo, un processo e una condanna per vilipendio alla Casa Reale. Il giornale cittadino, «La Gazzetta», lo aveva definito in quella circostanza «lo storico del buco della serratura»: e la definizione gli era rimasta appiccicata come un titolo accademico. Altre caratteristiche notevoli del nostro ragioniere erano quelle di essere piccolo e molto grasso, addirittura obeso, e di convivere senza essere sposato con una certa signora Aurora che aveva la sua stessa conformazione fisica, sicché il primo pensiero di chi li vedeva insieme era: «Come faranno a ...?» I due nuovi inquilini – che noi chiameremo, per semplificare le cose, i coniugi Boschetti – si insediarono nella loro soffitta; e, dopo poche settimane, incominciarono a spedire lettere «raccomandate» al commendator Ettore, chiedendogli di far installare nel loro appartamento un nuovo gabinetto, perché quello che c'era era quasi inservibile. L'Architetto, infatti, doveva essersi dimenticato di far mettere il cesso nella loro soffitta, e poi, quando se ne era ricordato, aveva inserito una latrina in una specie di nicchia, senza finestre e in uno spazio ridottissimo. Si diceva nella casa – e la faccenda aveva apparenza e fondamento di verità – che, a seconda della natura del suo bisogno, Boschetti fosse obbligato a entrare nella nicchia camminando in avanti o camminando all'indietro, e che avesse sostituito la porta con una tendina, perché quando era chiuso là dentro gli mancava l'aria...

L'altra soffitta, dov'era morto di «spagnola» l'ex deputato Antonio Annovazzi, venne data a un giovane poco piú che ventenne, scuro di pelle e con i capelli e gli occhi neri, che noi chiameremo «il Pittore»: perché tutta la sua mobilia, quando venne ad abitare tra le mura della nostra protagonista, risultò essere composta di una brandina di ferro per dormirci, di un portacatino con catino e brocca dell'acqua per lavarsi la faccia, e di un cavalletto e di una tavolozza da pittore; e perché quello del pittore era il suo mestiere. Il Pittore – che il portinaio Eraldo chiamava, con un colorito termine dialettale, «mangia-lucertole», paragonandone l'aspetto arruffato a quello dei gatti che si riducono pelle e ossa perché non trovano cibi piú sostanziosi – veniva da uno dei tanti piccoli paesi inerpicati ai piedi delle grandi montagne, là dove finiscono i vigneti e dove incominciano i boschi; un po' sotto la linea scura delle rocce e il bianco delle nevi perenni. Aveva un pizzico di vero talento: la qual cosa, a dirla cosí, può forse sembrare una faccenda di poco conto ed era invece un dono molto raro, allora come adesso; ed era sorretto dalla convinzione, del tutto priva di giustificazioni logiche, di poter vivere facendo l'artista in quella città di pianura, che soltanto l'Architetto era riuscito a piegare alle ragioni dell'arte. (Ma i giovani – è risaputo – per loro e per nostra fortuna, non sempre si comportano come vorrebbe la logica; e gli artisti in particolare riescono a volte a lasciare una traccia di sé nella memoria degli altri, perché si avventurano su certe strade che nessuno mai aveva seguito prima di loro, e fanno cose che le persone considerate sagge di solito non fanno).

Restarono vuoti e silenziosi, nella nostra casa, soltanto i saloni al piano terreno: quegli stessi saloni che avevano ospitato gli animali impagliati del conte Giacomo Pignatelli e che, prima di essere dati in affitto a un antiquario, come si vedrà, erano destinati ad aprirsi soltanto in una circostanza e soltanto per pochi giorni, per servire da alloggio di fortuna ad alcune centinaia di giovani venuti da chissà dove e vestiti in vari modi, ma soprattutto con calzoni alla zuava e camicie nere... *fascisto?*

22.

L'ultimo comunista

Una sera di un giorno di luglio – era domenica – si fermò davanti all'ingresso della nostra casa, sulla strada tra il viale dei bastioni e la basilica del Santo, un'automobile scoperta da cui scesero due giovani che gridarono al portinaio, mentre correvano verso lo scalone: «Siamo amici dell'avvocato Ercole! Andiamo da lui!» Dopo pochi minuti, i due ripassarono davanti alla vetrina del custode e questa volta erano insieme all'«avvocato»: che prima di varcare il portone si fermò, tirò fuori di tasca una rivoltella e la sistemò tra la cintura dei calzoni e la camicia, in modo da averla a portata di mano. I tre saltarono dentro all'automobile e partirono, svoltando a destra sul viale; e noi, che almeno per il momento non abbiamo necessità di seguirli, possiamo approfittare della loro assenza per spiegare di Ercole Pignatelli – l'«avvocato» – che si era iscritto, sí, alla facoltà di legge dell'università di Torino per accontentare il commendator Ettore suo padre, ma che era ben lontano dall'aver raggiunto la laurea. Gli unici due voti, un diciotto e un trenta e lode, riportati sul suo libretto universitario, erano due «voti politici» e si riferivano a esami sostenuti – se cosí si può dire – in comitiva, da gruppi di studenti che, anziché presentarsi armati del loro sapere e dei loro libri, si presentavano davanti alle commissioni d'esame armati di bombe a mano e di rivoltelle. Queste cose erano successe un po' dappertutto in Italia dopo la fine della guerra, e non era colpa del nostro ex ardito se anche la scuola e anche l'università erano state travolte dallo sfacelo generale delle istituzioni; lui si era limitato a seguire l'andazzo dei tempi, come tanti altri del resto... La cuccagna degli esami di gruppo e dei voti politici era durata un paio d'anni, abbastanza a lungo perché qualcuno che aveva saputo approfittarne piú degli altri riuscisse a diventare dottore senza troppa fatica; ma poi la polizia aveva incominciato a presidiare facoltà e istituti universitari, e anche gli studi di Ercole Pignatelli si erano dovuti interrompere. Il titolo di «avvocato senza laurea» glielo avevano dato i suoi amici in camicia nera, perché dicevano che era bravo a tenere discorsi: e gli era rimasto...

L'avvocato, dunque, quella domenica di luglio se ne andò sulla Fiat 501 dei due che erano venuti a chiamarlo, senza lasciare detto dove andasse e senza spiegare a nessuno cos'era successo; e gli abitanti della nostra casa, come la maggior parte dei loro concittadini, vennero a sapere che c'era stato un omicidio soltanto la mattina del giorno successivo, quando gli strilloni incominciarono a gridare i titoli dei giornali. In uno dei cento e cento cascinali sparpagliati laggiú nell'immensa pianura – dicevano quei titoli – i «comunisti», cioè i rossi, avevano ammazzato un agricoltore in camicia nera, un agricoltore «fascista»; e la cosa, purtroppo, rientrava in una sorta di tragica normalità, in uno stillicidio di morti rosse e di morti nere che andava avanti da mesi e in cui i neri, comunque, erano quasi dappertutto in vantaggio. Alle notizie dei giornali, di lí a poco, vennero ad aggiungersi quelle portate dalla voce pubblica, che parlavano di rappresaglie. Mentre la polizia si muoveva a tentoni, come al solito, o addirittura non faceva nulla – si sentiva dire nei caffè e nelle strade della città alta – erano iniziate le rappresaglie: squadre di giovani in camicia nera («I nostri giovani!»), armati di rivoltelle e di taniche di benzina, andavano in giro a bruciare i covi dei rossi, cioè i circoli operai e le case del popolo nei villaggi attorno al capoluogo. Altri morti, almeno per il momento, non ce n'erano stati; ma la misura era colma – dicevano le persone perbene:

quelle stesse persone perbene che, per anni, avevano dovuto sopportare le minacce e gli insulti della canaglia durante gli scioperi – e tutto lasciava credere che si fosse soltanto all'inizio...

Anche il lunedí sera, e poi anche le sere dei giorni successivi, Ercole Pignatelli si allontanò da casa con gli amici della Fiat 501; e nessuno avrebbe saputo dire a che ora rientrasse. Durante la notte, si vedevano splendere qua e là nella grande pianura i falò dei circoli che bruciavano; per tutta risposta, ricominciarono ad andare a fuoco, a causa del caldo, i fienili vicino ai cascinali e anche i cascinali, se non c'era nessuno che li custodiva. Fu proclamato lo sciopero dei lavoratori della terra e di quelli delle fabbriche, e tornò a risuonare il grido disperato delle mucche che reclamavano il cibo e la mungitura, cosí forte da raggiungere i bastioni della città alta e da togliere il sonno e la tranquillità anche ai personaggi della nostra storia. In città, incominciarono a vedersi nelle strade del centro certi forestieri armati di bastoni e di rivoltelle, che si facevano dare sigari e soldi dai passanti, mettevano i piedi sui tavolini nei caffè e non mostravano alcun timore se gli capitava d'incontrare un poliziotto, anzi lo salutavano da lontano come un vecchio conoscente. Molti di quegli strani turisti indossavano il fez e la camicia nera degli arditi, e l'avvocato Ercole Pignatelli non doveva essere estraneo al loro desiderio di visitare la città di fronte alle montagne, perché ordinò al portinaio Eraldo di lasciare che entrassero liberamente nella casa, e anzi di aprire i saloni a pianoterra per metterglieli a disposizione. Andò anche a chiamare le sue zie Maria Avvocata e Orsola, che negli anni della guerra avevano spedito indumenti e lettere ai soldati in trincea, e avevano organizzato lotterie e recite di beneficenza per le vedove e gli orfani dei caduti. Se la sentivano – gli chiese l'eroe di famiglia – di riunire il loro vecchio comitato patriottico, per accogliere qualche centinaio di volenterosi venuti a liberare la città dai comunisti? Gli spiegò cosa dovevano fare.

Bisognava – gli disse – che preparassero il rancio dei volenterosi nel cortile piú grande, tutti i giorni due volte al giorno finché ce ne fosse stata necessità, e che si occupassero anche di alcune altre incombenze: per esempio, di raccogliere il maggior numero possibile di coperte, perché gli ospiti non fossero costretti a dormire sull'impiantito dei saloni o sui ciottoli del cortile, e di procurare sigarette, vino, soldi; soprattutto soldi... Le due donne, in età già piú che matura, si entusiasmarono come due ragazzine all'idea di dover prendere parte loro stesse a una battaglia «di libertà e di civiltà», secondo ciò che diceva la «Gazzetta» di quel giorno e che gli aveva ripetuto il nipote: addirittura, all'«ultima grande battaglia della nostra guerra vittoriosa»! Corsero di casa in casa a riunire il comitato patriottico, mentre l'avvocato Ercole, circondato da alcuni dei nuovi arrivati, inchiodava sul muro di fianco al portone un cartello dove c'era scritto: *Posto di Ristoro n. 3*, e mentre un camion dell'esercito, in cortile, scaricava una cucina da campo. Gli sembrò di tornare indietro nel tempo, fino ai giorni della loro prima giovinezza: quando ancora era viva la leggenda degli Eroi che avevano unificato l'Italia strappandola ai crucchi, e i comunisti non esistevano... I loro capelli, nello specchio, apparivano grigi, le loro forme erano appesantite dagli anni, ma la patria aveva bisogno di loro e ciò le faceva sentire giovani, nonostante lo specchio e nonostante tutto!

La grande casa sui bastioni stava vivendo la sua giornata di gloria. Per assistere alla prima distribuzione del rancio nel cortile arrivò un tipo baffuto e pelato, che fu accolto con un'ovazione di «alalà!» e che tutti chiamavano «il Quadrumviro». Le dame e i dami del comitato patriottico si erano vestiti da cuochi, con i berrettoni e i grembiuli bianchi su cui avevano appuntato le coccarde tricolori del tempo di guerra, e s'affannavano tra monumentali fornelli e pentole gigantesche, aiutati nei lavori pesanti da diecine di giovanotti che cantavano, gridavano e si facevano ogni genere di scherzi. Il piú entusiasta per quella novità sembrava essere il conte Marazziti, che a dire il vero non aveva mai fatto parte di un comitato patriottico, ma si era entusiasmato alla vista dei giovani: lui, il discendente di una delle famiglie piú illustri di questa regione – dicevano commosse la signorina Orsola e la signora Maria Avvocata – era corso a offrire i suoi servizi prima ancora che qualcuno avesse pensato di chiederglieli, e si era dichiarato disponibile a qualsiasi lavoro, «pur di dare una mano ai nostri eroici ragazzi»! Promosso cuoco, e decorato sul campo con una coccarda tricolore, il conte Aldo Marazziti si era scelto come aiutante un certo Antonio, lombardo della provincia di Cremona, che era un giovanaccio sui vent'anni coi capelli crespi e gli occhi bovini; e gli faceva certe domande, mentre versavano l'acqua nei paioli della minestra, che non riguardavano né i comunisti né la preparazione del rancio, e che, a dire il vero, suonavano anche un po' strane in quella baraonda... Gli chiedeva, per esempio: «Ma tu, Antonio, ci sei mai stato a teatro a sentir l'opera? Conosci la musica di Puccini? Hai mai ascoltato la Tosca?»

Il giovanaccio scuoteva la testa con forza, come se gli avessero mosso un'accusa infamante: «No, no, mai!» Allora il conte gli stringeva il viso tra le mani e s'alzava in punta di piedi per baciarlo sulla fronte, guardandolo con indulgenza. Gli diceva: «Non fa niente, ti ci porto io. Vedrai che ti piacerà!»

«Io sono venuto fin qui per rompere le ossa ai comunisti!» obiettava Antonio.

«Ma sí, caro, ma sí», rispondeva il conte. Lo accarezzava su una guancia, cosí ispida che gli sembrava di toccare una spazzola. «Hai ragione tu... Prima rompi le ossa a quei farabutti di comunisti che rinnegano la nostra patria in nome di Lenin, e poi vieni a stare qualche giorno con me, nel mio appartamento, cosí io ti porto a Milano a sentire l'opera e andiamo anche a cena al Savini... Andiamo al varietà, a vedere le gambe delle ballerine: che ne dici?»

Un tale che era stato addetto dalla signorina Orsola a tagliare cavoli e a preparare gli ortaggi per il minestrone, ritenne necessario intromettersi. «Camerata stai attento, – disse ad Antonio. – Quest'uomo è un finocchio!»

Il giovanotto dagli occhi bovini si voltò, per guardare in viso chi gli aveva parlato. «Grazie tante!» Poi, però, volle ricambiare il consiglio: «Fatti i cazzi tuoi!»

Il paese della muffa era elettrizzato. La città alta, dei bottegai e degli impiegati e insomma della gente perbene, aveva tirato fuori tutte le sue bandiere e le aveva esposte alle finestre, per salutare i liberatori; il grigio dei muri era ravvivato da centinaia di manifesti con il fregio tricolore, e anche le vetrine di molti negozi erano addobbate, come per la festa del Santo patrono. Gli operai, che pure erano in sciopero, non si azzardavano a farsi vedere nelle strade del centro e si limitavano a presidiare, anche di notte, la sede della Camera del lavoro e quella del Partito socialista, vicino alla stazione della ferrovia. I poliziotti e i carabinieri erano scomparsi. Tutto era pronto perché succedesse il finimondo, e però il finimondo non si decideva a succedere, per lo meno in città. Sembrava quasi che il tempo si fosse fermato, sotto il sole di luglio che avvampava l'immensa pianura: l'urlo degli animali nelle stalle lontane era continuo e agghiacciante, i fuochi risplendevano sempre piú numerosi nelle notti senza luna, i liberatori armati continuavano a scendere dai treni e ad arrivare con le corriere, ininterrottamente, come se da qualche parte nel mondo ci fosse stata una fabbrica che li produceva con gli stampi, e i giardini pubblici, che dovevano servirgli da latrina, erano diventati delle letamaie. Poi tutto si rimise in movimento. Due settimane dopo che questa storia era incominciata, ancora di domenica, ci fu uno scontro con molti feriti e molti morti in un villaggio a pochi chilometri dalla nostra città, tra contadini armati di falci e di bastoni – che naturalmente ebbero la peggio – e giovanotti con le rivoltelle. Soltanto dopo quest'ultima prova i neri ritennero di poter sferrare l'ultimo assalto. Occuparono il municipio: i loro capi – cioè l'uomo chiamato Quadrumviro e l'avvocato Ercole Pignatelli – si affacciarono a una finestra del palazzo del Comune e annunciarono a una folla di cittadini entusiasti che il sindaco socialista era decaduto dall'incarico con tutta la sua giunta, e che mai piú la città di fronte alle montagne avrebbe avuto un sindaco rosso! Nei giorni successivi ci furono gli ultimi roghi, i piú grandi di tutti: bruciò la Camera del lavoro, bruciarono i circoli dei quartieri operai e bruciò anche, nel quartiere «dei ladri e degli assassini», la biblioteca dell'onorevole Annovazzi e di Maria Maddalena Pignatelli, quella del programma «piú libri meno litri». Le camicie nere scaraventarono giú dalle finestre i volumi, che erano ormai alcune migliaia, e li cosparsero di benzina perché le fiamme divampassero piú alte e piú belle. Si salvarono due soli libri, da quel rogo: due opere di saggistica che dovevano aver incuriosito qualcuno per via dei loro titoli e che vennero ritrovate, in mezzo ad altri rifiuti, al pianoterra della casa quando i liberatori tolsero il disturbo. (I due libri, per chi desiderasse conoscere anche questi minuti dettagli della nostra vicenda, erano un *Sesso e carattere* di Weininger e una noiosissima *Etica sessuale* di Forel, pubblicati entrambi a Torino dai Fratelli Bocca editori). Tornò a scorrere il sangue. Anche nella casa, che pure avrebbe dovuto essere uno dei luoghi di tutta la città piú al riparo dalla violenza: una mattina, il conte Marazziti non si presentò all'appuntamento patriottico per il rancio dei liberatori e la signorina Orsola, che era salita al secondo piano per chiamarlo, lo trovò piú morto che vivo, seminudo e abbandonato sul pavimento con un manico di scopa conficcato in una parte del corpo, che i lettori certamente immagineranno quale possa essere. Si seppe poi, quando la notizia incominciò a circolare nella città alta, che il pover'uomo era tutto pesto e tutto rotto, e che prima di subire l'oltraggio della scopa era stato anche picchiato senza misericordia; in ospedale, dove fu portato d'urgenza, i medici gli diagnosticarono ben diciotto fratture, sparse dalla mandibola al tarso. Nel suo appartamento sembrava fosse passato un uragano: i mobili erano stati fatti a pezzi, ma evidentemente – dissero i poliziotti che avrebbero dovuto svolgere le indagini – i ladri non avevano familiarità con la vittima, perché se l'avessero conosciuta soltanto un poco, si sarebbero risparmiati molte fatiche. Cosa pensavano di trovare in quella casa, e in quel mobilio che era già stato ispezionato e rifiutato dai creditori, perché non valeva niente? Tutta la faccenda venne messa sul conto dei rossi, e la «Gazzetta» se ne servì per avvertire i suoi lettori che i nemici, ormai, erano dovunque: «Nemmeno nell'intimità delle nostre case, – scrisse l'uomo che era succeduto al vecchio Poggi, andato in pensione, – possiamo considerarci al sicuro dalla violenza dei senza patria!» Soltanto dopo alcuni giorni, e soltanto per accontentare il povero conte, che in un letto d'ospedale continuava a piangere sui gioielli che – a suo dire – gli erano stati rubati: una collana preziosa appartenuta a sua nonna, un anello con un rubino appartenuto a suo padre e altri ricordi e oggetti di famiglia tenuti nascosti a tutti, perfino a se stesso, gli agenti si decisero a cercare il giovanotto dagli occhi bovini. Ma Antonio era scomparso, e nessuno di quelli che lo avevano conosciuto, tra gli accampati al pianoterra della grande casa, fu capace di ricordare il suo cognome o di dire da dove venisse... Era arrivato da qualche parte, come tutti; si era distinto in alcune spedizioni contro i rossi e poi se ne era andato. Cos'altro si voleva da lui?

Che non tutti i liberatori fossero mossi da nobili ideali, del resto, lo sapeva anche l'avvocato Ercole Pignatelli: a cui si rivolgevano per avere giustizia i borghesi della città alta, quando le camicie nere gli prendevano il portafogli per strada, o gli molestavano la moglie o le figlie... Quei piagnistei quasi infantili, di bambini che devono ricorrere alla maestra perché non sono capaci di difendersi da soli, erano così disgustosi che, di solito, il nostro avvocato senza laurea non stava nemmeno ad ascoltarli. Soltanto in un'occasione gli capitò di perdere la pazienza e di spaventare a morte un commerciante di tessuti che voleva essere risarcito di un orologio, non si capiva bene da chi. La terza volta che se lo trovò tra i piedi, Ercole Pignatelli tirò fuori la pistola dalla cintura. Gli chiese, a bruciapelo: «Quanto può valere la pelle di uno come te? Quanto sei disposto a pagarmela?»; e poi, mentre quello spalancava gli occhi e incominciava a tremare, gli appoggiò l'arma alla tempia e alzò il cane in posizione di sparo. «Se la vita di chi combatte i rossi al tuo posto, – gli disse, – non vale un orologio, dimmi quanto vale la tua vita e pagamela, altrimenti ti ammazzo. Le camicie nere hanno bisogno di soldi».

Una sera di fine luglio, tutte le case del popolo e tutti i circoli dei lavoratori erano stati dati alle fiamme e sui bastioni della città di fronte alle montagne passò uno strano corteo, preceduto da due uomini in motocicletta. L'uomo seduto nel carrozzino a fianco del guidatore impugnava un megafono e gridava verso le case: «Cittadini borghesi, camerati! Le camicie nere hanno compiuto la loro missione: siete liberi! Vi mostriamo l'ultimo comunista!» Dietro la motocicletta venivano, nel fragore dei clacson, una dozzina di automobili cariche fino sui parafanghi di giovanotti che sparavano per aria e cantavano a squarciagola una loro canzonaccia, in cui dicevano di non avere paura di niente e di nessuno, e che anche la morte gli faceva un baffo... Dopo le automobili, al centro del corteo, c'era un camion con quattro camicie nere che si lanciavano tra loro, e lanciavano per aria come se fosse stato un pupazzo, un uomo con gli abiti sporchi di sangue e la pelle del colore della cera che però non era un pupazzo, ma era, appunto, l'«ultimo comunista». Seguivano altri camion carichi di bandiere tricolori e di bandiere nere con la testa di morto, oltreché, naturalmente, di patrioti che brandivano i loro bastoni e le loro rivoltelle e inneggiavano alla morte dei rossi, ai loro capi, ai genitali maschili e soprattutto femminili, alla città di cui gridavano il nome, a Roma, a se stessi («a noi!»)...

23.
Barbablu e la Donna Fatale

Passato l'attimo irripetibile della Storia, con i suoi avvenimenti gloriosi per alcuni e tragici per altri, nella città di fronte alle montagne tornò la monotonia delle ore e dei giorni e delle stagioni che si ripetono da sempre, all'infinito, in quello scorrere del tempo che in realtà, se non ci fossero di mezzo le nostre microscopiche vite e le nostre impercettibili morti, piú che uno scorrere sarebbe un eterno stagnare. Vennero gli anni di calma piatta: gli anni quieti, senza piú scioperi né incendi né comizi né passioni che avvelenassero gli animi, come era accaduto prima d'allora. Anche gli odi sembravano essersi ricomposti. Il rosso e il nero avevano trovato modo di convivere, perché molti di quelli che avevano portato nei cortei le bandiere dei lavoratori, gridando «a morte i capitalisti» e «viva il socialismo», tutt'a un tratto si erano accorti di non essere mai stati veramente rossi, e di non avere mai creduto che gli operai dovessero impadronirsi del mondo: figuriamoci! Avevano soltanto voluto dimostrare che erano diventati forti e che non si poteva piú farli lavorare per un pezzo di pane; ma quando poi in Italia era andato al governo il capo dei loro presunti nemici, cioè dei neri, avevano scoperto che, con un capo cosí, ci si poteva anche andare d'accordo, e che non era affatto un loro nemico. Era un uomo di grande intelligenza e di gran cuore; un uomo nuovo, cosí nuovo che piaceva a tutti: agli operai ma anche ai loro datori di lavoro, ai giovani ma anche ai loro padri e ai loro nonni, agli uomini ma anche alle donne... Perfino i preti lo avevano preso a benvolere, e lo chiamavano l'Uomo della Provvidenza! I professori della rivoluzione erano fuggiti all'estero, o erano stati mandati a vivere su certe isolette in mezzo al mar Mediterraneo, dove potevano raccontare le loro fanfaluche agli asini e ai delfini; erano pochi, e a nessuno, o quasi, importava qualcosa di loro. La voce dell'Uomo della Provvidenza, detto «Duce», arrivava quasi tutti i giorni in quasi tutte le case attraverso un nuovo, prodigioso apparecchio inventato apposta per lui da uno scienziato italiano, Guglielmo Marconi, che era anche un suo fervente sostenitore; e andava diritta al cuore dei poveri e della gente che viveva nei quartieri operai, cosí come andava al cuore dei signori della città alta. Gli diceva: voi siete un popolo di eroi, di santi, di poeti e di navigatori, e nessuno ha una storia piú grande della vostra; vi sono state fatte molte ingiustizie, in questi ultimi anni, ma ora finalmente il vostro destino è tornato a risplendere su quei colli di Roma, che già una volta dominarono il mondo. Voi sarete di nuovo i dominatori di quel mondo, che fu colonizzato dai vostri antenati! Questa conclusione, naturalmente, era un po' enfatica, ma suonava bene e, rispetto alle promesse ancora piú eccessive e ancora piú folli dei professori della rivoluzione, aveva il vantaggio di non aizzare i poveri contro i ricchi e gli operai contro i padroni; al contrario, serviva a metterli d'accordo tra loro e a farli sentire alleati contro un nemico nebuloso e lontano che – pensava la gente – non sarebbe mai diventato un vero nemico. Poi la voce taceva e dalla scatola delle meraviglie facevano irruzione in tutte le case le note di una musica esotica detta «charleston», o quelle piú languide di una canzone dedicata a Lucia («Solo per te Lucia, va la canzone mia...»). Arrivavano fino nei paesi piú sperduti le notizie del giorno, anche per chi non aveva mai letto il giornale e anche per chi non sapeva leggere: c'erano i due anarchici che venivano processati nella lontanissima America, c'era il campione di ciclismo che vinceva sempre e dovunque, c'era lo smemorato conteso da due mogli e da due famiglie, c'era il generale Nobile che volava verso il Polo Nord con il suo dirigibile... Improvvisamente, il mondo era diventato piú piccolo: cosí piccolo, che anche nella città di fronte alle montagne si sapeva ciò che accadeva in America, o in Giappone, come se stesse accadendo nella casa di fronte, e l'Uomo della Provvidenza vi aleggiava sopra. Era lui che sorgeva tutte le mattine, con il sole, sull'immensa pianura zampillante d'acque, ed era lui che poi tramontava tutte le sere dietro le montagne lontane...

La nostra casa era piena di vita e di persone, come forse non era mai stata prima d'allora. I saloni del piano terreno, che avevano ospitato gli animali del conte Giacomo e poi il bivacco delle camicie nere nei giorni gloriosi in cui l'Uomo della Provvidenza era salito in cielo, ora erano affittati a un antiquario, Bruno Hack, che vi aveva aperto una galleria d'arte intitolata al nome dell'Architetto e vi riceveva clienti da ogni parte d'Europa. Al primo piano, se non si trovava in qualche località di villeggiatura con la sua favorita del momento, e se non era a Roma, abitava Ercole Pignatelli: l'avvocato, che ormai poteva fregiarsi in modo legittimo di quel titolo e se lo era anche fatto stampare sui biglietti da visita, perché il Duce gli aveva regalato una vera laurea. «Trovate una università che dia una laurea onoraria a quel coglione, – aveva detto l'Uomo della Provvidenza a un suo collaboratore quando aveva letto, in una "informativa" dei servizi segreti, che l'avvocato Pignatelli non era un vero avvocato. – Altrimenti qualcuno, prima o poi, tirerà fuori anche questa storia, e ci coprirà di ridicolo». In omaggio alla pacificazione, e ai tempi nuovi, anche Ercole Pignatelli aveva smesso di indossare i calzoni alla zuava e il fez nero degli arditi, che pure gli sarebbe servito per nascondere un principio di calvizie al centro della testa. Aveva messo su pancia, e chi lo vedeva passeggiare per le strade del centro e sotto i portici, circondato da gruppi di adulatori e di persone che cercavano di ingraziarselo, ne ricavava l'impressione che fosse lui l'uomo piú potente della città di fronte alle montagne; ma si trattava di un'impressione sbagliata. L'uomo piú potente era un certo senatore Bianchini: un vecchio arnese della vecchia politica, che – diceva l'avvocato Pignatelli – nel corso della sua carriera aveva cambiato tutti i colori come i camaleonti, e però alla fine era riuscito, non si capiva come, a entrare nelle grazie dell'Uomo della Provvidenza, tanto da diventare il suo fiduciario! L'ex ardito, su questa faccenda, ci si era rovinato il fegato e ci aveva perso, oltre ai capelli, anche il sonno e la digestione; ma il senatore Bianchini aveva continuato imperterrito a collezionare presidenze e a sistemare i suoi uomini dappertutto dove non poteva sistemare se stesso, in modo da togliere al rivale – che, in privato, chiamava «Ercolino Sempreduro» o «il povero Fava» – ogni incarico che non fosse soltanto decorativo. Di tanto in tanto il povero Fava correva a Roma dall'Uomo della Provvidenza, per cercare di spiegargli quanto fosse mal riposta la sua fiducia; e poi, ritornato a casa, riprendeva a tessere le sue fila contro l'usurpatore, finendo immancabilmente per restarci impigliato lui stesso. Quella lotta durava ormai da molti anni; e uno dei passatempi della nostra città, mentre l'Uomo della Provvidenza sorgeva e tramontava ogni giorno sulla pianura zampillante d'acque, era quello di spiare le mosse dell'avvocato Pignatelli contro il senatore Bianchini, e il loro odio reciproco; un odio che, almeno per il momento, non produceva fatti clamorosi e non turbava la quiete del paese della muffa, ma contribuiva a tenerlo avvolto nelle chiacchiere, come in una nebbia...

Tutto era banale e normale in quegli anni lontani, e tutti quelli che vivevano allora, o quasi tutti, erano un po' piú felici e un po' piú stupidi di quelli che erano vissuti prima di loro, e di quelli che sarebbero vissuti in seguito. Anche gli abitanti della nostra casa, ciascuno a suo modo, non sfuggivano alla banalità della loro epoca: con la sola eccezione, forse, del dottor Barbablu, che regnava inaccessibile sul suo pianeta popolato di matti e, qualsiasi cosa avesse avuta in mente, non la confidava a nessuno! Gli altri nostri personaggi erano felici di coltivare le loro piccole infelicità, e di affrontare le modeste vicende della loro vita quotidiana come se fossero state chissà quali imprese. Ad esempio il ragionier Ignazio Boschetti, lo «storico del buco della serratura», continuava a maledire l'Architetto a causa del cesso, ed era anche stato ferito in un duello da un famoso aristocratico, il marchese B. di R., che si era risentito con lui per via del suo nuovo libro di pettegolezzi storici (il terzo della serie!) Il duello del ragionier Boschetti era durato un paio di secondi, o forse addirittura di meno; e, se qualcuno avesse pensato a filmarlo, ne avrebbe tratto una delle gag piú esilaranti della storia del cinema. C'era stato un solo assalto, di un corpo in movimento – il corpo dello sfidante – contro il corpo immobile del nostro storico, che a causa del peso e della conformazione fisica non aveva potuto scansarsi. Alla vista del suo sangue – il «primo sangue» di cui parlano i codici cavallereschi – lo storico aveva avuto una crisi di nervi e aveva incominciato a strillare senza piú fermarsi, con una voce in falsetto cosí acuta, che sembrava il grido di un porco sgozzato. Anche il conte Marazziti aveva dimenticato l'avventura con il giovanaccio dai capelli crespi e dagli occhi bovini, e mangiava quasi ogni giorno, a pranzo e a cena, in casa del Macellaio, trattandolo con degnazione e non esitando a zittirlo se il poveraccio – che avrebbe sopportato qualsiasi cosa pur di continuare ad avere tra i suoi commensali un vero aristocratico! – si azzardava a parlare di opera lirica e di cantanti. Il Macellaio, infatti, oltre al vizio di coprirsi d'oro di cui già s'è detto, e di fare un uso eccessivo di brillantine e di acque di colonia, aveva anche la debolezza di ritenersi un grandissimo esperto di due cose, il gioco del calcio e l'opera lirica; e di voler interloquire, ogni volta che alla sua tavola si toccavano quegli argomenti, con l'autorità che gli veniva dall'essere il padrone di casa. Apriti cielo! Il conte Marazziti, se qualcuno parlava di calcio, si limitava a sbuffare e a mostrarsi infastidito; ma quando il discorso riguardava l'opera lirica erano dolori, perché lui, su quel tema, non ammetteva altri punti di vista che il proprio, e avrebbe anche rimbeccato l'Uomo della Provvidenza, se fosse stato seduto insieme a loro e avesse voluto esprimere un suo parere. Il povero Macellaio doveva stare zitto. Ogni tanto, però, per prendersi la rivincita su quell'ospite un po' troppo altezzoso, invitava a pranzo il maestro Ermete Cavalli: che – come i lettori ricorderanno – abitava nell'attico, ed era l'unica persona al mondo con cui il conte Marazziti non sarebbe mai riuscito ad avere la meglio in una discussione, di qualsiasi genere e nemmeno di argomento musicale. Il maestro Cavalli era un uomo grande e roseo, che sorrideva con indulgenza a tutto e a tutti e parlava lentamente e con molta autorevolezza, mescolando luoghi comuni, proverbi e sentenze inappellabili che, in caso di contraddittorio, venivano ripetute finché l'interlocutore non fosse stato ridotto al silenzio. In piú, era sempre affiancato dalla consorte, la signora Gina Cavalli; che ascoltava ogni parola del marito facendo segno di sí con la testa, e di tanto in tanto esclamava: «È proprio vero! Meglio di cosí non potevi dirlo! Come fai ad avere una risposta per tutto? Sei un fenomeno!»

Lui minimizzava: «Non esagerare... Era cosí semplice! Bastava solo seguire la logica, e trarne le dovute conclusioni...»

Anche le persone che salivano e scendevano lo scalone della grande casa, dopo essersi presentate al portinaio Eraldo o dopo averlo salutato con un gesto, se già lo conoscevano, erano tutte abbastanza contente di se stesse e della parte – di solito molto modesta – che stavano recitando nella nostra storia. C'erano, tra quelle persone, i matti del dottor Barbablu, che venivano a fargli le pulizie e gli altri lavori domestici; c'era la modella del Pittore, che aveva incominciato a spogliarsi per sei lire all'ora e poi aveva dovuto continuare a farlo per amore, perché le lire erano finite dopo due sole sedute, molto prima del quadro; c'erano i ragazzi con i capelli crespi e gli occhi bovini che il conte Marazziti riceveva in vestaglia, quando aveva vinto due o trecento lire giocando a poker con il Macellaio e con i suoi amici commercianti di carne. C'erano i giovani scapigliati e squattrinati che si riunivano nella soffitta del Pittore e pubblicavano una rivista trimestrale, «La Campana», che avrebbe dovuto risvegliare con i suoi rintocchi gli addormentati di quell'epoca: gli scrittori e gli artisti, innanzitutto, ma anche gli altri che allora vivevano (e dormivano) nella città di fronte alle montagne e nella grande pianura...

L'unico in grado di sfuggire – come già s'è detto – alla monotonia dei tempi e alla generale banalità dei nostri personaggi, restando un enigma per tutti quelli che lo conoscevano e anche per i suoi vicini di casa, sembrava essere il dottor Barbablu. L'inventore dei battaglioni di mentecatti era diventato un omino rotondo, lucido e profumato come una saponetta, dai modi ineccepibili ma gelidi, che non davano adito ad alcun tipo di familiarità. Chi aveva a che fare con lui, per una ragione o per l'altra, lo considerava un uomo privo di emozioni e dotato di un cervello capace di elaborare i pensieri con lo stesso distacco con cui un registratore di cassa elabora i numeri. Soltanto la vita privata del dottor Barbablu presentava alcuni aspetti strani e, a dire il vero, anche un po' preoccupanti. Per un capriccio del destino che si ripeteva puntualmente ogni pochi anni, infatti, le sue mogli impazzivano una dopo l'altra e finivano nell'ospedale psichiatrico di cui lui era il direttore, ricoverate in via definitiva. La prima a perdere il senno era stata la signora Carmela: quella – i lettori, forse, la ricorderanno – che era venuta ad abitare insieme al marito nella grande casa sui bastioni dopo la fine della guerra, e che non parlava con nessuno. Carmela aveva dovuto essere rinchiusa nel «reparto agitati» e aveva anche avuto la sfortuna di morirci, secondo ciò che diceva la sua cartella clinica, strangolandosi con un indumento di lana: una calza, forse, oppure uno scialle... Barbablu, allora, si era risposato con una ragazza della città alta, una certa Irene; ma anche questa, dopo un periodo di normalità, aveva dato in escandescenze ed era stata ricoverata nell'ospedale psichiatrico, dov'era tenuta in isolamento. I genitori di Irene, che non credevano alla pazzia della figlia, si erano rivolti al tribunale per riaverla con loro; il tribunale aveva respinto la richiesta in prima istanza, e non c'erano molte speranze che l'avrebbe accolta in seguito al ricorso. Nella nostra casa, intanto, e piú precisamente nell'appartamento al secondo piano dove abitava lo psichiatra, era comparsa una terza moglie: una tale Olga, che noi chiameremo «la Governante» perché Barbablu, almeno per il momento, non avrebbe potuto sposarla, e l'aveva assunta come domestica. La Governante era una donna di circa trent'anni, forse vedova, con i capelli neri e due poppe talmente grosse che attiravano gli sguardi e, a volte, anche i fischi e i commenti di chi la incontrava per strada. Per qualche ragione che noi non conosciamo, anche lei era approdata nel reame di Barbablu, cioé in manicomio, e gli aveva fatto da moglie e da cameriera per un po' di tempo, finché non era arrivata la Donna Fatale. Questa – che fece impazzire d'amore il nostro psichiatra nell'istante in cui varcò per la prima volta la porta del suo studio – rappresentava un ideale di bellezza femminile forse ineguagliabile, in quell'epoca di diffusa felicità e banalità e nel paese dell'Uomo della Provvidenza. Un corpo senz'anima, perfettamente modellato in ogni sua parte: nelle mani, nei piedi, nei fianchi, nei seni, nelle labbra, nel viso... Ma ciò per cui Barbablu avrebbe dato volentieri tutto quello che possedeva, e anche se stesso, era lo sguardo della Donna Fatale: cosí dolce e privo di intelligenza, cosí vacuo, che chi la fissava negli occhi per scoprire il segreto del suo fascino si sentiva cogliere da una sensazione di vertigine, come se si fosse affacciato sopra un abisso. La Donna Fatale, stando a ciò che dicevano le sue carte al momento del ricovero, era una povera sciocca, che chiunque avrebbe potuto prendere per mano e condurre dove voleva; non aveva piú nessuno al mondo che la custodisse, perché il padre era emigrato all'estero e la madre era morta. Bisognava chiuderla con delicatezza in una gabbia – cosí, piú o meno, aveva scritto l'ufficiale medico del Comune dov'era vissuta – e badare a lei come si bada a un uccellino, altrimenti, bella com'era, chissà cosa le poteva succedere...

Barbablu, dunque, si portò a casa l'uccellino e fece ricoverare la Governante. Trascorsero alcuni giorni. Una sera come tante altre, il nostro dottore stava salendo le scale di casa quando si vide comparire davanti un giovane che non si capiva da dove fosse sbucato e che, secondo ogni apparenza, si era messo lí apposta per aspettare lui.

«Lei è il dottor Tal dei Tali», disse lo sconosciuto, col tono piatto di chi fa una constatazione. Barbablu, allora, lo guardò. Vide che aveva la barba lunga di parecchi giorni e pensò che fosse un matto: uno dei tanti, con cui aveva avuto a che fare nel corso della sua lunga carriera. Gli rispose che non visitava i pazienti a domicilio e che, per ogni necessità e per ogni evenienza, doveva rivolgersi all'accettazione dell'ospedale psichiatrico...

«Sono venuto a riprendere Caterina», disse il giovane. (Caterina era il nome della Donna Fatale). Allora il medico aprí la bocca per chiamare il portinaio e lo sconosciuto gli scaricò in corpo, uno dopo l'altro, i quattordici colpi di una pistola semiautomatica che teneva in tasca, uccidendolo una mezza dozzina di volte. Il sangue di Barbablu schizzò dappertutto sui muri, che dovettero essere ridipinti, e disegnò una grande macchia scura sul mosaico del pianerottolo, che nessun detersivo riuscí mai a cancellare e che probabilmente è ancora là, sbiadita dagli anni, al primo piano della nostra protagonista. L'assassino fu preso dopo meno di un'ora. Era un cugino della Donna Fatale: un muratore di un paesello inerpicato da qualche parte sulle grandi montagne, che – secondo quanto dissero di lui le cronache dei giornali – «aveva concepito per la sua parente una passione incestuosa, cosí forte da spingerlo a quell'orribile delitto».

24.

L'oratore

Il Regio Ginnasio-Liceo «Dante Alighieri», all'epoca della nostra storia e nella nostra città, era la scuola dove le persone perbene mandavano i loro figli perché poi proseguissero gli studi nelle facoltà universitarie; ed era anche un luogo fuori dal tempo, di memorie patrie e di rituali che si tramandavano immutati, da una generazione di studenti all'altra e da un secolo all'altro. Il capitano in congedo Alessandro Annovazzi, che ci aveva trascorso alcuni anni della sua vita già come studente e che poi c'era ritornato come professore, dopo la guerra e dopo il tirocinio nel ginnasio di M., a volte rimpiangeva di non essersi scelto come luogo di lavoro una scuola un po' meno carica di passato e di albagia, e anche un po' meno malinconica: per esempio l'Istituto magistrale, o uno dei due Istituti tecnici... C'era qualcosa di solenne e quasi di lugubre in quelle aule con i muri dipinti fino a una certa altezza di vernice marrone antigraffito, in quelle lavagne consunte, in quei banchi dov'erano passati gli studenti che avevano combattuto le battaglie dell'unità d'Italia e quelle della grande guerra, e dove ancora si potevano leggere, intagliate nel legno, le dichiarazioni d'amore per signorine che poi erano diventate madri e nonne, o che forse erano defunte. L'Uomo della Provvidenza era dappertutto: nell'ingresso, sulle scale, nelle aule, nei corridoi, nei laboratori, negli uffici... Mancava solo nei gabinetti; ma i gabinetti, all'interno dell'istituzione, erano una zona franca, dove l'autorità non entrava se non in casi eccezionali e dove si compivano ogni sorta di traffici. In sala professori, il ritratto dell'Uomo della Provvidenza era affiancato da un altro ritratto un po' piú piccolo, dell'uomo che tanti anni prima aveva comandato le camicie nere con il nome di Quadrumviro, e che ora era ministro della Pubblica Istruzione. (Molti professori, però, invece di chiamarlo Quadrumviro lo chiamavano «Quadrupede»: perché pensavano che non avesse una cultura e una sensibilità sufficienti per capire i problemi della scuola di Stato e anche quegli altri problemi, un po' piú piccoli ma forse ancora piú complicati, che riguardavano le loro personali carriere). Il sovrano indiscutibile e indiscusso di quel mondo di aule, di banchi, di corridoi, di gabinetti e di ritratti, era un personaggio carico di anni e di onorificenze, il «signor preside», che controllava tutte le mattine l'ingresso dei suoi professori e dei suoi studenti, stando in cima allo scalone e accarezzandosi i baffi bianchi con le dita della mano sinistra. Di tanto in tanto la mano si allontanava dalla bocca, per permettere al signor preside di rispondere all'omaggio di un suddito:

«Buon giorno, signor preside!»
«Buon giorno, professor Annovazzi!»

In sala professori facevano capolino i giornali: che erano stati acquistati per essere letti dopo pranzo, e che però ricevevano una prima sbirciata già al mattino, mentre i loro proprietari attendevano il suono della campanella per entrare nelle rispettive classi. Venivano commentate ad alta voce alcune notizie che riguardavano i fatti della cultura o dello sport, o si discuteva di cose che avvenivano in paesi lontani: carestie, epidemie, terremoti, ma senza mai toccare le questioni politiche, perché alla politica ci pensava l'Uomo della Provvidenza. (Un cartello a stampa, sotto il suo ritratto, ricordava: «Qui non si parla di politica»). Era invece lecito occuparsi di carriere statali, di pensioni, e, in qualche caso, di programmi scolastici: non per criticarli, naturalmente, perché i nostri programmi scolastici – su ciò, i professori del Ginnasio-Liceo «Dante Alighieri» non nutrivano il minimo dubbio – erano i migliori del mondo, ma per difenderli dalle critiche degli ignoranti. Per esempio dalla proposta che era stata avanzata da un giornale, qualche tempo prima, di limitare le ore di insegnamento delle lingue morte nei nostri licei per fare spazio a una lingua straniera viva. Una bestemmia! Tutti i professori della città di fronte alle montagne, e in testa a tutti – in quanto direttamente interessati – i professori del Ginnasio-Liceo, erano insorti con sdegno e in qualche caso addirittura con furore contro quell'ipotesi scriteriata. Al professor Carlo Danini, ordinario di latino e greco nelle classi ginnasiali, tremava addirittura la voce. Ripeteva: «Lo studio del latino aiuta i giovani a sviluppare le capacità deduttive e di ragionamento! Lo studio del greco antico è indispensabile per la formazione culturale dei futuri laureati nelle discipline scientifiche!» Anche il professore di religione, don Fulgenzio, alzava il braccio come se avesse dovuto scagliare un anatema. Ammoniva i presenti:

«Il latino, finché esiste la Chiesa di Roma, è lingua viva!»

«Le lingue vive e parlate, – sentenziava il preside, – non c'è bisogno di insegnarle nelle scuole di Stato, perché chiunque ne abbia necessità le può imparare per suo conto, viaggiando nei paesi dove tutti le usano...» Rimaneva un momento soprappensiero. Si chiedeva: «E poi, di grazia, quali sono queste lingue vive che la nostra migliore gioventú dovrebbe imparare al liceo: l'inglese, forse, oppure il francese, o lo spagnolo? Ma i nostri emigrati nelle lontane Americhe, pur essendo, nella maggior parte dei casi, persone ignorantissime, hanno dimostrato di potersi appropriare di quelle lingue senza alcuna difficoltà!»

«Io, per me, se fossi al posto del Quadrupede, renderei obbligatorio anche lo studio del sànscrito, – brontolava il professor Mortarotti: che era stato allievo, all'università di Torino, di quell'Italo Pizzi a cui il Poeta, nella sua poesia sulla creazione del mondo, attribuiva la parte del dotto che

L'ORATORE

esce dalle acque. – Il sànscrito è la madre di tutte le nostre lingue, anche dell'inglese!»

Quando il professor Annovazzi entrava in classe, gli allievi del corso «A» – il corso esclusivamente maschile – si alzavano in piedi in segno di rispetto e lo salutavano. Lui gli faceva cenno di sedersi; si sedeva a sua volta e poi, dopo aver firmato il registro delle lezioni, apriva l'altro registro, quello dei voti, e faceva l'appello dei presenti e degli assenti, leggendo i nomi ad alta voce: «Albertini, Ariotti, Bonelli, Calcaterra...» Anno dopo anno, classe dopo classe, i cognomi erano piú o meno gli stessi; erano i cognomi che comparivano sulle insegne dei negozi o sulle targhe degli studi professionali della città alta, e gli studenti che li portavano erano i figli dei notai che dovevano diventare notai, i figli dei farmacisti che dovevano diventare farmacisti, i figli dei droghieri che dovevano appagare il desiderio di avanzamento sociale dei loro genitori diventando ingegneri o avvocati, i figli dei chirurghi che dovevano diventare chirurghi... L'unico scompiglio in quell'ordinato succedersi di generazioni lo portavano i funzionari dello Stato, che per fare carriera dovevano passare da una città all'altra. Il direttore delle Poste e quello delle prigioni, il prefetto e il viceprefetto, il questore e gli ufficiali dei carabinieri avevano dei figli che si chiamavano con cognomi nuovi e strani (per esempio Donnarumma, Caccavale, Maccarone, Marrone e simili), e però anche loro dovevano mandarli in quella scuola – il liceo classico – perché diventassero direttori delle Poste o direttori delle prigioni, prefetti o viceprefetti o ufficiali dei carabinieri. Qualche volta, il professor Annovazzi assegnava ai suoi allievi un tema da svolgere in classe e rimaneva per un paio d'ore senza fare niente, mentre i figli dei notai e quelli dei viceprefetti s'affannavano a riempire i fogli che avevano davanti con chissà quali sciocchezze e a inneggiare all'Uomo della Provvidenza, qualunque fosse l'argomento del tema: perché credevano che, cosí, avrebbero meritato un voto piú alto... Il nostro professore passeggiava tra i banchi, avanti e indietro, o si affacciava alla finestra. Se rifletteva sul suo passato, gli sembrava di essere una di quelle statuine dei vecchi carillons, che girano e girano e alla fine tornano sempre a fermarsi nello stesso punto. Dopo aver fatto tanti progetti e tanti sogni ai tempi dell'università, e dopo essere sopravvissuto alla guerra, era tornato tra quei muri dipinti di vernice marrone e tra quei giovani, che gli ricordavano i suoi compagni d'un tempo... Sorrideva di se stesso e scuoteva la testa. Si diceva: «Sono come il serpente che si morde la coda! Sono sempre fermo!»

Qualcosa di nuovo, però, era accaduto anche al professor Annovazzi: qualcosa che lo aveva riconciliato con quell'epoca in cui tutto era banale e tutte le persone erano normali, o quasi normali, e con quella sua vita che continuava a girare in tondo senza mai cambiare percorso, come la statuina di un vecchio carillon. Lui che al ritorno dalla guerra si era sentito un sopravvissuto, vecchio e stanco e incapace di entusiasmi, aveva poi ritrovato la felicità degli anni giovanili in una passione imprevista: un grande amore, che gli aveva aperto nuovi orizzonti e che non era l'amore per la signora Lina, a cui, pure, il nostro professore voleva molto bene. Si era innamorato della pianura: dei suoi boschi, dei suoi fiumi, dei suoi cieli, delle sue atmosfere rarefatte oppure splendenti, dell'energia sconosciuta che gli si rivelava nell'ordine delle cose naturali e che gli entrava sotto la pelle come gioia di vivere... Tutto ciò, forse, era incominciato già sul treno per M., quando il professor Annovazzi aveva scoperto, di là dal finestrino, quel sole enorme e sbiadito che galleggiava nelle nebbie della pianura come in un acquario; e però l'amore, quello vero, era arrivato a manifestarsi soltanto alcuni anni piú tardi e soltanto grazie all'incontro con un uomo che noi chiameremo «lo Scrittore», anche se oggi nessuno, o quasi, lo ricorda piú! Lo Scrittore era un vagabondo dell'immensa pianura, che ne raccontava le storie sui giornali e nei libri: storie di uomini ma anche di animali, anche di alberi, di luoghi, di presenze e di corrispondenze... In una primavera ormai lontana, lo Scrittore aveva convinto il professor Annovazzi a seguirlo in una di quelle gite in bicicletta che gli davano spunto per i suoi strabilianti racconti, lungo un fiume che discende dalle grandi montagne e che noi chiameremo il fiume Azzurro, perché le sue acque sono sempre limpide. Gli aveva promesso che gli avrebbe fatto conoscere la gente del fiume: i barcaioli, i cercatori di pietre bianche e i cercatori d'oro, i cacciatori di talpe e quelli di volpi... Il professore lo aveva seguito, all'inizio senza troppo entusiasmo e poi, a mano a mano che si allontanavano dalla città, con l'esatta sensazione di avere ritrovato qualcosa che già gli era appartenuta prima della nascita: il piacere di sentir pulsare la propria vita dentro una vita piú grande, e di essere una parte piccolissima di un insieme, di cui non conosceva i confini. Da quel giorno, lui e lo Scrittore erano diventati inseparabili. D'inverno, li si vedeva camminare con i fucili in spalla lungo i filari dei salici non ancora capitozzati, che protendevano nella nebbia i rami destinati alla potatura; d'estate, si poteva incontrarli mentre risalivano il fiume Azzurro su un barcone di ferro, o mentre camminavano, con in mano le canne da pesca, tra le paludi di un altro fiume che scorre a occidente della nostra città: il fiume Giallo, cosí detto perché a ogni piena diventa fangoso. Ogni tanto, da una radio accesa in un'osteria o in un casolare sperduto nella grande pianura, li raggiungeva la voce dell'Uomo della Provvidenza che li richiamava ai loro alti destini e gli parlava – con voce rotta dagli applausi e dalle scariche elettriche – dell'Impero di Roma che stava per rinascere; ma nessuno dei due ci faceva caso. Molto piú fastidioso, per il professor Annovazzi, era l'incontro del lunedí mattina con il suo diretto superiore, cioè con il preside; che per un po' di tempo si era limitato a non rispondergli quando lui lo salutava, in segno di rimprovero, e poi aveva incominciato a convocarlo nel suo ufficio per chiedergli di giustificarsi. Ogni lunedí, le domande del preside erano piú o meno le stesse: come mai il professor Annovazzi aveva ritenuto di non dover essere presente, il pomeriggio di sabato, alla lezione di dottrina patriottica per gli allievi delle sue classi? Come mai non era stato visto in prima fila, insieme ai suoi colleghi, all'inaugurazione del monumento all'Uomo della Provvidenza, o alla festa del Natale di Roma? Come mai non si trovava a scuola ieri pomeriggio, alle ore diciotto, per la proiezione del documentario sull'Africa italiana e per l'incontro che aveva fatto seguito a quella proiezione, con sua eccellenza l'avvocato Ercole Pignatelli?

Il professore balbettava: «Ero indisposto! Ho dovuto accompagnare alla stazione un parente in visita! Ho dovuto aiutare un mio vicino di casa che faceva trasloco!» Ma si trattava di scuse deboli, che in realtà non scusavano nulla e che servivano soltanto a far crescere, da una parte, l'indignazione nei confronti del reprobo, dall'altra parte, il disagio e l'insofferenza per quella situazione, di dover rendere conto all'Uomo della Provvidenza non soltanto del proprio tempo lavorativo, ma anche del proprio tempo libero...

«Nessuno mai vi ha visto a un'adunata! – obiettava il preside. – Cosa dobbiamo pensare? Ditecelo voi!»

Dopo qualche diecina di rimbrotti da parte del preside, arrivò, per il professor Annovazzi, l'ordine di presentarsi davanti a un personaggio chiamato «il federale»: che era un uomo di media statura, con la testa calva e la mascella quadrata, e parlava mettendosi i pugni sui fianchi come l'Uomo della Provvidenza. «Noi sappiamo tutto sul vostro conto, – gli disse il federale. – Sappiamo che trascorrete le domeniche e gli altri giorni festivi in compagnia di uno stravagante, il... Tal dei Tali, – (il federale pronunciò il nome dello Scrittore come se avesse dovuto inghiottire una medicina particolarmente sgradevole), – e che insieme al Tal dei Tali, – (altro sorso della medicina), – frequentate una bettola sul fiume Azzurro, l'osteria del Mago, nota per essere un ritrovo di sovversivi e di gente poco raccomandabile. Dovreste vergognarvi! Consideratevi fortunato se, almeno per ora, non vi farò allontanare da quella cattedra del nostro liceo che occupate cosí indegnamente, dando ai nostri giovani un pessimo esempio di comportamento morale e civile. O cambiate vita, o cambierete mestiere: siete stato avvertito!»

Una sera, il professor Annovazzi e lo Scrittore venivano su dalla valle del fiume Azzurro, a piedi e tenendo le biciclette per mano perché l'ultimo tratto della salita è piuttosto ripido, quando gli capitò un fatto curioso. Sentirono una voce, dalla parte dove il bosco era piú folto, che declamava in mezzo agli alberi; le parole non si capivano a causa della distanza, ma la voce si alzava e si abbassava, taceva e poi riprendeva a parlare, come se ci fosse stato, laggiú, un attore che recitasse un monologo per chissà quali spettatori. Cosa stava succedendo? I due uomini, sorpresi, si fermarono; poi, di comune accordo e senza dire niente, appoggiarono le biciclette al tronco di un albero e si avviarono per un viottolo sassoso e pieno di pozzanghere, seguendo la direzione della voce. Giunsero al margine di una radura che si affacciava sulla valle come una terrazza: da lassú, si vedevano le anse e le isole del grande fiume per parecchi chilometri, e le sue acque che riflettevano i colori del crepuscolo, mentre sui boschi dell'altra sponda brillava solitaria la prima stella della sera. Riconobbero l'oratore. Era Pietro B., il piú taciturno tra i frequentatori di quell'osteria del Mago, che il federale della città di fronte alle montagne aveva detto di considerare «un ritrovo di sovversivi e di gente poco raccomandabile». Pietro era un uomo con i capelli già tutti grigi; molti anni prima era stato operaio e sindacalista, e aveva cercato di far scendere dal cielo la rivoluzione a forza di scioperi, ma era riuscito soltanto a perdere il lavoro. Ora abitava in campagna, perché un suo fratello era mezzadro di una piccola tenuta presso il fiume Azzurro, e perché qualcuno che aveva l'autorità di dare quel genere di consigli, gli aveva consigliato di andare a vivere con il fratello. Ogni tanto, quando in città si inaugurava qualcosa e arrivavano dalla capitale le alte cariche dello Stato, Pietro spariva per tre o quattro giorni e poi, quando ricompariva, i suoi amici dell'osteria del Mago gli chiedevano dov'era andato e cosa gli era successo. Lui faceva un gesto con la mano: «Niente, niente... Cosa volete che mi sia successo: sono stato via, e comunque per me un posto vale l'altro! Stare qui o stare da un'altra parte, finché il mondo va in questo modo, è la stessa cosa!»

L'oratore era controluce, di profilo, e si rivolgeva alla valle del fiume, sotto a lui, come avrebbe potuto rivolgersi a una piazza traboccante di folla. Gridò alla folla che non c'era: «Siamo stati vinti! Il nemico ha calpestato le nostre bandiere, ha incendiato i nostri circoli e le nostre case del popolo, ha esiliato e imprigionato i nostri dirigenti ed è anche riuscito a ingannare con la sua propaganda molti che in passato credevano nei nostri stessi ideali, di giustizia e di uguaglianza tra gli uomini, e adesso non ci credono piú...»

Un singhiozzo gli ruppe la voce. Pietro, allora, tirò fuori di tasca il fazzoletto e se lo passò sulle guance mentre la grande valle rimaneva impassibile. Gridò alle nebbioline che salivano su dalla valle, che si insinuavano tra gli alberi: «Compagni! Ci hanno vinto perché non abbiamo saputo interpretare nel modo giusto l'insegnamento dei nostri maestri... Perché ci eravamo illusi di essere ormai vicini alla meta... Per chissà quali altri motivi... Non importa! Rifletteremo sugli errori che abbiamo commesso. Riusciremo a correggerli. Adesso, però, la cosa piú importante che dobbiamo fare è continuare ad avere fede nella nostra vittoria». Alzò il pugno verso la stella lontana, sull'altra riva del fiume. Le gridò: «Noi non perderemo la consapevolezza... la certezza... che nessuna forza al mondo può cambiare il corso della storia, come nessuna forza al mondo potrebbe far tornare questo fiume dentro le sue sorgenti! Nessun tiranno e nessuna menzogna riusciranno a spegnere l'ansia di giustizia che è in fondo al nostro cuore e che è in fondo al cuore della maggior parte degli uomini, anche di quelli che adesso ci combattono perché credono che siamo i loro nemici...»

25.
«Conosci te stesso»

Il tempo delle guerre, però, non era ancora finito. Arrivò un giorno in cui i nostri nemici di sempre, detti crucchi, che ora grazie all'Uomo della Provvidenza erano diventati i nostri unici alleati, incominciarono a rivendicare chissà cosa dal resto del mondo, e a minacciare sconquassi: a nord, a sud, a est e a ovest. Il resto del mondo invocava: «Pace! Pace!»; ma la pace, come la calma e come il sonno, si nomina soltanto quando è lontana. Nella città di fronte alle montagne, gli abitanti si divisero in due partiti: il partito di chi sosteneva, in pubblico e con voce tonante, che anche noi come i tedeschi dovevamo fare il diavolo a quattro e reclamare i mari, i monti, le isole e le nuvole; e quello di chi non sosteneva niente. (Questo secondo partito, a dire il vero, era di gran lunga piú numeroso dell'altro). L'Uomo della Provvidenza taceva, e tacque a lungo, limitandosi a sorgere ogni mattina e a tramontare ogni sera come aveva fatto per anni; ma un giorno prese la sua decisione. Una domenica, parlando alla radio, annunciò al popolo dei trasognati e dei felici che anche loro, e non solamente i crucchi, avrebbero avuto l'onore e il privilegio di combattere contro il resto del mondo, e che gli si chiedeva soltanto una cosa: che vincessero! Incominciarono le partenze. Anche dalla casa: partirono per andare in guerra i due figli del Macellaio, Marco e Andrea, con le loro catenine d'oro al collo e ai polsi, e con i loro capelli lucidi di brillantina. Partí il figlio del maestro Ermete Cavalli, il giovane Umberto, che a soli vent'anni era già considerato un genio della musica: e l'intero edificio, dalle cantine alle soffitte, risuonò degli urli e dei singhiozzi disperati della signora Gina sua madre. (Per evitare che il figlio musicista andasse al fronte, i coniugi Cavalli si erano rivolti anche all'avvocato Ercole che gli aveva proposto una soluzione di ripiego, aveva detto: «Tenerlo a casa è certamente impossibile, ma si può forse ottenere che rimanga in Italia. Vedrò cosa posso fare»). Partirono l'autista dell'avvocato e il giardiniere, e l'unico uomo che rimase al servizio della famiglia Pignatelli fu il portinaio Eraldo, invalido della grande guerra; partí il Pittore, non per andare al fronte – aveva ormai passato i quarant'anni – ma per tornare al suo paese d'origine. Vivere d'arte, nella città di fronte alle montagne, era stato difficile già in tempo di pace, e figurarsi in tempo di guerra! Partí l'antiquario Bruno Hack, che aveva trasferito le sue preziose collezioni di là dalle montagne qualche mese prima che incominciasse il trambusto di cui stiamo parlando; e la grande casa tornò a essere silenziosa e deserta. Soprattutto alla sera. Alla mattina, attraverso le finestre che si affacciavano sul cortile piú grande, si sentivano alla radio le canzoni di quell'epoca, che parlavano di una chiesetta in mezzo ai fior, di un settembre sotto la pioggia e di una signora Fortuna; e c'era anche una certa animazione sulle scale, di gente che saliva al secondo piano per andare a mettere un annuncio o un necrologio sul giornale locale, o per consegnare un articolo. «La Gazzetta», infatti, già da parecchi anni aveva un nuovo padrone: l'avvocato Ercole Pignatelli, che l'aveva acquistata per usarla contro il senatore Bianchini e che, dopo la morte di Barbablu, l'aveva trasferita al secondo piano di casa sua, nell'appartamento dove avevano abitato lo psichiatra e le sue molte mogli...

La guerra, dunque, incominciò a essere combattuta secondo le parole dell'Uomo della Provvidenza, in terra, per aria e sul mare: e andò a rotoli dappertutto. Nonostante i titoli trionfalistici dei giornali e le affermazioni ancora piú perentorie della radio, lette da un annunciatore soprannominato Caffeina, tanto la sua voce era spavalda e piena di entusiasmo, fu chiaro a tutti, fino dall'inizio, che stavamo perdendo; perché le tanto strombazzate vittorie portavano sempre e soltanto «sganciamenti», «arretramenti tattici», «ri-dispiegamenti delle nostre forze» e altre fandonie, che la gente interpretava nell'unico modo possibile: si scappava! La faccenda, per quanto tragica, non era priva di risvolti comici; che nella città di fronte alle montagne, ogni mattina, venivano messi in luce da uno straordinario venditore di giornali, noto a tutti come «Violino». (Questo di Violino, anche se può sembrare un soprannome, era il suo vero cognome, e in quanto al nome di battesimo nessuno aveva mai saputo che ne avesse uno). Il nostro nuovo personaggio era un uomo alto e magro e vestito sempre di nero, che da giovane aveva lavorato in Belgio come minatore e poi aveva fatto lo strillone perché non si era reso conto di essere un attore mancato: un grande attore, una via di mezzo tra l'americano Buster Keaton e l'italiano Totò, di cui anticipava alcuni atteggiamenti e alcune smorfie. Già in tempo di pace, la specialità di Violino era stata quella di vendere i giornali per strada strillando notizie che non esistevano o che non erano notizie, per esempio: «Tragedia in Cina: le donne non la dànno! Il Papa annuncia dalla finestra: pioverà, e cresceranno funghi un po' dappertutto! Ultimissime della notte: zanzare assetate di sangue cercano culi scoperti!», e cosí via, con un'inventiva inesauribile e anche con un pizzico di irriverenza nei confronti del potere costituito. («Il Duce ha detto: oggi è venerdí e io vi prometto che domani sarà sabato, dovesse cascare il mondo!»). Nei lunghi anni in cui l'Uomo della Provvidenza aveva continuato a sorgere e a tramontare sulla pianura zampillante d'acque e sulla casa, i giochi di parole e le false notizie di Violino avevano rappresentato l'unica opposizione – se cosí possiamo chiamarla – all'informazione ufficiale; un'opposizione, in qualche modo, tollerata, perché considerata assolutamente innocua. Una sola volta il nostro giornalaio aveva corso davvero il rischio di finire in galera, a causa della lingua francese imparata in Belgio quando era minatore. Era stato denunciato da qualcuno che lo aveva sentito chiamare *le pédé* il principe ereditario, e i poliziotti che lo avevano arrestato in mezzo alla strada si erano anche presi la soddisfazione di buttargli per aria la merce: quaranta copie del giornale, a due soldi la copia, erano finite in mezzo alle pozzanghere e allo sterco dei muli! La faccenda, poi, si era risolta in un niente di fatto, perché sul dizionario francese-italiano del questore dell'epoca, il dottor Carmine Mancuso, la parola *pédé* non compariva da nessuna parte. C'era, è vero, e aveva un significato tutt'altro che bello, la parola *pédéraste*: ma Violino aveva giurato e spergiurato che mai si sarebbe permesso di rivolgere un simile insulto al futuro Re d'Italia, e che era stato frainteso. Lui aveva usato un termine affettuoso del linguaggio infantile... I poliziotti, naturalmente, non gli avevano creduto; e perché non pensasse di averli presi in giro impunemente, prima di rimetterlo in libertà lo avevano chiuso in uno stanzino e lo avevano riempito di botte, gli avevano spezzato un incisivo e incrinate due costole...

La guerra, come tutti sanno, è una fonte d'ispirazione di prim'ordine per ogni genere di artisti, e Violino, che era un vero e grande artista dello strillare i giornali, sembrava esserne consapevole. Gridava a squarciagola per le strade del centro: «Ultimissime dai fronti di guerra: sgominate bande di pidocchi greci ad Argirocastro! Disattivati nidi di pulci in Marmarica! Arrestato un agente del servizio segreto britannico travestito da verme solitario, nell'intestino del generale Graziani! L'appello del Duce alle truppe italiane in Africa: en avant la danse! Mes héros, on va semer avec nos étrons tout le désert du Sahara...»

I giornali di Violino andavano a ruba, e lui poi, quando i poliziotti lo interrogavano con la luce negli occhi, tra una sberla e l'altra («Cosa significa la storia del verme solitario e del generale Graziani? Perché il Duce parla in francese?»; e cosí via), si difendeva dicendo che doveva vendere i suoi giornali: «È il mio mestiere! Se non gli grido delle cose strampalate e un po' per ridere la gente compra i giornali della concorrenza, e io come vivo? Lo sapete anche voi, che ho sempre venduto i giornali in questo modo, facendo il buffone... Guerra o pace, il commercio è commercio!»

C'era, allora, una marcetta militare, nata con la guerra, che si cantava in modo bellicoso e che diceva, in estrema sintesi: «Vinceremo!» Violino ne aveva fatto il suo cavallo di battaglia; con quest'unica particolarità, però, che invece di cantarla fieramente avanzando la cantava fieramente indietreggiando, dopo aver gridato i titoli del giornale che parlavano di sganciamenti, di arretramenti tattici e di ri-dispiegamenti delle nostre forze davanti al nemico. Era una gag irresistibile. La gente correva a vedere il giornalaio che cantava marciando all'indietro, lo applaudiva, si sbellicava dalle risate; ma i tempi non erano adatti per quel genere di spiritosaggini, e la faccenda non poteva durare. Una mattina, Violino fu arrestato per strada e sparí dalla circolazione; con grande sollievo di quei cittadini e patrioti che ogni giorno, da anni, si prendevano il disturbo di denunciarlo alla polizia, e con notevole profitto degli altri strilloni, che ne ereditarono la clientela e le vendite.

Era iniziata l'epoca dell'oscuramento, dei rifugi e del sibilo delle sirene che rompeva sempre piú spesso la quiete notturna, annunciando il passaggio degli aerei nemici. Ogni volta che suonava l'allarme, nel cuore della notte, la grande casa si rianimava. Inquilini e padroni si precipitavano giú per le scale, vestiti alla bell'e meglio, e correvano verso il rifugio antiaereo: che non si trovava nelle loro cantine, dove i muri, ancora, erano fatti di mattoni, ma nella cantina in cemento armato di una casa poco distante. Due soli uomini, tra i nostri personaggi, rimanevano ad attendere che gli aeroplani fossero passati sopra le loro teste con il loro carico di bombe, senza nascondersi sottoterra. I due ardimentosi erano l'avvocato (ed ex ardito) Ercole Pignatelli, che quando suonavano le sirene si limitava a scendere in strada e a passeggiare avanti e indietro sul viale dei bastioni fumando una sigaretta dopo l'altra, finché l'allarme non era cessato; e lo «storico del buco della serratura» Ignazio Boschetti, che rimaneva nella sua soffitta perché si era persuaso che la discesa delle scale, al buio e con l'ansia di arrivare a destinazione prima che passassero gli aerei, per un uomo della sua età e della sua mole rappresentasse un pericolo piú concreto di quello delle bombe. Dopo aver tentato l'impresa un paio di volte, ruzzolando e rischiando di ammazzarsi a ogni gradino, il pover'uomo aveva preso la decisione, apparentemente eroica, di rimanere nel suo appartamento e nel suo letto e di raccomandarsi all'anima santa di Aurora, la sua compagna morta pochi giorni prima che incominciasse quella stupida guerra, perché lo aiutasse a salvarsi. La città – pensava il nostro impiegato di banca ogni volta che l'allarme acustico lacerava le tenebre – non aveva industrie che producessero esplosivi o cannoni, e le bombe, fino a quel momento, l'avevano risparmiata. Perché avrebbero dovuto colpirla proprio quella notte, e perché, soprattutto, avrebbero dovuto colpire la grande casa, e lui che in quel momento ne era l'unico abitante? Si raccomandava, oltre che ad Aurora, al suo protettore sant'Ignazio, e anche al Santo della basilica. Gli diceva: «Aiutatemi, sono nelle vostre mani!»

Quando poi sentiva che gli aeroplani si stavano allontanando, Boschetti usciva da sotto le coperte e andava ad affacciarsi alla finestra. La pianura, vista in quelle notti, era un golfo di ombre su cui planavano le luci dorate dei bengala ed era anche un palcoscenico di teatro, immenso e apparentemente vuoto, per gli Dei che stavano appollaiati lassú da qualche parte nel buio, e ridevano e applaudivano i nostri nemici. Le sole note stonate, in quel paesaggio di favola, erano i fasci di luce delle fotoelettriche e i proiettili luminosi della «contraerea» che si avventavano contro la notte e contro il nulla, senza possibilità di raggiungerli. Poi però le fotoelettriche si spegnevano, le mitragliatrici cessavano di tessere i loro inutili ricami e il ronzio degli aeroplani si faceva sempre piú sommesso, finché la scena tornava a essere buia e silenziosa. Sembrava allora che tutto fosse finito; ma non era cosí. Dopo qualche minuto, si vedevano lampeggiare all'orizzonte i bagliori delle prime esplosioni. Allora Ignazio si faceva il segno della croce e mormorava un'ultima preghiera: non per sé, questa volta, ma per chi si trovava laggiú, nell'inferno delle bombe al fosforo, e non poteva fuggire né difendersi, non poteva fare piú niente...

Una mattina, il sole sorse sulla grande pianura e l'Uomo della Provvidenza era scomparso: era diventato «Bombolo», il ridicolo eroe di una canzoncina che di lí a poco, in Italia, tutti avrebbero canticchiato e che sembrava essere stata scritta – pensava il povero Ignazio Boschetti – apposta perché i monelli si facessero beffe di lui, ogni volta che si azzardava a scendere in strada. («Era alto cosí, | era grasso cosí, | si chiamava Bombolo. | Passeggiando di qua, | passeggiando di là, | fece un capitombolo...») Nella città di fronte alle montagne, come dappertutto, la gente pensò che se si era dissolto l'Uomo della Provvidenza che l'aveva voluta, si sarebbe dissolta anche la guerra; ma non era vero, e la radio chiarí l'equivoco. La guerra continuava – disse Caffeina con la baldanza di sempre – «a fianco dell'alleato germanico». L'avvocato Ercole Pignatelli scomparve. Il suo posto alla direzione della «Gazzetta» fu preso da un giovane professore di belle lettere e di belle speranze: un certo Boniperti, che aveva frequentato la soffitta del Pittore ai tempi della rivista letteraria «La Campana», e che intitolò il suo primo articolo di fondo *Finalmente liberi!* Il senatore Bianchini, rimasto unico padrone della città e di tutti i suoi abitanti, rilasciò al nuovo direttore un'intervista in cui affermava di essere sempre stato, nel profondo dell'animo, contrario all'Uomo della Provvidenza: cosa, questa, che lo collocava di diritto tra i piú grandi mentitori di ogni epoca, sia nel caso che l'affermazione fosse stata vera e che lui avesse mentito per vent'anni, sia nel caso che fosse stata falsa e che lui mentisse nel momento in cui la faceva. Passò un mese, e la radio dette un'altra notizia. Sua maestà il Re d'Italia – disse Caffeina, con un tono di rammarico di cui nessuno, fino a quel momento, lo avrebbe creduto capace – aveva preso una decisione dolorosa ma necessaria: si era arreso ai nostri nemici, cioè al resto del mondo, ed era andato a consegnarsi nelle loro mani. A chi restava da quest'altra parte del fronte – spiegò l'annunciatore dopo una breve pausa – sua maestà lasciava libertà di scegliere: poteva continuare a combattere contro chi voleva, se preferiva la guerra, o poteva arrendersi al primo che capitava, se, come il suo sovrano, amava soprattutto la pace. In poche ore, tutte le stazioni ferroviarie e tutte le strade della grande pianura si riempirono di soldati che avevano buttato via i fucili e tornavano a casa; molti indossavano ancora i panni dell'esercito, ma i piú erano già riusciti a procurarsi degli abiti civili, in vari modi e perfino entrando nei cascinali e chiedendo ai contadini di dargli quei vestiti che avevano messo da parte per fare lo spaventapasseri. Gridavano: «È finita la guerra! Andiamo a casa!», senza riuscire a comunicare la loro allegria a chi li ascoltava, e senza essere del tutto convinti loro stessi di ciò che dicevano. La situazione, infatti, non aveva molti precedenti nelle guerre del passato, per lo meno in quelle degli ultimi duemila anni, e soltanto gli Dei sapevano come si sarebbe risolta. Si attendevano indicazioni dai giornali, che però non uscivano, e dai notiziari della radio, che continuava a trasmettere sempre le stesse parole e le stesse musiche. Al terzo giorno ricomparve per strada Violino. Era un po' piú magro e un po' piú arruffato di come la gente se lo ricordava, e anche il fascio dei giornali che teneva sul braccio era molto meno voluminoso di quello di una volta, perché i giornali, ormai, erano fatti di un solo foglio, e non riportavano altre notizie che i bollettini di guerra. Gridava come un forsennato: «Godi, popolo! È tornato il giornale per avvolgere le bistecche,

«CONOSCI TE STESSO» 235

ma non sono tornate le bistecche! Ultime notizie dai fronti: era tutto uno scherzo!»

Il professor Annovazzi scese di corsa le scale e riuscí ad accaparrarsi una copia di un quotidiano che era all'epoca della nostra storia, ed è ancora oggi, il piú importante dell'intero paese. C'era un articolo intitolato: *Conosci te stesso*, a sinistra sotto il frontespizio, e il professore incominciò a leggerlo per strada, pensando che contenesse un'analisi del presente e un'ipotesi di ciò che sarebbe potuto succedere in futuro, per lo meno nelle prossime ore e nei prossimi giorni; ma la sua impazienza dovette lasciare il posto allo stupore, e poi all'incredulità. Chi aveva scritto quell'editoriale, per i posteri, non aveva fatto altro che copiare da un'enciclopedia la voce corrispondente alla parola «Italia»! «Situata nel centro del Mediterraneo, – diceva l'articolo non firmato, ma in realtà copiato da una voce d'enciclopedia, – l'Italia costituisce il naturale ponte di passaggio dall'Europa verso l'Africa e l'Asia. È un paese povero di risorse naturali, la cui maggiore ricchezza è rappresentata dalla popolazione. Su di un territorio di 287 mila chilometri quadrati vivevano al principio di questo secolo 32 milioni di italiani. Dopo la guerra del 1914-18 l'estensione del territorio salí a 310 mila chilometri quadrati e in questo spazio si pigiano 45 milioni di individui, con una densità di circa 145 abitanti per chilometro quadrato...»

Che senso avevano tutti quei numeri, in quel foglio? Alessandro Annovazzi andò con gli occhi al fondo dell'articolo, per vedere quale fosse la conclusione; ma non c'erano conclusioni. «La coltivazione del grano, – dicevano le ultime righe, – occupa 5 milioni di ettari; il rendimento per ettaro, però, è piú basso che altrove... Abbondiamo di prodotti agricoli di lusso, come la frutta, i vini, l'olio, che costituiscono una quota importante delle nostre esportazioni...»

Era una giornata di metà settembre, umida e calda. Il nostro professore alzò gli occhi verso il cielo pieno di nuvole e per un attimo vide scintillare, in alto sopra la sua testa, i denti degli Dei, cosí bianchi da lasciarlo abbagliato, e sentí l'eco delle loro risate come un fragore lontano. Pensò che stava per arrivare un temporale, e che era meglio rientrare in casa. Sul giornale, quella mattina, non c'erano notizie.

26.
Il concerto per la vittoria

L'avvocato Ercole Pignatelli ritornò in città insieme ai carri armati dell'«alleato germanico». Cavalcava un cavallo da corsa, un purosangue avuto in prestito da quello stesso proprietario terriero che lo aveva tenuto nascosto per quasi due mesi in una tenuta dalle parti del fiume Giallo; indossava la sua vecchia divisa, con il fez e la camicia nera, e aveva in mano quel frustino da cui non si sarebbe piú separato finché fosse vissuto, sia che andasse a piedi o a cavallo o con qualsiasi altro mezzo di locomozione. Il suo rivale, cioè il senatore Bianchini, era scomparso già da alcuni giorni; nessuno sapeva di preciso dove si trovasse, ma nei caffè della città alta le solite persone bene informate sostenevano che era andato a stare di là dalle montagne, in un paese accogliente e neutrale dove lo aspettavano certi conti bancari a sei e a sette zeri, messi lí per ogni evenienza prima che iniziasse la guerra... I carri armati sfilarono sui bastioni, facendo vibrare la nostra protagonista fino dalle fondamenta; e chi si ricordava ancora degli antichi modi di dire, sentenziò che la città, come nei secoli passati, avrebbe «ballato». Si sentirono alcuni colpi d'arma da fuoco dalla parte delle caserme, e per un momento si temette che qualcuno – non si capiva bene chi – volesse tentare un'impossibile resistenza contro quegli alleati un po' troppo invadenti; ma gli spari cessarono quasi subito, e la «Gazzetta», quando poi riprese le pubblicazioni con il suo vecchio proprietario e direttore, cioè con l'avvocato Ercole, accennò in un articolo di prima pagina a certi «sciacalli» che erano stati presi con le mani nel sacco e giustiziati, mentre rubavano armi e cibi in scatola per rivenderli a chissà quali speculatori. I cittadini – scrisse la «Gazzetta» in quell'articolo – dovevano considerarsi avvisati una volta per tutte. In tempo di guerra, qualsiasi furto a danno di un ente pubblico, o di pubblico interesse, costituiva un atto di sabotaggio e un tradimento, e sarebbe stato punito con la morte, irremissibilmente...

La mattina del giorno successivo, tutte le strade d'accesso alla città erano controllate dai carri armati e dalle autoblindo dell'esercito invasore e si vide arrancare sul viale dei bastioni una Fiat Topolino, l'automobile più piccola del mondo, sovrastata e quasi schiacciata dalla mole di due altoparlanti che gracchiavano la grande notizia di quei giorni: la resurrezione dell'Uomo del Capitombolo, cioè di Bombolo! L'Italia in armi, che era già stata data per sconfitta – gridava l'annunciatore dentro alla Topolino – si rialzava, e tornava a combattere contro il resto del mondo! La monarchia era decaduta. Al suo posto, era stata istituita una repubblica presieduta da Bombolo, per collaborare con il nostro grande alleato, cioè con i crucchi, e per levare l'onta del tradimento dalle nostre bandiere... La Topolino procedeva sul viale d'autunno a passo d'uomo, e i suoi altoparlanti, tra un annuncio e l'altro, sparavano bordate di inni e di musiche patriottiche che si riversavano sulla grande pianura e assordavano gli abitanti delle case vicine. Le due canzoni che ritornavano con maggiore frequenza, nel clangore scomposto degli ottoni e delle trombe e tra i fischi e le scariche elettriche dell'impianto di amplificazione, erano quella marcia della vittoria che era costata un anno di galera al povero Violino, e un altro inno che il professor Annovazzi non poteva ascoltare senza provare, ogni volta, una stretta al cuore, perché gli ricordava «gli anni lieti degli studi e degli amori». («Giovinezza, giovinezza, primavera di bellezza...»). Poi la voce riprendeva a gracchiare. Gli altoparlanti rimbombavano: «Camerati! Già molti vostri illustri concittadini hanno aderito con entusiasmo alla nuova repubblica»; e scandivano una serie di nomi abbastanza lunga, che incominciava con quello dell'avvocato Ercole Pignatelli e che, tra i pochi personaggi noti e rappresentativi, includeva... lo Scrittore! Alessandro Annovazzi non voleva quasi credere alle sue orecchie: «Sarà vero?» Provò l'impulso di correre a casa dell'amico, per sentirgli dire che l'annuncio era falso e che lui, con la repubblica di Bombolo e dei crucchi, non aveva niente a che farci; ma dopo un momento di riflessione si rese conto che era meglio non prendere iniziative, e aspettare che le cose si chiarissero da sole. La faccenda era cosí strana – si disse – che doveva essere vera per forza, e andava messa in conto all'imprevedibilità dell'animo umano, oltre che agli sconquassi dei tempi... Mormorò: «Chi l'avrebbe mai detto! Un uomo come lo Scrittore, che si incanta a guardare le lucciole e i tramonti, teneva nascosta dentro di sé questa ambizione di mettersi in politica e non se ne rendeva conto lui stesso, fino a quando è arrivato qualcuno che gliel'ha tirata fuori nel momento sbagliato... Che Dio lo aiuti, e che ci aiuti tutti! Lui solo sa se ne abbiamo bisogno!»

La città, ora, «ballava» davvero. Quando il cielo era sereno l'allarme suonava in continuazione, a tutte le ore; e anche gli abitanti della nostra casa, per non continuare a correre avanti e indietro dal rifugio, soprattutto di notte, avevano dovuto imparare a distinguere gli aeroplani dal ronzio e a classificarli secondo una graduatoria di pericolosità, sostanzialmente in tre tipi. C'erano quelli che passavano altissimi sopra la pianura, e andavano a scaricare chissà dove il loro carico di bombe; ce n'erano altri che volavano bassi e mitragliavano tutto quello che si muoveva al suolo, ma non si avvicinavano alla città per non essere colpiti dalla contraerea; infine, c'era «Pippo», un piccolo ricognitore che arrivava nelle notti senza luna e sembrava non avesse altra funzione che quella di demolire il sistema nervoso della gente, facendo suonare l'allarme aereo anche due o tre volte per notte. L'inquilino dell'ultimo piano, Ignazio Boschetti, riusciva a sentire e a riconoscere il ronzio delle eliche di Pippo prima ancora che suonasse l'allarme, e ne seguiva le evoluzioni stando alla finestra, affascinato da quel suo modo di procedere a zig-zag, che lo faceva sembrare una libellula notturna. Di solito, il ricognitore sbucava da dietro la casa, cioè da sud, e si dirigeva verso le montagne invisibili lanciando ogni tanto un fuoco d'artificio, che non produceva danni ma che probabilmente – pensava Boschetti – serviva a fotografare ciò che c'era al suolo: ponti, strade, magazzini, fabbriche...

La vittoria era nella propaganda. A tutte le ore, la radio trasmetteva bollettini di guerra e inni patriottici; e non passava quasi giorno senza che la città fosse percorsa dagli altoparlanti che annunciavano un grande discorso di un grand'uomo, in piazza Municipio o in piazza Castello: dove la parola che risuonava piú spesso, e con piú forza, era la parola «vincere». Nonostante la propaganda, però, anche nella città di fronte alle montagne e anche nella casa, c'erano sempre meno persone disposte a credere che il resto del mondo alla fine sarebbe crollato, e che loro, cioè gli affamati e i bombardati, avrebbero vinto... Una di quelle persone era il portinaio Eraldo. Il nostro mutilato continuava a trascorrere molte ore al giorno nel suo misterioso laboratorio, e si infervorava come un ragazzino se lo facevano parlare dell'arma segreta di Bombolo: che – diceva – quando fosse arrivato il momento di usarla, avrebbe vinto la guerra! Nessuno al mondo, naturalmente, tranne gli scienziati che l'avevano costruita, conosceva le caratteristiche di quell'arma infallibile; ma, essendo stato per tutta la vita un inventore, Eraldo lasciava intendere che un'idea in proposito, anzi un'idea piuttosto precisa, lui l'aveva; e qualche volta la rivelava anche ai visitatori della casa, se si fidava di loro. «Il Duce, – gli diceva, allargando e sgranando gli occhi e alzando la mano sinistra con le dita aperte, come se avesse dovuto farne scaturire chissà cosa, – ha il raggio della morte!»

A quell'affermazione, di solito, seguiva un attimo di silenzio, in cui gli ascoltatori si guardavano tra loro e guardavano il portinaio per vedere se parlava sul serio; poi c'era sempre qualche bello spirito che fingeva di essere stupito («Ma no! Cosa mi dite!»), oppure gli domandava: «Ne siete proprio sicuro?» Eraldo, allora, rincarava la dose. Si voltava per assicurarsi che non ci fossero estranei; abbassava la voce fino a farla diventare un sussurro e bisbigliava, continuando a sgranare gli occhi: «Sissignore! Sono sette anni che lavoriamo a un progetto del nostro grande Marconi... Il raggio, adesso, è ancora in fase sperimentale, ma appena i nostri incominceranno a usarlo cambierà la musica della guerra, potete giurarci! Le superfortezze volanti degli inglesi e degli americani verranno giú dal cielo come birilli: [skittles] bum, bum, bum, e i nostri nemici si arrenderanno dopo pochi giorni... Lo dice anche il proverbio, che ride bene chi ride ultimo!»

Nonostante la propaganda, però, e nonostante i muri di tutte le case fossero pieni delle frasi di Bombolo («Credere obbedire combattere», «Roma doma», «Noi tireremo diritto», «Un posto al sole»), incominciarono ad accadere fatti strani, negli immediati paraggi della città o addirittura nel suo interno: cariche esplosive che facevano saltare per aria un tratto di ferrovia, colpi d'arma da fuoco che venivano sparati contro i crucchi mentre passavano sulle loro camionette o mentre si trovavano al ristorante, al cinema, in un posto qualsiasi... Episodi del genere si potevano spiegare in un solo modo, e la «Gazzetta» finí per parlarne: c'erano i banditi! Le campagne – disse il giornale – pullulavano di assassini e di criminali d'ogni specie, evasi dalle carceri, a cui negli ultimi tempi si erano aggregati alcuni agitatori di mestiere, soprattutto comunisti, che gli inglesi e gli americani paracadutavano di notte dietro le nostre linee, per portare scompiglio tra la popolazione. I banditi, il cui numero cresceva di giorno in giorno, approfittavano della guerra per arricchirsi nei modi piú infami; e i comunisti che li guidavano, oltre ad arricchirsi, volevano anche trasformare il nostro paese in un campo di lavori forzati, secondo il modello sovietico... Gli abitanti della città alta: i bottegai, i professionisti, le persone perbene, leggevano e inorridivano. Si chiedevano: «Come possono esserci nel mondo uomini cosí malvagi? Con tutti i guai che abbiamo già addosso, – ragionavano, – ci mancavano solo questi delinquenti e traditori, per metterci contro i tedeschi!» I crucchi, infatti, avevano fatto affiggere un po' dappertutto certi manifesti in cui minacciavano di vendicarsi sulla popolazione in caso di attentati, e promettevano ricompense a chi avesse fornito notizie utili per portare alla cattura dei fuorilegge; che – dicevano i manifesti – sarebbero stati immediatamente processati secondo le leggi di guerra e, se ritenuti colpevoli, giustiziati. C'era anche nella città alta, a dire il vero, chi raccontava le cose in un altro modo, chiamando «patrioti» i banditi e spiegando che molti di loro erano ragazzi di ottime famiglie, che combattevano contro gli invasori per liberarci dal loro dominio; ma la gente non gli credeva. Per la maggior parte degli uomini e delle donne che vivevano allora dentro alla cerchia dei viali, i banditi erano banditi; e il custode della grande casa, il portinaio Eraldo, al solo sentirli nominare ruotava gli occhi come un ossesso. «Sono tutti comunisti e delinquenti comuni, – proclamava; – e se tra loro c'è qualche bellimbusto in cerca di avventure, qualche signorino viziato che si è messo a giocare con le armi per passare il tempo, tanto peggio per lui e per i suoi familiari! Capiranno che siamo in guerra, e che in guerra non si può guardare in faccia a nessuno!»

Agitava il moncherino dentro la manica vuota. «Questo braccio, – sbraitava, – l'ho perso combattendo contro i tedeschi, e Dio solo sa se mi sono simpatici; ma se adesso noi abbiamo bisogno di loro per difenderci, non possiamo sparargli alle spalle! È contro la morale, ed è anche contro il nostro stesso interesse! È un atto di vigliaccheria!»

Tra un allarme aereo e l'altro, tra un attentato dei banditi e un altro attentato, tra un funerale solenne di un caduto e un altro funerale solenne, la città appariva stremata. I benestanti vendevano gioielli agli usurai per comperarsi qualche uovo o una vecchia bicicletta; i non benestanti tiravano la cinghia, e rubavano le biciclette degli altri. Circolavano cupe leggende di festini che i nuovi padroni della città – cioè i tedeschi e gli italiani che comandavano insieme a loro: il prefetto, il questore, l'avvocato Ercole Pignatelli, i capitani delle squadre speciali anti-banditi e pochissimi altri – si concedevano in certe case della città alta, dove ancora si inneggiava alla vittoria di Bombolo e dei crucchi; e naturalmente anche nella nostra casa. Quei festini, secondo la voce pubblica, si trasformavano quasi sempre in vere e proprie orge, a cui partecipavano alcune signore della borghesia particolarmente sensibili alle atmosfere di guerra, e alcune ragazze del popolo che poi si mostravano per strada cariche di pellicce e di gioielli guadagnati – dicevano i maligni – «col sudore del fondoschiena»; ma, contrariamente a ciò che sarebbe accaduto in tempi normali, non era il sesso ciò che scandalizzava la gente. Erano i cibi. I menu, veri o inventati che fossero, già alla mattina del giorno successivo facevano il giro della città, e passando di bocca in bocca e di casa in casa si arricchivano di portate – come il cioccolato fondente, o il tonno in scatola – che ancora pochi mesi prima nessuno si sarebbe sognato di far figurare in un vero pranzo. C'erano grandi pezzi di formaggio parmigiano o pecorino, in quei menu; c'erano montagne di maccheroni fumanti conditi – udite, udite! – con sugo di carne; c'erano le uova e l'ormai introvabile pancetta, e i cotechini e i sanguinacci e tutti gli altri insaccati, che avevano rallegrato le tavole della città alta prima della guerra; c'era il prosciutto, dolce e struggente come il ricordo dell'infanzia, o del primo amore; c'erano il risotto con i fagioli e i pezzi di lardo, e le sardine sott'olio, il tonno, le marmellate, il cioccolato fondente...

Un pomeriggio di una domenica di novembre, il cielo era grigio e piovigginoso e davanti al teatro Civico incominciarono a radunarsi i borghesi della città alta vestiti con il massimo di eleganza che i tempi permettevano. Le signore, per l'occasione, avevano tirato fuori dalla naftalina i loro soprabiti migliori, con i collettoni di pelo di martora o di volpe e le borse di vera lucertola; gli uomini apparivano piú goffi e impacciati del solito, a causa dei vestiti che un tempo erano stati della loro misura e che ora, dopo la cura dimagrante imposta dalla guerra, erano piú larghi per tutti di un paio di taglie. Aspettavano di entrare a teatro e non parlavano, o scambiavano qualche parola sugli unici argomenti di cui, allora, si poteva discorrere senza timore di essere fraintesi: il tempo, il clima, le previsioni per il prossimo inverno... (Nevicherà come l'inverno scorso? Non nevicherà?) Alcune persone tra quella folla erano uomini e donne che i lettori della nostra storia hanno già avuto modo di conoscere. Accanto all'ingresso del teatro, in un piccolo gruppo, c'erano il maestro Ermete Cavalli con la consorte, la signora Gina, che continuava a passarsi il fazzolettino sugli occhi; c'erano i coniugi Macellaio che consolavano la signora Gina («Su, su, basta, la smetta di piangere! Vuole farsi vedere da suo figlio in queste condizioni?»); infine, c'era il conte Marazziti, chiuso in un cappotto cosí lungo e cosí grande, e con un bavero di pelliccia cosí voluminoso, da essere, in pratica, irriconoscibile e invisibile. Arrivarono le automobili delle autorità civili della repubblica di Bombolo: quella del prefetto, quella del questore, quella dell'avvocato Ercole Pignatelli, quella del presidente del tribunale... Arrivarono gli ufficiali del comando militare germanico, e prima di entrare in teatro si fermarono a leggere il programma del concerto – intitolato, come d'obbligo in quei giorni, «Concerto per la vittoria» – nella locandina di fianco all'ingresso. Il tenente colonnello Alexander Glauber, capo del presidio, commentò la scelta dei brani (di Beethoven, Liszt, Wagner,

Bruckner, Respighi e Mascagni), e spese anche qualche parola in favore del direttore d'orchestra, il maestro Umberto Cavalli: un giovane – disse – di sicuro talento, che aveva già dato buona prova di sé qualche settimana prima, dirigendo una splendida esecuzione del *Requiem* di Brahms per i loro caduti... Gli ufficiali, naturalmente, furono d'accordo con il loro capo; poi anche il gruppetto dei tedeschi entrò in teatro e andò a sedersi nella prima fila di poltrone, di fronte agli orchestrali che stavano provando i loro strumenti. Il concerto si svolse senza sorprese, almeno nella sua prima parte, e tutti i brani eseguiti si meritarono l'applauso che ricevettero; ma il maestro Cavalli, quando il pubblico rientrò dopo la pausa, si inchinò per annunciare di aver introdotto una variazione nel programma. «Una signora presente in sala, – disse al pubblico, – mi ha chiesto di suonare Verdi; e io ho pensato di esaudire il suo desiderio, che credo sia anche il desiderio della maggior parte delle persone che ci stanno ascoltando». Alzò la bacchetta – mentre l'ufficiale seduto alla destra di Glauber mormorava nell'orecchio del suo superiore la traduzione dell'annuncio – e l'orchestra attaccò le note del *Nabucco*, quelle che accompagnano e per cosí dire sostengono il coro degli schiavi ebrei sulle sponde dell'Eufrate. Allora accadde qualcosa di strano e di imprevedibile, che dovrebbe forse far riflettere quanti affermavano a quell'epoca, e affermano ancora oggi, che l'Italia è un'accozzaglia di popoli e di storie, e che non esiste una nazione italiana. Gli abitanti del paese della muffa: i bottegai, gli impiegati venuti dal Sud per fare carriera, i professionisti con le loro consorti, gli uomini e le donne che esalavano verso il palcoscenico l'odore dell'insetticida che gli aveva salvato i vestiti dalle tarme durante i lunghi inverni di guerra, si accorsero, quasi vergognandosene, di avere gli occhi pieni di lacrime. Si alzarono in piedi, mentre gli ufficiali tedeschi uscivano precipitosamente; e l'insieme delle loro voci, dapprima incerto e sommesso, poi sempre piú forte, fece vibrare e tintinnare i cristalli del grande lampadario sospeso al centro della sala e si sentí anche fuori dell'edificio, nella piazza e sotto i portici davanti al teatro:

Oh, mia patria sí bella e perduta!
Oh, membranza sí cara e fatal!

27.
Gli «intellettuali»

Un giorno, i crucchi se ne andarono e finí anche la guerra: quella guerra tragica e un po' stupida che gli italiani avevano combattuto contro il resto del mondo, insieme ai loro nemici di sempre e senza che ce ne fosse un motivo. La nostra protagonista ne uscí incolume ma decisamente invecchiata, come una bella donna che abbia dovuto sopportare i disagi e le sofferenze di una lunga malattia, e che incominci a mostrare i segni del tempo. Molti dei suoi appartamenti erano vuoti, perché le persone che ci erano vissute erano defunte, o perché si erano trasferite all'estero: come il maestro Ermete e la signora Gina Cavalli che erano andati ad abitare in America, a New York, per seguire il figlio direttore d'orchestra. Il conte Marazziti era morto durante l'ultimo inverno di guerra, mitragliato da un aereo che lo aveva sorpreso in bicicletta su una strada della grande pianura mentre andava a comperare delle uova, con i soldi e per conto del Macellaio. Anche se non aveva mai voluto ammetterlo – dissero i vicini di casa al suo funerale – il pover'uomo negli ultimi tempi era diventato sordo, e la sordità, probabilmente, gli era costata la vita. Pochi giorni dopo il conte Marazziti era morto di morte naturale anche il commendator Ettore Pignatelli, direttore e poi presidente della banca cittadina: che, se avesse potuto spiare le sue esequie attraverso una fessura della cassa dove l'avevano rinchiuso, avrebbe avuto motivo di inorgoglirsi. La repubblica di Bombolo, infatti, aveva raggiunto vette insuperabili nell'arte di celebrare i funerali; e il nostro commendatore, prima di scendere sottoterra, ebbe il saluto di una fanfara militare e le lodi di un ministro dell'Economia, che lo definí, tra l'altro, «geniale precursore delle nuove tecniche bancarie». Suo figlio Ercole Pignatelli, invece, venne fucilato negli ultimi giorni della guerra da un gruppetto di quegli uomini che qualcuno, in città, si ostinava ancora a chiamare banditi; e non ebbe nemmeno il proprio nome scritto su una tomba, perché fu buttato in una fossa comune. Quella morte infamante davanti al plotone d'esecuzione, e quella sepoltura, furono forse una pena eccessiva per il «povero Fava»: che nonostante le bravate giovanili non aveva mai commesso delitti o vere atrocità, nemmeno sotto la repubblica di Bombolo, e che addirittura, nei suoi ultimi mesi di vita, era stato sospettato dai crucchi di fare il doppio gioco e di complottare contro di loro. Il tenente colonnello Glauber, in particolare, non gli aveva perdonato di essere il protettore di quel maestro Umberto Cavalli, che si era preso gioco di lui in occasione del concerto al teatro Civico; ma per gli abitanti della città di fronte alle montagne Ercole Pignatelli era il simbolo di un passato che aveva portato lacrime e sangue e sofferenze per tutti, e che tutti volevano dimenticare. Perciò lo misero davanti al muro del cimitero e lo fucilarono, senza fargli quel processo che lui chiedeva con insistenza, e in cui probabilmente si sarebbe difeso accusando di chissà cosa il senatore Bianchini. La condanna nei suoi confronti – gli spiegò un tale con in testa un cappello da alpino, senza gradi – era stata pronunciata già da molto tempo, ed era una condanna definitiva. Chi ha tradito la sua gente e il suo paese non ha diritto a un processo d'appello...

La grande casa, che era appartenuta al commendator Ettore e poi all'avvocato Ercole, passò all'ultima erede dei conti Pignatelli: a quella signorina Orsola, di cui i lettori ricorderanno che aveva ballato con il cugino Esploratore alla festa della Società Geografica Nazionale, e che aveva fatto innamorare con le sue lettere il soldato Vitaldo Capacchione. I saloni del pianoterra, dove si erano fatte le orge con il tonno in scatola e il cioccolato fondente, e anche quelli del primo e del secondo piano, rimasero per alcuni mesi in balia dei fantasmi, chiusi e vuoti; ma poi, come già era accaduto un'altra volta in passato, dopo un'altra guerra, ritornarono alcuni dei vecchi abitanti, ne arrivarono di nuovi e la nostra protagonista riprese a vivere. Tornò il figlio minore del Macellaio, il giovane Andrea, senza piú nemmeno uno di quegli oggettini d'oro che aveva indosso al momento della partenza, e cosí malridotto che i suoi stessi genitori stentarono a riconoscerlo. Tornò il Pittore, ormai consegnato alla leggenda – su cui lui stesso amava scherzare, quando gliene parlavano – di eroico combattente per la libertà e di capo-bandito, tra quelle montagne che si vedevano dalle finestre della sua soffitta. («Nessuno piú mi chiedeva un quadro, – si scusava, – e dovevo pur fare qualcosa di utile, per passare il tempo!»). Arrivò un bambino di cinque anni, il piccolo Attilio, in casa del professor Annovazzi e della signora Lina: che in tanti anni di matrimonio non avevano avuto nemmeno un figlio, e si erano decisi ad adottarne uno della guerra. Attilio Annovazzi – come poi si chiamò il bambino quando fu compiuta la pratica dell'adozione – diede un contributo determinante a liberare la casa dai fantasmi dei conti Pignatelli e dalle ombre del passato, cantando a squarciagola per le scale la canzoncina del grand'uomo Bombolo e del suo storico capitombolo, e anche quella del gatto Maramao, morto di fame perché si ostinava a non mangiare l'insalata. Era un bambino vivace e a tratti malinconico, precocissimo, che si divertiva a mettere in imbarazzo gli adulti con le nozioni che imparava sfogliando i libri del padre, soprattutto gli atlanti e i vocabolari. (Gli chiedeva: «Quant'è lungo, in chilometri, il fiume Nilo? Qual è la capitale della Mongolia? Cosa sono le latomie? Cos'è un'iperbole?»). Ma la grande passione di Attilio erano le storie, soprattutto le storie di guerra. Il nuovo giardiniere della casa, un certo Alfredo, aveva già dovuto raccontargli almeno cento volte la vicenda sua e del suo reggimento, mandati in Africa a tendere fili spinati nel deserto e poi fatti prigionieri dagli inglesi, senza aver sparato nemmeno una pallottola. «Cosa vuoi che ti dica, – si scusava ogni volta. – È andata cosí! Non è colpa mia se io, in guerra, non ho fatto niente di straordinario... Forse ero un eroe, e non mi è stata data l'occasione per dimostrarlo!»

«Cosa facevate da prigionieri? – gli chiedeva Attilio. – Vi costringevano a lavorare? Perché non scappavate?»

«Ammazzavamo i pidocchi, – rispondeva Alfredo. – Facevamo piccoli commerci tra di noi, oppure giocavamo al pallone... Parlavamo. Non pensavamo a scappare perché non si può attraversare il mare a nuoto, e non si possono percorrere migliaia di chilometri in un paese nemico se non c'è qualcuno che ti aiuta. Sarebbe stato un suicidio...»

La vittima preferita di Attilio, però, era il giovane Andrea, che la guerra l'aveva fatta davvero e di storie poteva raccontarne a diecine: era stato marinaio su una grande nave piena di cannoni, era stato un naufrago, era stato in un campo di concentramento tedesco e poi aveva lavorato, come prigioniero, in una fattoria... Ogni volta che i genitori adottivi glielo permettevano, Attilio correva a suonare alla porta dei signori Macellaio, per tempestare Andrea di domande. Gli chiedeva:

«Ma davvero, dopo otto giorni che eravate sulla zattera, sentivate cantare le Sirene? Ma davvero i pesci mangiano gli occhi dei morti? Ma davvero eravate cosí affamati, in campo di concentramento, che facevate festa se riuscivate a prendere un topo? L'hai mai mangiata, tu, la carne di topo? Che sapore ha?»

Un episodio in particolare, di tutta la storia di Andrea, aveva colpito l'immaginazione del bambino, che non si stancava di sentirlo ripetere anche se già lo conosceva a memoria. Implorava l'amico: «Per favore, raccontami ancora la storia del marinaretto!»; e Andrea, che era paziente per carattere e che in guerra aveva imparato a essere pazientissimo, di solito lo accontentava. Gli spiegava: «Quel marinaretto ero io, perché in campo di concentramento i miei soli vestiti erano la giacca da marinaio, rotta e sudicia, e un paio di calzoni corti che avevo avuto da un francese in cambio di una patata. Questo era tutto il mio guardaroba; io, poi, ero cosí magro che se c'era vento dovevo aggrapparmi a qualcosa, altrimenti volavo via... Quando venivano i padroni delle fattorie a cercare gente per lavorare nei campi, mi toccavano le costole e le braccia e poi scuotevano la testa, dicevano nella loro lingua: questo non può lavorare, è troppo malridotto... Un giorno, però, è arrivato un contadino grasso come un porco che mi ha fatto segno di seguirlo. Mi ha portato in una brutta pianura dove c'erano tanti campi di orzo e di segale, e sopra ogni campo volavano centinaia di cornacchie, come mosche sulla cacca...»

Il ragazzino, che aspettava con ansia questo particolare, ogni volta batteva le mani: «Come mosche sulla cacca!» Domandava: «E poi, cosa ti ha detto quell'uomo?»

«Non mi ha detto niente, – rispondeva il reduce. – Io, oltretutto, non parlo il tedesco... Mi ha messo in mano uno strumento di legno che loro chiamano klapper e che, a farlo girare, produce un rumore terribile; mi ha indicato i campi di grano, le cornacchie e mi ha mostrato, a gesti, cosa dovevo fare per tenere quelle bestiacce lontane dai suoi raccolti. Dovevo correre tutt'attorno ai campi, senza mai fermarmi, e girare il klapper...»

«E gli altri prigionieri, – domandava il bambino: – che facevano? Lavoravano anche loro a mandare via le cornacchie, come te?»

Andrea allargava le braccia. «No... nessuno! I miei compagni, – aggiungeva di solito dopo un attimo di silenzio, – badavano alle bestie o spaccavano la legna per l'inverno: insomma, facevano lavori da uomini! Io ero solo con le cornacchie, in mezzo ai campi, e ogni tanto il contadino veniva a sgridarmi perché non sentiva piú il rumore del klapper. Allora mi rimettevo a correre. Piangevo e correvo in quella brutta pianura, con la mia giacca da marinaretto e i calzoncini corti; inciampavo e cadevo, mi rialzavo e continuavo a correre...»

Un giorno, Attilio suonò alla porta del Macellaio e Andrea venne ad aprirgli ma non lo fece entrare. I suoi genitori – disse l'ex marinaretto – avevano ricevuto da poche ore una lettera dello stato maggiore dell'esercito che gli comunicava la morte del loro primo figlio, Marco M., avvenuta cinque anni prima in un paese chiamato Ucraina, e non volevano piú ascoltare storie di guerra. Anche lui, Andrea, si era stancato di ripetere sempre le stesse cose. Accarezzò il bambino sulla testa. «Non c'è piú niente da raccontare... Mi dispiace, ma devi rendertene conto. È una storia finita!»

Arrivarono i nuovi inquilini. Al secondo piano della casa, l'appartamento che era stato del conte Marazziti diventò lo studio di un giovane avvocato, Ernesto Merli: che avrebbe fatto fortuna, di lí a pochi anni, con la trasformazione dei terreni agricoli attorno alla città in terreni edificabili, e con la cosiddetta «speculazione edilizia». I grandi saloni al piano terreno, dov'erano passati gli animali esotici dell'Esploratore, i bivacchi delle camicie nere e i mobili e i quadri dell'antiquario Bruno Hack, vennero dati in affitto a un partito politico: il partito della Democrazia Cristiana, destinato a governare l'Italia per quasi mezzo secolo. I capi della Democrazia Cristiana, non appena si furono insediati nella nuova sede, fecero collocare sul muro esterno della casa un'insegna bianca e blu con uno scudo e una croce nel centro, che avrebbe fatto fremere d'orrore l'Architetto, se l'avesse vista sopra un suo edificio; ma l'Architetto, ormai, era diventato un paragrafo nei libri di storia dell'arte e una voce nelle enciclopedie, e non aveva piú modo di intervenire nelle faccende dei vivi. Anche l'appartamento al primo piano che era stato dell'avvocato Ercole, e dei suoi piú illustri antenati: dell'avvocato Costanzo, dell'onorevole Alfonso, del conte Basilio, venne affittato a una scuola di ballo.

Il cortile interno della grande casa, nei giorni feriali, incominciò a risuonare delle note di Ciajkovskij e di Ravel, ma anche di tanghi, fox-trot e boogie-woogie: che erano allora i balli piú richiesti nei locali pubblici e che venivano insegnati soprattutto alla sera, ai clienti adulti...

Sullo scalone centrale, il viavai dei visitatori era continuo; e il portinaio Eraldo si limitava a controllare, stando seduto nella sua guardiola, che non entrassero venditori ambulanti, e a dare informazioni a chi gliene domandava. C'erano gli allievi della scuola di ballo; c'erano gli inserzionisti e i corrispondenti del giornale, che ora si chiamava «La Nuova Gazzetta»; c'erano gli iscritti e i clienti della Democrazia Cristiana; c'erano i visitatori del Pittore. Il Pittore, infatti, era diventato un personaggio molto noto, nella città di fronte alle montagne; e la sua soffitta era un ritrovo dove si incontravano persone di ogni età e di ogni condizione sociale, che però avevano tutte almeno una cosa in comune: erano «intellettuali». Dopo la guerra e dopo il capitombolo di Bombolo, che li aveva tenuti in disparte per piú di vent'anni, gli intellettuali erano tornati di moda: si vestivano da intellettuali, parlavano da intellettuali e, quando si incontravano, discutevano dei destini del mondo come se davvero avessero dovuto deciderli tra loro, e deciderli in fretta! Nella soffitta del Pittore, a seconda dei giorni, si potevano incontrare Carla, la ragazza scappata da casa, o il poeta di se stesso Gianni D. che tutti evitavano come la peste, perché quando ti si attaccava non riuscivi piú a liberartene, o il cinefilo Umberto, che conosceva a memoria ogni singolo fotogramma dei film di Eisenstein e di Pudovkin, o un certo Walter, che parlava solo per fare domande ed era sospettato di essere un informatore della polizia... Ci venivano il sindacalista e il prete operaio, il deputato e il professore e l'aspirante scrittore, e ognuno di loro, quando gli altri gliene davano la possibilità, portava il suo contributo specifico alla risoluzione dei problemi del mondo. Soltanto il Pittore, di solito, non partecipava ai discorsi dei suoi ospiti. Ascoltava tutti e dava ragione a tutti o, per lo meno, faceva sempre segno di sí con la testa, mentre i suoi pensieri vagavano chissà dove e mentre la sua matita tracciava delle linee sopra un foglio: disegnava una mano, un naso, un orecchio, il profilo di un viso...

Tra le persone che di tanto in tanto salivano all'ultimo piano della casa, c'era anche Alessandro Annovazzi. Il nostro professore, forse per via dell'età o di certi dolori alle ossa che lo infastidivano anche nella buona stagione, aveva diradato i suoi vagabondaggi nella grande pianura e aveva ripreso, quasi senza accorgersene, quei sogni d'arte che lo seguivano dagli anni dell'università e che non aveva mai confessato a nessuno, nemmeno a se stesso. Progettava di scrivere un romanzo: un grande romanzo, che avrebbe trattato degli avvenimenti a cui lui aveva avuto modo di assistere nel corso degli anni, e avrebbe dato un senso alla sua stessa esistenza... Quel romanzo, secondo il progetto dell'autore, doveva intitolarsi *Il congedo*, come la canzone dei goliardi, o addirittura *Giovinezza, giovinezza*: in omaggio agli studenti dell'inizio del secolo, a cui la giovinezza era stata rubata insieme all'inno che la celebrava, e in omaggio ai giovani di ogni tempo. L'idea era pronta, mancavano soltanto alcuni personaggi; ed era lí, nella soffitta del suo amico Pittore, che il professor Annovazzi veniva a cercarli...

Gli interessavano soprattutto, tra gli intellettuali, quei giovanotti sussiegosi, con la barba o senza la barba, con gli occhialini cerchiati d'oro o senza gli occhialini, che lui, tanti anni prima, aveva soprannominato «gli scienziati della rivoluzione», e che erano scomparsi all'arrivo dell'Uomo della Provvidenza. Ora, l'Uomo della Provvidenza non c'era piú e gli scienziati della rivoluzione erano ritornati, assolutamente simili a quelli d'un tempo. Avevano piú o meno la stessa età, le stesse certezze, la stessa superbia che li portava a guardare con commiserazione chiunque non parlasse e non ragionasse come loro, con le stesse frasi fatte e le stesse parole d'ordine. Una di quelle parole d'ordine era la pa-

GLI «INTELLETTUALI»   255

rola «massa»: che si usava soprattutto al plurale – le masse – e indicava un insieme di uomini e di donne, un'entità a metà strada tra il numerico e l'umano, in marcia verso il socialismo cioè verso la felicità. In Unione Sovietica, in Cina, nei paesi dell'Est europeo – dicevano gli scienziati della rivoluzione – le masse già avevano raggiunto il socialismo, e ne stavano gustando i vantaggi; e presto avrebbero incominciato a gustarli anche qui da noi. Nella città di fronte alle montagne, come dappertutto, lo sfruttamento del lavoro sarebbe cessato e loro, gli scienziati della rivoluzione, sarebbero andati al potere; non per soddisfare un desiderio di dominio sugli altri, che, nel mondo liberato dall'individualismo, non aveva piú ragione di esistere, ma per continuare a guidare il cammino delle masse, di conquista in conquista e di trionfo in trionfo. Allora, e soltanto allora, tutti i desideri degli uomini avrebbero trovato il loro appagamento, e tutti i sogni si sarebbero finalmente avverati...

Il nostro professore trasecolava, domandava: «Come fa, una massa, a essere felice? Come fa, il mondo, a liberarsi dell'individualismo?» Ma nessuno gli rispondeva. Gli scienziati della rivoluzione lo guardavano scuotendo la testa e poi proseguivano con i loro strabilianti discorsi mentre la ragazza scappata di casa si metteva lo smalto sulle unghie, e mentre il Pittore disegnava. Parlavano del raccolto del grano in Unione Sovietica, che l'anno precedente era stato scarso – dicevano – per colpa dei sabotatori, ma che per quell'anno si annunciava migliore; dell'imperialismo americano e dei suoi servi nel mondo; di se stessi, e del dovere che avevano, in quanto intellettuali, di guidare le masse. Nessuno osava interromperli; e anche il professor Annovazzi si limitava a voltarsi di tanto in tanto verso l'amico Pittore, che gli diceva alzando un sopracciglio: che vuoi farci... hanno ragione loro!

28.
Una ragazza chiamata Siberia

Il primo specchio dei sogni, grande e nero e pieno di manopole che non dovevano assolutamente essere toccate da mani inesperte, altrimenti si guastava tutto!, fece il suo ingresso in casa Pignatelli una vigilia di Natale mentre fuori nevicava, e fu collocato nel salotto della signorina Orsola, su un piedestallo poco meno alto di un uomo. Già nei giorni precedenti, però, c'era stato per le scale un certo movimento di operai che avevano sistemato sul tetto della casa uno speciale traliccio, detto «antenna», da cui scendevano dei fili che andavano a collegarsi con la scatola dello specchio e anche con un'altra scatola piú piccola, appoggiata sopra un ripiano del piedestallo, che nessuno sapeva a cosa dovesse servire. Alla fine, lo specchio si accese e incominciò a funzionare come un piccolo cinematografo, tra le esclamazioni incredule e commosse dell'anziana proprietaria e delle persone che le stavano attorno. Soprattutto era sbalordito il portinaio Eraldo, che aveva dedicato la sua vita a riparare e a inventare ogni genere di congegni, e si era lasciato sfuggire l'invenzione del secolo: quella, appunto, che metteva insieme il cinema e la radio! (Si batteva la mano sulla fronte. Si chiedeva: «Come ho potuto non pensarci? In fondo, era cosí semplice!»). La grande casa, naturalmente, rimase estranea a quella novità; ma nei giorni e nei mesi che seguirono, si verificarono nel suo interno certe trasformazioni, che erano portate dallo specchio dei sogni e che, in qualche modo, finivano per riguardarla. Tutti gli uomini e tutte le donne che vivevano tra le sue mura – con la sola eccezione di quelli che ci venivano alla mattina per lavorare in un ufficio o nella scuola di ballo – tornarono a essere un'unica famiglia, come ai tempi dei conti Pignatelli: la famiglia della casa, che si riuniva nel salotto della signorina Orsola, e che trascorreva molte ore ogni giorno guardando le immagini dentro allo specchio. Tra i piú assidui a quelle riunioni di famiglia c'era lo «storico del buco della serratura» Ignazio Boschetti, con la sua borsa piena di medicinali che dovevano servirgli, in caso di necessità, a fronteggiare un attacco di asma, o una colica renale, o un altro qualsiasi dei suoi innumerevoli malanni. C'erano il Macellaio e sua moglie Anna, che dicevano di non avere piú provato interesse per le cose del mondo dopo la notizia della morte in guerra di Marco, il loro figlio primogenito, e che invece avevano incominciato a consolarsi senza rendersene conto: perché le ragioni della vita sono piú forti di quelle della memoria, e perché gli Dei che stanno sopra le nostre teste vogliono che lo spettacolo continui, in ogni caso e qualunque cosa ci accada! C'era la signora Lina Annovazzi, vestita di nero da capo a piedi: anche suo marito, il professor Alessandro Annovazzi, era uscito dalla nostra storia durante l'estate, ucciso da un collasso cardiaco prima di aver terminato quel romanzo, che doveva dare un senso alla sua esistenza e all'epoca in cui gli era toccato di vivere... Il professor Annovazzi era morto nell'insensatezza, come tutti, e la signora Lina sua moglie, da quel giorno, non aveva piú voluto vedere gente o concedersi svaghi; ma lo specchio dei sogni era un passatempo cosí familiare, cosí innocuo, che nemmeno lei se l'era sentita di rinunciarci. «In fondo, – si era detta, – hanno ragione le mie sorelle: mio marito non può piú ritornare, qualsiasi cosa io faccia, e io invece devo continuare a vivere! Per me, ma soprattutto per nostro figlio, che è ancora un ragazzo...»

Perfino il figlio adottivo del professor Annovazzi, il giovane Attilio, che trascorreva la maggior parte del suo tempo con i libri e aveva fama di essere un intellettuale, e perfino il Pittore, qualche volta si lasciavano sedurre dallo specchio dei sogni: che, oltre agli spettacoli di varietà e oltre allo sport, trasmetteva documentari su paesi lontani, commedie e romanzi «sceneggiati». Ma gli spettatori piú assidui e piú entusiasti erano la cameriera-infermiera della signorina Orsola, la signora Noemi, che ogni sera disponeva le sedie in salotto come in un teatro e poi si sedeva al posto d'onore, di fianco alla padrona; e il suo anziano convivente, il portinaio Eraldo, che veniva a mettersi dietro a lei e di tanto in tanto si chinava per dirle qualcosa nell'orecchio su ciò che stavano guardando. Eraldo e la signora Noemi, pur non essendo sposati, vivevano come marito e moglie fino dai tempi dell'Uomo della Provvidenza, e però, prima che in casa arrivasse lo specchio dei sogni, di serate insieme ne avevano trascorse ben poche: il portinaio, quando finiva di cenare, andava al bar, e la signora Noemi restava in cucina, a lavare i piatti e a fare gli altri lavori ascoltando la radio. Ora, invece, i nostri conviventi erano diventati inseparabili e non si sarebbero mai stancati di rimanere davanti allo specchio, perché tutto ciò che vedevano li interessava: i fatti del giorno, lo sport, i cantanti, gli spettacoli di varietà, i film, le commedie... Per Eraldo, il massimo di partecipazione si verificava durante le partite di calcio della squadra del cuore: quando lui diventava l'arbitro degli arbitri e lo stratega del gioco, e la sua sedia si trasferiva a lato del campo. Gli accadeva allora di perdere ogni ritegno: bestemmiava, gridava, diceva parolacce e, in caso di necessità, poteva anche lasciarsi sfuggire uno di quegli urli che raccapricciavano l'anziana signorina Orsola, la spingevano a implorare: «Eraldo, per l'amor del cielo, cerchi di moderarsi!» Ma era come parlare al vento. Il nostro portinaio, nonostante la mutilazione al braccio, saltava e si dimenava sulla sedia seguendo gli andirivieni del pallone, con un'agilità stupefacente. Gridava per incitare i suoi giocatori: «Su, su, avanti cosí! Non mollare la palla!»

Se a sostenere l'altra squadra c'era il Macellaio, la faccenda diventava epica. Si sentivano gli urli fino in cortile:
«Passa all'ala, cretino! Passa all'ala!»
«Fallo! Fallo di mano! Dov'è l'arbitro?»
«Ma quale fallo! Ma stia zitto! Si compri gli occhiali!»
«Dài che sei solo! Adesso tira! Adesso!»
«Goal!»
La signora Noemi, invece, davanti allo specchio dei sogni non riusciva a trattenere le lacrime. Piagnucolava durante le partite di calcio e i telegiornali, piangeva in modo intermittente per i varietà e i programmi di musica leggera, singhiozzava a piú non posso durante i film e i romanzi sceneggiati, e tutto ciò la faceva star bene. Poteva inzuppare di lacrime anche tre o quattro fazzoletti nel corso di una sola serata, ma la commozione non le impediva di prendere parte attiva a quello che accadeva di là dallo specchio, rimproverando un annunciatore, consolando un cantante o suggerendo al protagonista di un film come doveva comportarsi. A volte scostava il fazzoletto dal viso bagnato di pianto, guardava gli altri che erano lí attorno. Gli chiedeva: «Perché Dio permette che succedano cose simili? Perché non interviene Lui?»

Altre volte, invece, piangeva di consolazione. Mormorava: «Ci sono ancora delle persone perbene, a questo mondo! Che Dio le benedica!»

A diciassette anni, quanti allora ne aveva, Attilio Annovazzi era uno studente di quello stesso liceo dove suo padre Alessandro era stato professore, e dove il tempo sembrava essersi fermato: i banchi erano quelli di cent'anni prima, con le dichiarazioni d'amore dei defunti, e anche i professori e gli allievi erano piú o meno gli stessi; cambiavano solo le date di nascita e, qualche volta, i cognomi. L'unica novità degli ultimi tempi riguardava i ritratti dell'Uomo della Provvidenza e del Quadrupede, che erano stati tolti dai muri e sostituiti con altri ritratti, d'un altro uomo chiamato «presidente della repubblica» che però non sorgeva né tramontava: stava là, e si sapeva a malapena chi fosse... Una mattina, il nostro studente arrivò davanti alla scuola e trovò tutti i suoi compagni fuori dell'edificio, che gridavano insulti contro il preside o discutevano tra loro per decidere il modo migliore di mettere a profitto quella vacanza non prevista dal calendario, si chiedevano: «E se andassimo a giocare a biliardo? O in birreria?» Attilio prese un volantino che qualcuno gli stava porgendo. In alto, a grandi lettere, c'era scritta la parola *Sciopero*, e sotto erano spiegate le ragioni dello sciopero: che per il momento – diceva l'anonimo autore del proclama – riguardava soltanto gli allievi del Ginnasio-Liceo «Dante Alighieri», ma si sarebbe esteso nei prossimi giorni a tutti gli studenti della città di fronte alle montagne se il loro preside, professor Ignazio Delconte, non avesse revocato la sospensione dalle lezioni e l'insufficienza in condotta agli allievi Zotti, Colombo e Mastrostefano, colpevoli soltanto di avere firmato come redattori il giornale studentesco «L'Ortica»! Attilio Annovazzi ci rimase di stucco. «L'Ortica», in fondo, era anche una sua creatura, perché l'idea di fare un giornale che scuotesse la monotonia della vita scolastica in provincia era venuta prima a lui e al suo gruppo di amici – il Piero, il Carlo, il Cesare, il Francesco, l'altro Carlo – e poi era stata realizzata dai tre nominati nel volantino, in pratica per questioni di soldi... Tutta la scuola, però, aveva collaborato. Anche i professori, che ufficialmente non sapevano nulla, in realtà sapevano; e, pur non manifestando un particolare entusiasmo per quel tipo di giornale che volevano fare gli studenti, non avevano ritenuto di doverli ostacolare. Alla fine, «L'Ortica» era stata stampata e messa in vendita davanti alle scuole della città alta, e aveva prodotto ciò che doveva produrre, cioè molte risate e qualche arrabbiatura delle persone che si erano sentite pungere; ma si trattava di reazioni prevedibili e previste, perché un'ortica che non punge, che ortica può essere? E perché le punture dell'ortica sono, sí, fastidiose, ma non lasciano grandi segni e si dimenticano dopo poco tempo: come poi, appunto, sembrava essere successo. I piú arrabbiati contro il loro giornale – ricordò il giovane Annovazzi – erano il professore di religione don Marziano, di cui «L'Ortica» aveva pubblicato un ritrattino particolarmente cattivo, e i genitori di due studentesse del quarto e del quinto anno, che non avevano gradito di veder messe in piazza le vicende amorose delle loro figlie, con i nomi degli innamorati e le date e i luoghi degli incontri... Un piccolo scandalo! C'era poi stato il caso di Olga, la bellissima del liceo: una ragazza di cui il giornale degli studenti aveva scritto che, come la mitica Elena di Troia, prima o poi avrebbe fatto scoppiare una guerra tra i suoi compagni maschi, obbligati a difenderla per ragioni di prestigio e di controllo del territorio, e gli altri studenti della città di fronte alle montagne, che complottavano per rapirla. Alla bellissima, «L'Ortica» aveva dedicato anche una poesiola in prima pagina, intitolata *Le sette meraviglie del Ginnasio-Liceo «Dante Alighieri»*: che incominciava da «L'Olga con i suoi begli occhi» (prima meraviglia) e finiva con «L'Olga con le sue belle t...» (quinta meraviglia), «L'Olga con il suo bel c...» (sesta meraviglia), e «L'Olga con la sua bella f...» (settima meraviglia). Come i genitori delle altre due studentesse, anche quelli di Olga avevano minacciato azioni giudiziarie e sequestri; poi però si erano calmati, e non era successo niente. Perché il preside – si domandò Attilio Annovazzi – aveva deciso di punire i redattori dell'«Ortica» soltanto due settimane dopo l'uscita del loro giornale? Cos'era successo di nuovo, in quegli ultimi giorni, che lo aveva spinto a cambiare atteggiamento, quando tutto ormai sembrava essersi felicemente concluso?

Il nostro studente si guardò attorno. Accanto a lui, la titolare delle sette meraviglie del liceo «Dante Alighieri», cioè la già nominata Olga, stava parlando con un'amica. Le indicava due loro compagni che si erano messi davanti al portone della scuola e guardavano quelli che si avvicinavano, in un certo modo che voleva dire: «Da qui non si passa!» «Io vorrei andare a lezione, come tutti i giorni, – diceva la bellissima, che parlava strascicando un poco le parole e aveva anche una voce degna di figurare tra le molte altre sue cose notevoli, in un elenco un po' piú completo di quello offerto dall'"Ortica". – Cosa me ne importa dello sciopero! Se qualcuno è stato sospeso, gli sta bene; ma ho paura che quei due sarebbero anche capaci di mettermi le mani addosso...»

La folla, ora, si stava muovendo. «Noialtri abbiamo deciso: andiamo al casino! – gridava uno studente dell'ultimo anno. – Chi viene con noi? Dobbiamo andarci piú che possiamo, prima che li chiudano!»

I casini, infatti, dopo cento anni di onorato servizio, stavano per essere aboliti in tutta Italia per la stessa ragione che li aveva fatti nascere. (Il progresso). Attilio Annovazzi vide un gruppo di suoi compagni che si passavano di mano in mano una copia della «Nuova Gazzetta» con un titolo a piena pagina: *I comunisti al liceo*, e si avvicinò incuriosito. I commenti erano furibondi: «Quegli stronzi della "Nuova Gazzetta"! Sempre loro! È per causa loro che Cacarella s'è svegliato! (Cacarella era uno dei soprannomi con cui veniva chiamato abitualmente il preside Delconte: di cui si diceva da tempo immemorabile – e chissà poi se era vero – che soffrisse di una tremenda colite). – Figurarsi se non tiravano in ballo la politica!»

«Cacarella, quando sente parlare di comunismo, corre al cesso!»

«È tutta colpa di Valeria Siberia, – disse una ragazza. – Senza quel suo articolo sull'Unione Sovietica, la "Nuova Gazzetta" non si sarebbe mai occupata di noi... Perché l'avete pubblicato? Oltre tutto, era brutto!»

«Lo abbiamo pubblicato perché era divertente, – rispose un ragazzo con i capelli tagliati a spazzola, che era uno dei tre redattori dell'"Ortica". – Anche se Valeria non se ne renderà mai conto, – spiegò ancora, – il suo è un articolo umoristico, e andava benissimo per il nostro giornale...»

Valeria R., soprannominata Siberia per il gelo che ispirava ai compagni di scuola, soprattutto ai maschi, e perché il suo unico, grande amore sembrava essere quell'Unione Sovietica di cui la Siberia era allora la regione piú grande, è un personaggio destinato a intrecciare, sia pure per poco tempo, la sua vicenda personale con quella della nostra protagonista; come si vedrà nelle pagine che seguono. Ma già all'epoca dei fatti di cui ci stiamo occupando, Valeria Siberia aveva compiuto un'impresa di un certo rilievo. Era andata in Unione Sovietica con il padre, e da quel viaggio era nato un articolo, non firmato come tutti gli articoli dell'«Ortica»: quello che aveva suscitato le ire della «Nuova Gazzetta». L'Unione Sovietica – aveva scritto Valeria Siberia nel suo articolo – era il piú grande paese del mondo, e anche il piú pacifico e il piú felice. Il comunismo aveva risolto tutti i problemi di chi ci viveva: le differenze sociali erano scomparse e con esse anche la criminalità, perché la criminalità non può esistere dove non esiste il bisogno, e dove la giustizia regna sovrana! Le malattie erano state sconfitte dalla scienza, una dopo l'altra, e la durata media della vita si allungava ogni giorno per tutti i cittadini, anziché solo per i ricchi come avviene da noi. Anche le lettere e le arti stavano conoscendo una fioritura, che prima del comunismo sarebbe stata impensabile...

Il giovane Annovazzi – già abbiamo avuto occasione di dirlo – era un appassionato lettore di ogni genere di libri, ma soprattutto di romanzi dell'Ottocento; e quella conclusione non l'aveva convinto. Aveva avuto anche il coraggio di dirlo all'autrice, dopo aver visto il suo articolo sull'«Ortica». «Davvero, mi sembra difficile, – aveva obiettato, – che l'Unione Sovietica, oggi, abbia scrittori piú grandi di Gogol' e di Čechov, di Dostoevskij e di Tolstoj, e che noi, qui, non ne sappiamo niente... Mi sembra addirittura impossibile!»

Valeria Siberia l'aveva guardato con commiserazione, come faceva con chiunque osasse mettere in dubbio le sue parole. «Invece è proprio cosí! – gli aveva risposto. – I nostri governi ci tengono nascosti i progressi del socialismo, in ogni campo e anche nell'arte! Per essere informati su quello che succede laggiú bisogna andarci di persona come ho fatto io, oppure scrivere a Roma, all'ambasciata dell'Unione Sovietica...»

Ma torniamo, ora, davanti al Liceo «Dante Alighieri»; dove la situazione – mentre noi ci occupavamo di Valeria Siberia – era cambiata, perché molti studenti erano andati via, e perché i pochi rimasti si erano radunati sotto le finestre dell'ufficio del preside. Stavano là e battevano le mani, gridavano: «Cacarella, vieni fuori! Vogliamo parlare con il preside! Dov'è il preside?» Quando finalmente si aprí una finestra al primo piano, ci fu per strada una salva di fischi, un boato di insulti («Venduto! Servo della "Nuova Gazzetta"! Traditore!») e volò anche qualcosa per aria, qualche monetina da cinque e da dieci lire. L'uomo che si affacciò, però, non era il preside come tutti si aspettavano; era il professore di storia dell'arte, un certo Rossi, che si sbracciava e gridava con una voce in falsetto, assolutamente ridicola: «Entrate a scuola, ragazzi! Entrate a scuola! Non potete rimanere lí fuori: la legge non ve lo permette!»

«Vogliamo parlare col preside! – dicevano gli studenti. – Perché non viene alla finestra? Di cosa ha paura?» Ma il professor Rossi non li ascoltava. Continuava a gridare: «Entrate a scuola, sbrigatevi! Abbiamo chiamato la polizia! Non fate sciocchezze!»

Qualche settimana dopo questi avvenimenti, una mattina, lo studente liceale Attilio Annovazzi trovò nella cassetta delle lettere una busta piuttosto vistosa, con uno stemma in alto a sinistra fatto di bandiere rosse e di ritratti dei padri del socialismo: Marx, Lenin, Stalin... Dentro alla busta c'era un libretto che lui stesso aveva mandato a chiedere: *L'arte in URSS*, e il nostro studente incominciò a sfogliarlo già sulle scale di casa per vedere come si chiamavano i poeti e i romanzieri del futuro, piú grandi di Tolstoj e di Dostoevskij, e per sapere qualcosa delle loro opere; ma la sua delusione fu enorme. Diecine di pagine e di illustrazioni a colori erano dedicate a equilibristi, acrobati, trapezisti, saltimbanchi e cavallerizzi; gli ammaestratori di foche e di orsi avevano un capitolo tutto per loro, cosí come i pagliacci, gli uomini forzuti e gli animali parlanti. Anche i balli e i balletti, soprattutto in costume, occupavano uno spazio considerevole. La musica era rappresentata dalle bande di paese, dai cori e dalle grandi orchestre sinfoniche a cui era dedicato un capitolo, l'ultimo dell'opuscolo. Non si parlava di pittura e scultura, né di cinema, né di poesia e di romanzo. Per tutte queste cose, una piccola nota dopo l'indice faceva riferimento a un altro opuscolo, intitolato: *La voce possente del socialismo*.

29.
Il paese delle automobiline

Senza gravi malattie e senza particolari sofferenze, ormai piú che novantenne, morí la signorina Orsola: che si era sempre rifiutata di rendere pubblico il suo testamento mentre ancora era viva, ed era stata corteggiata, negli anni della vecchiaia, molto piú di quanto non lo fosse stata da giovane. Soltanto dopo i funerali si venne a sapere che l'ultima erede dei conti Pignatelli lasciava la grande casa sui bastioni, e ogni altra sua proprietà, a uno dei tanti enti benefici, l'Eavvi («Ente di assistenza per le vedove e per i vedovi infermi»), che erano nati nella città di fronte alle montagne al tempo della scomparsa dell'aristocrazia, e che erano essi stessi in via d'estinzione. La notizia provocò malumore tra i congiunti e lasciò tutti stupiti: non si capivano, infatti, le ragioni che avevano indotto l'anziana signorina a preferire proprio quell'ente ad altri altrettanto inutili, per esempio al «Boccone del povero» o alla «Colonia elioterapica per bambini indigenti». Si fecero ipotesi e pettegolezzi a non finire, e gli abitanti della casa incominciarono anche a temere per il loro futuro: dove sarebbero andati a vivere – si chiedevano – se i nuovi proprietari avessero deciso di ristrutturare l'edificio e di utilizzarlo in modo piú redditizio, per esempio facendone un albergo o un palazzo d'uffici? La nostra protagonista ascoltò discorsi preoccupati e previsioni catastrofiche, e naturalmente rimase impassibile: come se quel passaggio di proprietà che si era compiuto al di fuori di lei non avesse riguardato i suoi appartamenti, i suoi cortili, la manutenzione dei suoi tetti e delle sue grondaie, ma fosse stato ancora una volta una faccenda di quegli uomini che si avvicendavano tra i suoi muri, e che erano cosí effimeri...

Dopo due mesi di supposizioni, di pronostici e, in definitiva, di chiacchiere, arrivò il nuovo padrone. L'avvocato Cesare Soliani presidente dell'Eavvi si presentò in portineria alle dieci di mattina di un giorno di novembre, accompagnato da un architetto e da un geometra carichi di mappe, e ispezionò ogni appartamento e ogni singola stanza della casa di cui era diventato l'amministratore, dalle cantine alle soffitte. Tutti gli inquilini approfittarono dell'occasione per presentargli le loro lamentele e le loro richieste: gli infissi – dissero – cadevano in pezzi, e c'era bisogno di cambiarli; l'acqua potabile non arrivava ai piani alti e l'impianto di riscaldamento funzionava male; c'erano infiltrazioni d'acqua piovana nel sottotetto, che si propagavano ai soffitti del secondo piano e rovinavano gli affreschi; e c'era anche un'altra infiltrazione al piano terreno, probabilmente dallo scarico di una latrina. Il custode Ciro Natale, un giovane immigrato che aveva sostituito il vecchio Eraldo, andato in pensione già da un paio d'anni, si lamentò di non avere piú ricevuto lo stipendio dopo la morte della signorina Orsola. Era rimasto al suo posto – spiegò all'avvocato Soliani – soltanto perché gli inquilini degli appartamenti piú grandi: la «Nuova Gazzetta», la scuola di ballo e la Democrazia Cristiana, lo utilizzavano anche come fattorino e gli davano delle mance, ma non avrebbe potuto continuare cosí ancora per molto tempo! Altre proteste vennero dai dirigenti e dagli impiegati della Democrazia Cristiana: che si lamentarono di sentir rimbombare in continuazione sopra le loro teste i passi dei ballerini, e di essere costretti a tessere le loro trame politiche a ritmo di tango, mazurka e... rock'n roll! Il proprietario della scuola di ballo, invece, chiese al nuovo amministratore di far cessare le molestie che i suoi clienti maschi e femmine, ma soprattutto le femmine, subivano ogni giorno da parte di certi nuovi abitanti della casa, piccoli di statura e neri di occhi e di capelli, che si erano insediati di là dal cortile e che non comparivano in nessun elenco di inquilini. Gli alloggi sulle scale di servizio – si venne a sapere in quell'occasione – erano stati dati in affitto dalla signorina Orsola a certi speculatori della città alta che li avevano trasformati in dormitori, riempiendoli di letti a castello. Ogni letto era occupato, a un tanto al mese, da uno di quei poveracci che arrivavano dai paesi del Sud per lavorare nelle fabbriche della grande pianura; e nessuno al mondo sapeva con certezza quanti nuovi inquilini ci fossero di là dal cortile! Gli uomini piccoli e neri – disse il proprietario della scuola di ballo – sbarcavano in continuazione dai treni e i loro unici punti di riferimento, nella città di fronte alle montagne, erano l'indirizzo della casa e il nome di chi li avrebbe sfruttati affittandogli un letto: un vero scandalo, già denunciato dalla «Nuova Gazzetta» alle autorità competenti, che però non avevano ritenuto di doverci porre rimedio...

L'avvocato Soliani era un uomo sui cinquant'anni, dagli occhi grigi e freddi come un'alba d'inverno. Ascoltò tutti e promise a tutti il proprio interessamento per risolvere i problemi della casa e i loro problemi specifici; ma in realtà pensava a ben altro. Il suo obiettivo, dopo aver visto ogni salone, ogni stanza, ogni sgabuzzino, e dopo aver ascoltato il parere del suo architetto di fiducia, tale Aristide Bombelli, si poteva riassumere in due sole parole: demolire tutto. Quella grande casa, alta sul viale dei bastioni e sull'immensa pianura, era un monumento allo sperpero e non occorreva essere dei tecnici per capirlo, bastava saper fare un poco di conti. Secondo i calcoli dell'architetto Bombelli, in un palazzo moderno dello stesso volume si sarebbero ricavati senza troppi sforzi almeno quaranta appartamenti contro i quattordici in cui allora era divisa la casa, e già così la demolizione sarebbe stata un affare: ma perché un palazzo moderno, in calcestruzzo, doveva mantenere lo stesso volume di un palazzotto in mattoni? Perché ci si doveva accontentare di quaranta appartamenti, quando se ne potevano avere cento o centocinquanta? Bisognava costruire, sul viale dei bastioni, un edificio che fosse veramente all'altezza dei tempi, anche contro la meschinità e la miopia delle leggi allora in vigore. C'era un progetto, in fondo alla mente di Bombelli e del commendator Soliani, di un palazzo di una ventina di piani o forse anche di piú, con una facciata di cristallo in cui si sarebbero rispecchiate le nuvole e le montagne lontane. Realizzarlo non sarebbe stato facile, perché il mondo è pieno di gente invidiosa e cretina, pronta a mettere il bastone tra le ruote degli altri e a tirare in ballo tutti gli articoli di legge che si sono accumulati nel tempo in fatto di costruzioni, e che, se si applicassero alla lettera, non darebbero altro risultato che quello di paralizzare l'edilizia e di ridurre sul lastrico milioni di persone! Ma la politica – diceva l'architetto Bombelli – esiste anche per questo scopo specifico, di permettere ai costruttori di aggirare le leggi; e lasciava intendere che, se avesse avuto la sua parte di profitto nell'intera faccenda, avrebbe pensato lui a farla andare in porto. Non era forse un segno del destino la presenza, in quel vecchio edificio, di un partito come la Democrazia Cristiana, che in Italia faceva ciò che voleva, dappertutto e anche nella città di fronte alle montagne?

La grande casa non si scompose. Il suo cuore di mattoni e di pietra non poteva turbarsi per i sogni di ricchezza dei piccoli uomini che si affaccendavano e tramavano intorno alle sue mura e che erano destinati, di lí a poco tempo, a sparire nel nulla da dove erano venuti e a lasciare il posto ad altri uomini e ad altri sogni di ricchezza, altrettanto effimeri; ma a causa di quei sogni, e di quelle trame, il suo declino esteriore diventò molto rapido. Quando si seppe che il commendator Soliani presidente dell'Eavvi voleva farla demolire per costruire al suo posto un grattacielo di chissà quanti piani, e che aveva già presentato in Comune il progetto del nuovo edificio, la nostra protagonista venne considerata spacciata, e i suoi vecchi inquilini l'abbandonarono uno dopo l'altro. L'ironia della sorte, anzi, fece sí che i primi ad andarsene fossero proprio quei dirigenti della Democrazia Cristiana, che forse erano troppo ossessionati dalle musiche da ballo e dal tambureggiare dei tacchi sulle loro teste per prendere in esame l'offerta dell'avvocato Soliani, di dargli un intero piano della nuova costruzione se il progetto dell'architetto Bombelli fosse stato approvato. Poi ci fu la morte del ragionier Ignazio Boschetti, che ebbe come conseguenza quasi immediata il trasloco della «Nuova Gazzetta». (Per moltissimi anni, a ogni pioggia, il pavimento della soffitta abitata dallo «storico del buco della serratura» si era riempito di secchi, di catinelle, di pentole e di altri recipienti che di tanto in tanto venivano svuotati e che impedivano alle acque cadute dal cielo di gocciolare o addirittura di scrosciare al piano di sotto, sulle scrivanie e sulle macchine da scrivere del giornale; come invece accadde quando Boschetti morí. Le piogge corsero attraverso i soffitti e lungo i muri: rovinarono in modo irreparabile gli affreschi, inzupparono e sgretolarono gli intonaci, rendendo pericolosi gli impianti elettrici in gran parte dell'edificio). Dopo la «Nuova Gazzetta» se ne andò la scuola di ballo, perché il crollo di alcuni frammenti di soffitto aveva provocato tre feriti e una diecina di contusi tra gli allievi del corso serale. E poi, ancora: se ne andarono il Macellaio e sua moglie, la signora Anna, in una località di villeggiatura vicino al mare, dove trascorsero il resto della loro vita guardando lo specchio dei sogni. Se ne andò l'avvocato di poche cause e molti quattrini Ernesto Merli: che con i suoi traffici aveva trasformato il paesaggio attorno alla città, riempiendolo di edifici che sembravano scatoloni di cartone e che erano destinati agli uomini piccoli e neri venuti dai paesi del Sud. Se ne andarono la signora Lina Vellani Annovazzi e suo figlio Attilio: da cui, dunque, dobbiamo prendere congedo. Attilio Annovazzi, che all'epoca del trasloco stava per laurearsi in filosofia, oggi è un professore universitario; ha i capelli grigi, e conserva in un cassetto del suo tavolo di lavoro quella cartellina piena di fogli scritti da suo padre che è all'origine del nostro racconto. («Giovinezza, giovinezza, primavera di bellezza, della vita nell'asprezza il tuo canto squilla e va...»). È da lí, appunto, dai fogli un po' ingialliti di quel manoscritto, che sono state tratte le nostre storie, della grande casa sul viale dei bastioni e dell'epoca in cui i poveri non potevano essere felici perché il destino li condannava a cambiare il mondo o, meglio: a sognare di cambiarlo, facendolo diventare piú giusto. Questo sogno, che rimbalza da un'epoca all'altra e produce benessere e disgrazie, progresso e infelicità, è una delle cose che piú fanno ridere gli Dei sopra le nostre teste. È un'illusione sempre uguale e sempre diversa, una commedia che si replica dalla notte dei tempi e che tornerà a replicarsi chissà quante altre volte ancora, finché nella pianura ci saranno degli uomini...

L'ultimo ad andarsene dalla grande casa fu il Pittore: che aveva legato la sua vita e la sua arte a quella soffitta, freddissima d'inverno e caldissima d'estate, dove le immagini prendevano forma sulle tele praticamente da sole, e dove erano passate tante persone e si erano fatti tanti discorsi, dai tempi dell'Uomo della Provvidenza e da prima ancora! Ma le acque piovane, ormai, erano incontenibili; e un muratore a cui lui si era rivolto perché salisse sul tetto a cambiare qualche tegola gli aveva fatto segno da lassú, allargando le braccia: qui bisognerebbe cambiare tutto! Il Pittore, dunque, alla fine si arrese, come gli altri; e fece affiggere sui muri della città di fronte alle montagne un manifesto («Quarant'anni d'arte») con cui invitava tutti i suoi concittadini, anche quelli che non avevano mai avuto occasione di conoscerlo, a visitare quelle stanze dove si era compiuto il miracolo della povertà che va a braccetto con la felicità, e dove si erano accumulate centinaia di opere: disegni, quadri, ceramiche, acqueforti... Per un mese, sullo scalone centrale della casa ci fu un certo andirivieni di amatori d'arte e di semplici curiosi; poi anche i quadri e i cavalletti se ne andarono, e anche nella soffitta del Pittore, buia e vuota, le acque poterono scorrere liberamente, senza piú incontrare ostacoli lungo il loro percorso.

Abbandonato dai politici che avrebbero dovuto sostenerlo, il progetto Soliani-Bombelli fu bocciato; la casa dell'Architetto – dissero i responsabili del Comune – era un edificio di grande valore storico e artistico, che non poteva essere modificato nel suo aspetto esteriore, e tanto meno demolito, senza alterare l'immagine dell'intera città. Bisognava provvedere alla sua manutenzione e al suo restauro, e adoperarsi perché venisse destinato entro breve tempo a un uso pubblico, piú coerente con il suo aspetto monumentale e con la sua stessa struttura. L'avvocato Soliani, che avrebbe dovuto finanziare il restauro della casa con i soldi – inesistenti – dell'Eavvi, ci restò deluso; ma non era uomo da arrendersi alla prima difficoltà, e da confondere le dichiarazioni di principio con le cose reali. Il paese della muffa – pensò – ha piú vecchi palazzi di quanti possa conservarne; e non si risanano con le chiacchiere. Se si può toglierli di mezzo nel modo piú semplice, cioè usando le ruspe, tanto di guadagnato; se no, bisogna armarsi di pazienza e aspettare che crollino da soli. Il tempo, prima o poi, demolisce tutto...

La facciata della nostra protagonista, alta sulla pianura e sui nuovi quartieri della «speculazione edilizia», incominciò a mostrare grosse macchie di umidità; gli intonaci si sfarinarono e in alcuni punti crollarono, scoprendo il rosso dei mattoni come la carne viva di altrettante ferite. Le grondaie marcirono e si ruppero; le tegole, spinte in basso dalla neve e dal vento, rimasero a spenzolare sulle teste di chi ci passava sotto. Il giardino si riempí di gatti, mantenuti da certe donne della città alta che ogni giorno gli portavano il cibo dentro quegli stessi sacchetti di plastica e quegli stessi cartocci di stagnola che poi si ammucchiavano ai piedi dell'inferriata, in un immondezzaio fetido e pittoresco; ma c'erano anche altri animali. Il popolo dei gatti, infatti, pur essendo numeroso e famelico, non manifestava una particolare aggressività nei confronti dei suoi presunti nemici, cioè dei topi: che, anzi, venivano con spirito fraterno a mangiare il cibo portato dalle donne nei cartocci, e a bere il latte dentro alle ciotole. Una mattina d'estate, una signora che passeggiava sul viale dei bastioni insieme ai suoi figlioletti, si vide attraversare la strada da un serpentone nero lungo un paio di metri, uscito da quell'intrico di cespugli e di erbacce che era stato il giardino di casa Pignatelli. L'episodio finí sui giornali. L'avvocato Soliani, messo sotto accusa, si difese dicendo che l'Eavvi non aveva un soldo, e che alla pulizia dei terreni incolti doveva provvedere il Comune: come infatti avvenne. Furono collocati, tutt'attorno alla casa, dei cartelli che proibivano di depositare animali e di dargli da mangiare, e di buttare immondizie accanto all'inferriata; ma non produssero effetti degni di rilievo, perché le donne continuarono a portare i loro cibi, i gatti e i topi continuarono a mangiarli e la popolazione degli animali domestici e selvatici continuò a prosperare e anzi a crescere, mentre i cartelli arrugginivano e cadevano in pezzi...

Anche il paesaggio sotto la casa – come già s'è detto – si era trasformato nel volgere di pochi anni. La città, che un tempo era stata stretta tra la sua parte alta e la ferrovia, ora s'allargava a perdita d'occhio nella grande pianura con quei suoi nuovi edifici che visti da lontano sembravano scatoloni di carta da imballaggio, e protendeva in ogni direzione le sue strade, piene zeppe di piccole automobili. Il paese della muffa, infatti, era diventato il paese delle automobiline: cosí minuscole che sbalordivano il mondo perché sembravano giocattoli, e cosí economiche che potevano essere comperate anche dagli abitanti delle case di carta. Al sabato pomeriggio, le automobiline si mettevano in fila sulle strade che portano verso il mare o verso le montagne, per la gita del «fine settimana»; ad agosto, poi, milioni di automobiline piene zeppe di valige, di cani, di bambini, di nonni, di biciclettine per i bambini e di altre cianfrusaglie, oltre che, s'intende, di passeggeri adulti, si accalcavano sull'asfalto rovente in interminabili carovane che avevano come destinazione le città e le isole del Sud, e dopo circa venti giorni ripercorrevano tutte insieme quello stesso percorso, ancora piú cariche che all'andata. Al posto dei regali per i parenti e per gli amici lontani, adesso c'erano i cibi: le caciotte, i limoni, il pane casareccio, i fichi secchi, i pomodori secchi, i marzapani, le conserve sott'olio... Gli scioperi si facevano soltanto nei giorni feriali, perché i giorni festivi erano consacrati al riposo, e soltanto d'inverno, perché d'estate bisognava andare in vacanza. Durante gli scioperi, le piazze e le strade della città alta si riempivano di bandiere rosse e di operai ma anche di impiegati degli uffici pubblici, anche di studenti, e l'oratore di turno gli gridava – proprio come un tempo! – che l'infame classe dei padroni aveva le ore contate: entro pochi mesi, le masse si sarebbero risvegliate dal loro letargo, e avrebbero raggiunto, con un balzo, il socialismo. Alla domenica, le stesse folle ancora piú colorate e ancora piú cariche di bandiere si spostavano da una città all'altra per le partite di calcio, e qualche volta si scontravano tra di loro, dando vita a risse gigantesche: dei rossoneri contro gli azzurri o contro i viola, dei bianconeri contro i giallorossi o i nerazzurri... Ogni due o tre anni si votava. Nelle settimane e nei giorni che precedevano il voto, i rappresentanti dei partiti politici gridavano, dentro allo specchio dei sogni e su tutte le piazze, che era in corso nel mondo una lotta di titani tra i buoni e i cattivi, e che per colpa di questi ultimi l'umanità rischiava di finire in un'apocalisse di bombe atomiche, cosí grande che si sarebbe vista da fuori del nostro sistema solare; ma nella città di fronte alle montagne, come dappertutto, il problema vero e assillante era quello di trovare un posto per le automobiline. Il cortile interno della nostra casa venne diviso con il gesso in tanti rettangoli e se ne ricavarono diciotto posti-macchina che vennero affittati a caro prezzo ai nuovi inquilini – di cui parleremo nel prossimo capitolo – e anche ad altre persone che non sapevano come risolvere la questione del parcheggio: perché nelle strade e nelle piazze della città alta, di automobili, ormai, non ce ne stavano piú!

30.
La Usl

Trascorsero altri anni, nella grande pianura e anche nel resto del mondo, senza che accadessero fatti risolutivi: i padroni continuavano a esistere, i buoni e i cattivi continuavano a fronteggiarsi e il numero delle automobili continuava a crescere. L'ultimo in ordine d'apparizione dei nostri personaggi, cioè l'avvocato Soliani, s'ammalò di uno di quei mali per cui non esistono rimedi, e morí – dissero i suoi conoscenti – prematuramente. L'ente da lui presieduto venne soppresso in quanto inutile e tutte le sue attività e tutti i suoi beni vennero trasferiti alla cosiddetta Usl («Unità sanitaria locale»): che era quanto di piú eccelso il paese della muffa e delle automobiline fosse mai riuscito a produrre in tema di inefficienza, di spreco e di traffici oscuri, e che avrebbe dovuto prendersi cura gratuitamente della salute di tutti i cittadini. Una bazzecola! Nella città di fronte alle montagne, e in tutta Italia, il sistema delle Usl aveva e ha tuttora un solo merito, quello di essere riuscito a creare una popolazione di ammalati cosí resistenti e coriacei da poter sopravvivere a ogni genere di disagi e da poter superare prove tali, che in un paese meglio organizzato e meglio amministrato riuscirebbero a far schiattare anche le persone piú sane. La grande casa sui bastioni, abbandonata a se stessa, non crollò, come il commendator Soliani e l'architetto Bombelli avevano sperato: continuò ad andare in rovina, giorno dopo giorno, con la dignità e la lentezza dei grandi ruderi. Le colonne doriche della facciata si scrostarono, mostrando i mattoni; alcuni infissi caddero in giardino e anche per strada, fortunatamente senza fare vittime; alcuni vetri rotti vennero sostituiti con lamiere o con pezzi di plastica; le macchie di umidità continuarono a ingrandirsi, e di fianco alla vetrata dell'attico comparve una crepa che si allungò fino a raggiungere una finestra del primo piano. Una delle due magnolie che erano in giardino si seccò, forse uccisa dai gas di scarico delle automobiline, e fu necessario tagliarla; l'altra venne giú durante un temporale, abbattuta da un fulmine: distrusse alcuni metri di cancellata e rovinò in modo irreparabile due piccole automobili, che la Usl dovette risarcire. Nonostante questi malanni, però, e gli altri ancora piú gravi che si verificavano nel suo interno, la casa continuava a offrire rifugio a un numero sempre crescente di inquilini, la maggior parte dei quali erano abusivi. In primavera, tra le colonne doriche della facciata fiorivano i bucati: sequele lunghe e variopinte di lenzuoli, di tovaglie, di fazzoletti, di grembiuli e di mutande si muovevano avanti e indietro, dolcemente, nella brezza di marzo o nel venticello già tiepido d'aprile. D'inverno, invece, dai comignoli sbrecciati venivano fuori volute di fumo denso e nero, perché i termosifoni non funzionavano piú da molto tempo, e ognuno dei nuovi abitanti usava per riscaldarsi il combustibile di cui disponeva: carbone, legna, kerosene, oppure, se non aveva niente da bruciare, bruciava le porte interne e le sovrapporte degli appartamenti, i pavimenti di legno e tutto ciò che trovava in cantina e nelle soffitte. Ogni angolo della grande casa: ogni salone, ogni rimessa, ogni sgabuzzino, dava rifugio a un numero imprecisato di uomini e di donne, che nei piani superiori si riparavano dalla pioggia con lamiere ondulate e teli di plastica, mentre al piano terreno dovevano difendersi con trappole e veleni dagli assalti dei topi; e su tutti regnava Ciro Natale. Il nostro portinaio, infatti, era diventato un personaggio riverito e temuto, un dipendente della Usl con lo stesso stipendio e la stessa carriera di un aiuto-infermiere; ma, a differenza degli aiuto-infermieri suoi colleghi, lui era anche il re di un edificio dove la proprietà era lontana dagli inquilini come gli Dei sono lontani dagli uomini e, come gli Dei, era una parola di tre lettere. (La parola Usl). Era lui, Ciro Natale, che decideva a chi dovevano essere concessi i preziosi posti-macchina in cortile, e che riscuoteva gli importi. Era lui che permetteva agli inquilini abusivi di rimanere nella grande casa senza pagare l'affitto, o, al contrario, che segnalava la loro presenza come indesiderabile alla entità detta Usl: in questo caso, dalla entità partiva una telefonata, che faceva intervenire la polizia. Era lui che poteva dare e togliere, a suo imperscrutabile giudizio, la corrente elettrica gratuita – quella delle scale, a carico della proprietà – a chi gli era piú simpatico; e l'elenco delle sue prerogative, a volerlo completare, sarebbe ancora lungo. Naturalmente i suoi favori non erano disinteressati: ma chi, al mondo, è disinteressato? O per soldi, o per gloria, o per amore, o per avere una ricompensa nell'altra vita, tutti quelli che da vivi fanno qualcosa, lo fanno perché pensano di avere qualcos'altro in cambio...

La grande casa si era trasformata in una bolgia infernale, per il frastuono che produceva a ogni ora del giorno e della notte e perché tutti quelli che ci vivevano, o che comunque avevano in lei qualche loro interesse, sembravano essere «gente perduta» come i dannati dell'Inferno di Dante. Al piano terreno, la Usl ospitava un «Centro di accoglienza diurna per portatori di handicap» in quegli stessi saloni che in passato avevano accolto gli animali esotici dell'Esploratore, i bivacchi delle camicie nere e la Democrazia Cristiana. Quando il tempo era bello gli handicappati uscivano all'aperto, tra i gatti e i topi dell'ex giardino ripulito dagli operai del Comune, e giocavano e saltellavano e cercavano di divertirsi come meglio potevano; c'era chi restava fermo a prendere il sole, chi si spostava su quattro gambe oppure su due, chi balbettava e chi cinguettava; c'era perfino un ragazzo di quindici-diciott'anni che si accucciava davanti all'inferriata e ci rimaneva per ore, ad abbaiare alle automobili che passavano sul viale. Nei giorni festivi, poi, quando gli handicappati non c'erano, arrivavano nei locali del Centro certi giovanotti vestiti da capo a piedi di cuoio, con i capelli lunghi e gli occhialini scuri e rotondi che erano – se cosí possiamo chiamarli – i musicisti di un complessino rock denominato «Looses Screws» (letteralmente: «Viti molli»), e dopo pochi istanti i soffitti e i muri della casa, poco meno spessi di un metro, incominciavano a vibrare dalle cantine all'attico, o sussultavano scossi da un battito sordo: bum bum bum. Badabum badabum badabum. Ta ta ta ta tum; eccetera. Il fracasso andava avanti per ore e non c'era nessuno al mondo che potesse fermarlo, perché Apollo, il batterista dei «Looses Screws», era figlio di un ex deputato socialista, presidente della entità detta Usl da cui dipendevano la grande casa sui bastioni e il suo portinaio-padrone Ciro Natale. Gli appartamenti del piano nobile, invece, dove avevano avuto il loro studio e avevano abitato gli avvocati Alfonso e Costanzo Pignatelli, erano in balia di un disoccupato ex detenuto che tutti chiamavano Mano Nera, perché il suo segno distintivo era un guanto di pelle nera che non si toglieva mai dalla mano sinistra, e che non si capiva a cosa dovesse servire: forse – dicevano i vicini di casa – la sua funzione era quella di nascondere un arto paralizzato, o sfigurato, o sostituito in tutto o in parte da una protesi. (Ma c'era anche chi pensava che il guanto non servisse a niente, e che fosse soltanto un segno esteriore della pericolosità di chi lo portava). Un'altra caratteristica di Mano Nera, oltre al mistero del guanto, era che amava possedere le sue donne, cioè la moglie, la sorella della moglie e le figlie piú grandi, sul tavolo di cucina davanti ai figli piú piccoli e con la finestra spalancata, se era estate, perché anche gli abitanti della casa di fianco potessero vederlo. A chi gli chiedeva in che modo si guadagnasse da vivere, Mano Nera rispondeva di essere un proletario, cioè un professionista della prole: aveva venti figli dichiarati all'anagrafe, – spiegava, – nove della moglie e undici della sorella della moglie, che gli rendevano in sussidi, elemosine pubbliche e private e altre provvidenze, piú di quanto avrebbe potuto guadagnare con qualsiasi altro traffico o commercio, e che gli permettevano di stare tutto il giorno senza fare niente, come un gran signore...

Al secondo piano della casa, tra le macerie degli appartamenti dov'erano vissuti il conte Raffaele Pignatelli e Barbablu, e dove l'avvocato Ercole aveva diretto la sua «Gazzetta», adesso era accampata la tribú siculo-zingara dei Mancuso-Perovich; che nessuno – nemmeno il portinaio – sapeva dire di quanti uomini e di quante donne fosse composta, perché molte delle persone che ne facevano parte entravano e uscivano di galera, oppure erano di passaggio. Anche le scale di là dal cortile erano affollate. Quella contrassegnata con la lettera «A» era il dominio incontrastato di una dinastia di sardi, che nell'ambito della casa e della nostra storia costituiva un pianeta a sé stante. La famiglia Porcu (con le sue propaggini di Piras, Sanna, Solinas e Porceddu) annoverava vecchi centenari, lattanti, donne fatali e avventurieri senza scrupoli e al suo interno succedeva di tutto, come in uno di quei teleromanzi a puntate – *Dallas*, *Dynasty* – che proprio in quegli anni facevano piangere e fremere di gioia le casalinghe di ogni parte del mondo. C'era chi accoltellava il cognato e chi tradiva il marito, chi si rovinava con la droga e chi scappava di casa, chi rubava la pensione al padre invalido e chi perdeva tutti i suoi soldi scommettendoli alle corse dei cavalli o dei cani... La scala contrassegnata con la lettera «B», invece, era il regno di Stuccoferro: un operaio disoccupato e carico di figli – il suo vero nome era Salvatore Delsanto – che si era guadagnato quel nomignolo facendo piccole riparazioni in casa dei conoscenti o alla carrozzeria delle loro automobili con una sostanza che diceva di avere inventata lui stesso e che chiamava, appunto, «stuccoferro». Ogni tanto, Stuccoferro metteva incinta una donna del vicinato – ci riuscí anche con una ragazza del clan Porcu, rischiando di far entrare in conflitto la progenie dei Porcu con il resto del genere umano – senza che sua moglie si allarmasse o desse segni di gelosia. Al contrario, la signora Delsanto era sempre pronta a difendere il marito. «È cosí caldo di temperamento, – lo scusava, – che se una donna lo provoca, lui non può trattenersi!»

«Il mondo è pieno di persone malvage, – sosteneva, – che farebbero qualsiasi cosa pur di dividere la nostra famiglia; ma non ci riusciranno!»

Anche il laboratorio del portinaio-inventore Eraldo Fortis, nel cortile piú grande, era diventato un magazzino che la Usl dava in affitto a una donna di poco piú di trent'anni, coi capelli biondi e gli occhiali scuri. Stuccoferro e il portinaio Ciro Natale, la prima volta che avevano visto la nuova inquilina, avevano giurato di «farsela» e c'era stata perfino una scommessa, tra i due, su chi ci sarebbe riuscito per primo; poi però le cose erano andate a rilento perché la bionda, nella casa, ci veniva poco, e perché non sembrava disposta a collaborare con i suoi seduttori. Aveva attaccato sulla porta del magazzino un biglietto da visita in cui c'era scritto: «Angela Marazzini. Rappresentanze editoriali», e di tanto in tanto si rivolgeva all'uno o all'altro dei suoi due innamorati perché le trasportassero certi scatoloni di cartone che contenevano – lei, almeno, diceva cosí – enciclopedie e libri scolastici; ma invece di ricompensarli con i suoi favori, come quelli avrebbero voluto, si limitava a dargli una mancia. Una mattina, la signora Marazzini era chissà dove in giro per il mondo e si presentarono in portineria due uomini che la cercavano e che, dopo aver bussato alla porta del suo magazzino senza ottenere risposta, fecero venire un fabbro e forzarono la serratura. Erano poliziotti. Da quel momento e per alcuni giorni nella grande casa sui bastioni ci fu un viavai ininterrotto di agenti di polizia, di giudici, di giornalisti, di fotografi, di semplici curiosi... Il viso della donna bionda comparve su tutti i giornali e si affacciò parecchie volte anche nello specchio dei sogni, facendo sobbalzare molti ex allievi del Ginnasio-Liceo «Dante Alighieri», che riconobbero... Valeria Siberia! La sedicente Angela Marazzini – disse lo specchio dei sogni, e tutti i giornali confermarono quella notizia – era un'assassina, che in realtà si chiamava Valeria R. ed era ricercata dalla polizia per una lunga serie di attentati e di omicidi, assolutamente privi di senso. Faceva parte di una società segreta chiamata «Brigate rosse», dove si erano riuniti quei giovanotti che il professor Annovazzi aveva chiamato «gli scienziati della rivoluzione» e che gli erano sembrati cosí disumani, cosí gelidi nel loro proposito di guidare le masse verso la felicità. Gli scienziati della rivoluzione erano impazziti, perché nessuno piú voleva sognare i loro sogni e nessuno gli dava retta; e ammazzavano per strada i loro presunti nemici, li sequestravano per processarli in cantina, compivano ogni genere di sanguinose sciocchezze... Nel magazzino di Valeria R., però, – dissero i giornali, – non erano state trovate armi, soltanto materiale propagandistico. Pacchi e pacchi di fascicoli ciclostilati, con una stella a cinque punte inserita in un cerchio, incitavano le masse ad abbattere uno «Stato imperialista delle multinazionali» che era il mondo pieno di merci: di automobili, di specchi dei sogni, di frigoriferi, di telefoni, di giocattoli, di prime e seconde case di cartone, di gioielli, di preservativi, di cibi per cani...

Grazie a Valeria Siberia e alle «Brigate rosse» anche la nostra protagonista, cosí malridotta com'era, ebbe un ultimo momento di notorietà. Lo specchio dei sogni ne mostrò la facciata con i panni stesi ad asciugare tra le colonne neoclassiche, e i giornali pubblicarono alcune fotografie di soffitti crollati, di finestre chiuse con la lamiera e di handicappati tra i topi, che non avevano bisogno di commenti o di spiegazioni. Il direttore della «Nuova Gazzetta», Umberto Poggi, pronipote di quel Poggi che aveva diretto la vecchia «Gazzetta» all'inizio del secolo, domandò al sindaco della città di fronte alle montagne e ai responsabili della entità detta Usl, a cui apparteneva la casa: «Perché tanta rovina?» Ma non ebbe risposta.

Siamo, ormai, alle battute conclusive della nostra storia. Un giorno d'inverno, Ciro Natale consentí per denaro a quattro stranieri con la pelle un poco piú scura della sua di prendere alloggio al piano terreno, in una stanza che i nuovi ospiti provvidero a purificare sgozzando una gallina e spargendone il sangue sul pavimento e sui muri. Quei quattro – ma il nostro portinaio, naturalmente, non poteva saperlo – erano l'avanguardia di un esercito che sarebbe arrivato nei mesi e negli anni successivi e che avrebbe costretto i vecchi inquilini ad andarsene; spodestando anche lui, Ciro Natale, dal suo trono di rappresentante ufficiale e di vicario della entità detta Usl. Le ultime vicende della grande casa – che noi, qui, ci limiteremo a riassumere – si compiono a partire da quel giorno e in un'epoca ormai cosí vicina alla nostra, da confondersi quasi con la cronaca di oggi. I primi a lasciare il campo ai nuovi venuti furono i portatori di handicap, per cui la Usl aveva finalmente trovato una sistemazione migliore; poi se ne andò Mano Nera con le sue due famiglie, in uno dei nuovi quartieri periferici fatti di grandi edifici di cartone, dove le sue esibizioni sul tavolo da cucina avrebbero avuto finalmente quel pubblico che meritavano, di decine e forse anche di centinaia di spettatori. Se ne andarono, non rimpianti, i «Looses Screws»: perché anche il padre del batterista Apollo, cioè il presidente della nostra Usl, era finito in galera, come centinaia di altri socialisti di ogni parte d'Italia. Un bel giorno, infatti, si era scoperto che il partito di Garibaldi e Mazzini Perotti e del loro giornale «La Scintilla» era diventato un'associazione a delinquere; e che cent'anni di lotte per la riscossa del proletariato, sangue e lacrime, tutto era finito in certi conti cifrati delle banche svizzere e lussemburghesi, o nei caveaux di altre banche, a Singapore e Hong Kong...

Se ne andarono la tribú siculo-zingara dei Mancuso-Perovich, Stuccoferro e la prosapia dei Porcu, e al loro posto arrivarono i maghrebini venditori di accendisigari e di cianfrusaglie, le prostitute nigeriane e quelle polacche con i rispettivi protettori e infine gli albanesi, cosí numerosi che da soli riuscirono a occupare l'intero pianoterra del grande edificio. Se ne andò per ultimo Ciro Natale, in ambulanza e con il ventre squarciato da una coltellata, dopo che si era rifiutato di cedere agli albanesi il commercio dei posti-macchina nel cortile piú grande. I poliziotti arrivarono dopo qualche settimana. Una mattina all'alba, gli abitanti della città di fronte alle montagne furono svegliati dall'ululato delle sirene e da una serie di esplosioni, come se attorno alla basilica del Santo fosse scoppiata la guerra; c'era anche una nebbiolina azzurra nelle strade del centro, che faceva lacrimare e tossire chi la respirava. Tutte le vie d'accesso alla grande casa erano presidiate, e nessuno poté avvicinarsi; ma la «Nuova Gazzetta», in edicola il giorno successivo, parlò poi di una vera e propria battaglia che si era combattuta stanza per stanza e corridoio per corridoio, tra duecento poliziotti in assetto di guerra e quasi altrettanti inquilini abusivi. Quando finalmente la nostra protagonista venne liberata, e i suoi ospiti furono caricati sui furgoni della polizia, arrivò una squadra di muratori che in poche ore chiuse tutti gli ingressi con muri di mattoni, lasciando solo una porticina di ferro dalla parte del giardino. Cosí, dunque, termina il nostro romanzo: senza quel crollo liberatorio e conclusivo che qualcuno, forse, si sarebbe aspettato; con una fine che non è nemmeno una fine. La grande casa sui bastioni è sempre là, che guarda la pianura e le montagne lontane con le orbite vuote delle sue finestre, e attende non si sa cosa. (Nessuno al mondo sa cosa farne). Nelle notti di luna, capita a volte di vedere un'ombra spostarsi da un salone rovinato a un altro salone rovinato, da un sottotetto sfondato a un altro sottotetto sfondato. È un uccello notturno; ma c'è chi dice che sia l'Architetto...

Gli Dei

Ogni tanto gli Dei tornano ad affacciarsi sul golfo della pianura delimitato dalle montagne lontane, e applaudono e gridano stando sospesi lassú sopra le nostre teste, mentre assistono alle rappresentazioni di un autore che sa mescolare come nessun altro la tragedia e la farsa, e che si esprime con le vicende degli uomini pur restandone assolutamente estraneo: il tempo! Se gli uomini non esistessero sulla terra, lo spettacolo del tempo si ridurrebbe a ben poca cosa; ed è per questo motivo che gli Dei li hanno fatti esistere. Gli Dei di Omero – è risaputo – sono degli eterni bambini, e tutto li diverte: anche l'aggregarsi e il dissolversi delle nuvole, anche il cadere delle foglie in autunno e lo sciogliersi delle nevi in primavera hanno il potere di fargli schiudere le labbra, e di far scintillare i loro denti immortali; ma perché l'universo intero rimbombi delle loro risate bisogna mettere in scena ciò che il tempo sa fare con gli uomini, dappertutto e in quella pianura circondata dalle montagne che è, appunto, il loro teatro. Bisogna mostrargli la nostra protagonista com'è adesso, vuota e buia e con i suoi saloni ingombri di calcinacci, di siringhe, di sterchi, di coperte insanguinate, di frammenti di vetro... Oppure, bisogna fargli vedere l'immensa pianura percorsa in ogni direzione da milioni di quei contenitori di metallo che noi chiamiamo automobili, e le piazze e le strade della città di fronte alle montagne, dove passarono cantando e schiamazzando i cortei delle bandiere rosse e quelli delle camicie nere, divenute percorsi obbligati per i nuovi mostri meccanici. Tutto sembra reale, adesso come allora e come sempre, ma è uno spettacolo del tempo: un'illusione, che di qui a poco svanirà per lasciare il posto a un'altra illusione. È perciò che le risate degli Dei rimbombano e rotolano da una parte all'altra del cielo con i temporali d'aprile, e che le loro grida d'incitamento spazzano la pianura con i venti d'ottobre. I personaggi di questa storia che è finita, e gli altri delle infinite storie che ancora devono incominciare, le loro futili imprese, le loro tragicomiche morti non sono altro che alcune invenzioni tra le tante di quell'eterno, meraviglioso, inarrivabile artista che è il tempo. È lui che ci parla con la nostra voce, che ci guida, che manipola i nostri desideri e i nostri sogni e alla fine cancella le nostre vite per sostituirle con altre vite, di altri uomini che noi non conosceremo mai. È lui che ci fa credere di essere il centro e la ragione di tutto, mentre ci ispira comportamenti e pensieri cosí stupidi che gli Dei ne ridono ancora quando ritornano lassú nel loro eterno presente, abbandonandoci agli sbalzi d'umore e ai capricci del nostro autore e padrone. Un suo battito di ciglia, e l'uomo che ha scritto questa storia non esisterà piú; un altro battito di ciglia, e al posto della grande casa sui bastioni ci sarà un edificio di cristallo in cui si rifletteranno le nuvole e le montagne lontane; un terzo battito di ciglia, e i contenitori chiamati automobili saranno a loro volta scomparsi... Perché no? Soltanto gli Dei sono immortali, mentre tutto ciò che esiste nel tempo è destinato a perire. Homo humus, fama fumus, finis cinis.

Indice

p. 3		Gli Dei
5	1.	L'Architetto
14	2.	La città e la casa
23	3.	Il garibaldino e la Giblon
32	4.	«La città balla»
41	5.	Il circo Progresso
50	6.	Banca e manicomio
59	7.	L'anarchico
68	8.	Il mostro
77	9.	Le gite in bicicletta
86	10.	«La Scintilla»
96	11.	Il gran ballo per la Società Geografica Nazionale
106	12.	Garibaldi si sposa
115	13.	Il Re della lue
124	14.	Un Poeta venuto dalla Lapponia
134	15.	La cugina siciliana
143	16.	«Piú libri meno litri»
153	17.	Iene, ippopotami & C.
163	18.	Giovinezza, giovinezza...
172	19.	Caruso
182	20.	Gli scienziati della rivoluzione
191	21.	Arrivano gli inquilini
200	22.	L'ultimo comunista
209	23.	Barbablu e la Donna Fatale
218	24.	L'oratore

p. 227	25.	«Conosci te stesso»
237	26.	Il concerto per la vittoria
247	27.	Gli «intellettuali»
256	28.	Una ragazza chiamata Siberia
266	29.	Il paese delle automobiline
276	30.	La Usl
285		Gli Dei